Agnes Domke

Twist!

Roman

Für meinen Vater

Originalausgabe

Covergestaltung: Haakon Auster
Coverbild: „Madonna Of The Various Waters“, 2017
von Agnes Domke
Printed in Europe
ISBN 978-3-96448-036-1
www.autumnus-verlag.de

Agnes Domke

Twist!

Roman

Twist! entwirft ein Tableau aus eigenwilligen Charakteren, die mit ihren Konzeptkunstwerken und dickköpfigen Überzeugungen an Nonkonformismus nicht zu überbieten sind. Die Künstlerin Philomena sucht nach den Gründen für ihre Misserfolge, betrachtet die Kunstwelt und die Werke, die dort gefeiert werden und fragt sich, wer in diesem Leben eigentlich was benötigt.
Die intensive Beziehung zu einem Pfarrer bringt sie in die Sphäre einer evangelischen Kirchengemeinde - mit dem Ergebnis, dass zusammen mit ihr eine Handvoll ungewöhnlicher Frauen auf Weltverbesserungskurs geht. Sie bringen den fiktiven Berliner Bezirk Brixdorf ganz und gar zum Brodeln.
Frontal ins eigene Glück - mit leichtfüßiger Meisterschaft erzählt dieser humorvolle und stilsichere Roman davon, wie man sich selber gefährlich nahe kommen kann. Und das auch noch in heiterer Gelassenheit.

Agnes Domke wurde 1973 in Angermünde als Tochter eines Pfarrers und einer Lehrerin geboren. Sie studierte evangelische Theologie in Berlin und Freie Kunst in Dresden, Paris und Helsinki. Sie hat 20 Jahre gemalt, Installationen und Performances geschaffen und nebenher im Theaterbereich gejobbt. Da die Texte in ihren Installationen mit jedem Male umfangreicher wurden, hat sie beschlossen, aus ihnen einen Roman zu machen.
Sie lebt mit ihren beiden Kindern als Autorin in Berlin. Dabei schlägt ihr Herz für berührende Liebesgeschichten und eine Literatur in klangvoller, poetischer Sprache.

Twist!

I

Schwarzes Wasser frisst weißes, ich bin ein Clochard auf Wellen“, schreibt Philomena in ihr Skizzenbuch, „immer noch gibt es zu wenig Frühling, dabei ist es schon Ende April. Doch die Reise ist geschafft. Mein Berlin zwinkert mir von allen Seiten zu, jubelt und gratuliert.“

Philomena ruck sich unter ihren roten Röcken so zurecht, dass sie den wasserdichten Schatzkasten öffnen kann, auf dem sie für gewöhnlich sitzt, wenn sie das Palettenfloß mit langem Paddel vorwärts treibt. Sie legt das Skizzenbuch hinein, streicht mit den Fingerspitzen über ihre sieben sorgfältig vollfotografierten Filme und schaut nach, ob die dicke Tüte mit den Spreewasserproben noch immer dicht ist. Die Stadt tost in ständiger Unrast, doch der Spandauer See liegt ruhig. Über ihr wölbt sich ein schmutziger Himmel, der die Sonne wie hinter ungewaschenen Gardinen gefangen hält. Auf der Eiswerderinsel wittern alte Speicherhäuser neben protzigen Citylofts müde vor sich hin, dazwischen zart getupftes Grün.

Philomena stellt sich auf und dreht sich ihre altehrwürdige Nikon an der langen Gelenkstange so zurecht, dass das Kameraauge sie direkt anschaut.

Sie setzt sich ihre Pelzhaube mit den bunten Perlen auf und wohlige Zufriedenheit macht sich in ihr breit. Neunzehn Tage auf der Spree waren geschafft, eine mythische Reise von der Quelle bis zur Mündung. Mit einer langen Kupferkelle hatte sie immer wieder Spreewasser geschöpft und es durch ihre roten Röcke sickern lassen.

Endlich einmal hatte sie gehandelt und eine ihrer vielen Ideen, die sonst nur auf kleinen Zetteln existierten, in die Tat umgesetzt. Freder von der Stadtteilgalerie würde begeistert sein und in ihrer ersten Einzelausstellung würde sie diese Reise mit einer Installation dokumentieren. Die entwickelten Negative könnte sie als Dias projizieren. Aus ihren Tagebucheintragungen und Skizzen würde eine Wandtapete werden. Die Spreewasserproben mit ihrem Eisenocker und den Algen würde sie zu abstrakten Farbflächen auf handgeschöpftem Papier ausziehen. Und ihr Floß würde in der Mitte des Raumes auf einem Berg aus grobem Schotter stehen. Freders Budget, wenn auch klein, würde das ermöglichen. Es war unglaublich: Menschen würden sie sehen, hören, lesen und die Welt würde ein kleines bisschen besser werden!

Das Röhren eines Motorbootes walzt brutal über ihre Gedanken. Auf dieser Seite der Insel hat es nichts zu suchen. Jetzt stellt es den Motor ab und treibt ganz frech in ihre Richtung. Ein Kahlkopf in Lederjacke lässt das Steuer los und richtet seine Kamera auf sie. Ist das die Wasserschutzpolizei? Das Boot ist hässlich, eckig und an der unteren Seite blau. Doch die Lettern am Bug sagen „Josi“ und nirgendwo liest sie „WSP“. Erleichterung macht sich in ihr breit. Ein weiteres Motorboot sägt sich durch den See und hält mit Karacho direkt auf Philomena zu. Kurz vor dem Aufprall dreht es ab, der Mann am Steuer grüßt in ihre Richtung. Hitze sticht Philomena bis unter die Schädeldecke. Hohe Wellen klatschen seitlich an ihr Floß. Sie hält sich vorne an den Planken fest, kippt über, plauzt ins Wasser. Es knirscht und knallt: Das Floß stürzt auf sie drauf, denn ihr Kleid hat sich darin verhakt. Sie strampelt und versucht, sich unter Wasser aus den Röcken zu befreien, doch es gelingt ihr nicht. Sie taucht auf und kann sich nur gerade so an der Wasseroberfläche halten, die Arme umzwingen die Petflaschen ihres Floßes, das jetzt kopfüber treibt. Gierig schnappt sie nach Luft und sieht: ihr Tagebuch schwimmt nur ein kleines Stück entfernt von ihr. Der Schatzkasten muss gekentert sein. Natürlich, sie hatte ihn nicht zugemacht. Sie zieht an der Leine, die ihn mit dem Floß verbindet. Der wasserdichte Kasten hat sein Riesenmaul weit offen und er ist leer. Das darf nicht wahr sein: Keine Filme, keine Spreewasserproben, kein Kamerazubehör! Sie schaut sich um. Die „Josi“ schwimmt aufdringlich dicht neben ihr, doch ansonsten ist die wippende Wasserfläche leer. Nirgendwo schwimmt auch nur irgendetwas und jetzt sieht sie auch nicht einmal das Tagebuch mehr. Philomena zittert. Tränen verzerren ihren Blick. Die

Spree stinkt, die Stadt röhrt. Singvögel verhöhnen sie genüsslich. Philomena steckt im eiskalten Wasser fest und zerrt an ihrem Kleid.

Der Typ auf der Josi wirft einen Widerhaken zwischen ihre Petflaschen und zieht das Floß zu sich heran. Er greift Philomenas Arm, schlägt sein Taschenmesser durch die roten Stoffe, und zieht sie mit festen Griffen zu sich auf's Boot. Seine Blicke wandern ihren Körper auf und ab. Philomena fühlt sich nackt und zerfetzt. Sie reißt sich die quatschnasse Perlenpelzmütze vom Kopf und es kommt ihr vor, als werfe man sie - eine Schauspielerin mit unzureichendem Kostüm - auf großer Bühne einem missgünstigen Publikum zum Fraße vor. Ihr ist schummrig. Kommt das vom Aufprall oder von den neunzehn Tagen Fasten?

Der Glatzenmann reicht ihr die Hand.

„Hallo Nixe! Ich bin Diederich Rodenwald, Reporter. Diedo für dich."

Philomena nimmt die Hand nicht und schaut ihn wütend an. „Sie haben mein Kleid kaputt gemacht, Sie haben meine Performance ruiniert, und wenn Sie nicht da gewesen wären, wäre ich auch nicht gekentert!"

„Uououooh, nun mal halblang, Mädchen. Du hast mein Boot zerkratzt, noch dazu ist es nicht meins. Sei froh, dass dich die Wasserschutzpolizei nicht aufgegriffen hat, hier sind nämlich nur Sportboote erlaubt."

„Okay Diedo, sowas wie Sie kann ich jetzt wirklich nicht gebrauchen, machen Sie mein Floß los und ich schwimme damit an Land!"

„Nein nein, das machen wir anders, Spreejungfrau. Wir ziehen dein Floß zum Yachtenverein Großer Wannsee. Dort habe ich obermäßig Beziehungen, ich schreibe nämlich deren Jubliläumsschrift." Diedo schaut sie stolzgeschwollen an, während er ihr Floß an seinem Boot vertäut. „Übrigens, wie wär's, wenn wir das Kentern noch mal nachstellen, aber diesmal mit ner richtigen Yachtenflotte im Hintergrund. Sowas lieben meine Leute!"

„Das meinen Sie nicht ernst, oder?"

Diedo spitzt die Lippen und wirft den Motor an. „Der Schaden an der Josi hier kann dich recht fett was kosten."

„Machen Sie den Motor aus, ich muss nach meinen Filmen tauchen."

„Bei dieser Kälte? Du bist ja jetzt schon ganz blau!"

„Dann tauchen Sie für mich!"

„Oh jaa, immer zu Diensten", Diedo lacht, „aber Huch, ich fürchte, ich bin zum Tauchen nicht passend gekleidet!"

Philomena starrt ihn wütend an „Sie hätten niemals so dicht an mich heranfahren dürfen, und der andere Typ erst recht nicht."

„Ha, das war der Chef vom Yachtenverein. Hat mein Boot erkannt und gedacht, er grüßt mich mal. Hat dich dahinter sicher nicht gesehen, wer rechnet denn auch mit sowas." Diedo grinst breit und obwohl er alt ist und sein Zahnfleisch reichlich angedunkelt, glocken da die Worte „Rotten Sexiness" quer durch Philomenas Hirn. Sie schüttelt sich, Tropfen sprühen auf Diedos helle Hosen. Rotten Sexiness. Das hat ihr gerade noch gefehlt. Sie beschließt, dass „Rotten“ okay war, die „Sexiness“ aber musste mit fettem Edding unverzüglich gestrichen werden.

Diedo reicht ihr eine Decke, zündet sich eine Zigarette an und schaut sie, während er das Boot in Richtung Spandauer Zitadelle steuert, immer wieder an wie eine Sehenswürdigkeit. Sie blickt stier nach vorn und ein langes und grimmiges Schweigen später legen sie an einem Yachthafen mit angeberisch weiß blitzender Flotte an. Sie hieven ihr Floß auf einen Steg. Einige der Flaschen sind geplatzt, aber sonst sieht es intakt aus. Vielleicht konnte sie Freddie, mit der sie es gebaut hatte, überreden, es abzuholen und in die Galerie zu fahren. Vielleicht konnte sie mit nass zerknüllten Papieren und etwas Treibholz wenigstens noch so etwas wie einen großen Scheiterhaufen ausstellen. Vielleicht konnte ihr dieser Journalist hier doch noch irgendetwas nützen, und um das herauszufinden, musste sie mit ihm gehen.

Sie betreten eine niedrige Baracke, an der Wand metallene Spinde. Ein Geruch von Männerschweiß und kaltem Tabak wabert durch den Raum, müde Topfpflanzen verwittern schwarz vor gelb gewordenen Gardinen.

„Die Frau hier muss sich trocken reiben“, brüllt Diedo in den Raum. Ein Wachmann mit kurzem Nacken springt von einem massigen Schreibtisch auf und lässt sein Kreuzworträtsel liegen.

Philomena sinkt in einen Ledersessel. Ihr Retter öffnet einen Spind, reicht ihr ein schwarzes Handtuch, bringt ihr Kaffee.

Ich mag kein Schwarz, denkt Philomena und merkt erst jetzt, dass sie unendlich müde ist.

Diedo fläzt sich breitbeinig in einen Drehsessel ihr gegenüber. „Nun sag mal, Schönheit, hättest du nicht lieber einen Ausflugsdampfer nehmen sollen?"

„Das - war - ne - Kunstaktion", deklamiert Philomena mit schwerer Zunge.

„Oh, das klingt interessant, wieso macht denn jemand sowas?"

„Wieso man Kunst macht? Lassen Sie mich mal überlegen. Vielleicht, um Sinn zu stiften? Ich habe gefastet und mit meinen Röcken das Spreewasser gesiebt, wie wäre es damit?!"

„Aah, das war es also! Die Spree hat richtig sauber heut' geschmeckt, das muss ich wirklich sagen, vielleicht ein klein wenig zu sehr nach Unterröcken, aber sonst..." Diedo lacht meckernd vor sich hin.

Philomenas Zunge ist so schwer, dass sie nur die Augen rollt. Diedo bringt sich auf seinem Drehstuhl wippend in Positur, als trete er zu einem Boxkampf an. „Okay, Kunst, einverstanden! Gibt es außer mir noch irgendwo ein Publikum? Hast du gepostet? Wie heißt dein Blog?" Er zückt sein iPhone und schaut erwartungsvoll zu ihr. Doch Philomena sitzt ein dicker Kloß im Hals, denn genau das war es. Sie hatte keinen Blog bespielt, hatte weder ein iPhone noch auch nur irgendwelche funkfähige Technik mit dabei gehabt.

Alles sollte so sein, wie zu Zeiten, als es auf Abenteuern noch keine Auffangnetze gab. Wie sollte sie das diesem Bügelfaltenexperten erklären?

Sie sieht Diedo einen verlängerten Augenblick in sein selbstgefälliges Gesicht und ist gebannt von der Erkenntnis, dass dieser Ignoropoulos nun wohl der einzige Zeuge ihrer Floßfahrt ist, und das, wo sich in ebendiesem Moment alle ihre Fotos in den Spreegrund einspeisen.

„Geben Sie mir Ihr Material", bringt sie mit schwerer, trockener Zunge hervor. „Meine Kamera ist leider tot!"

Diedo antwortet nicht und legt stattdessen seine Kamera beidhändig und äußerst langsam vor sich auf den Tisch. „Das hier ist eine Arri Alexa, filmt top und jedes einzelne Bild hat Fotoqualität." Er schaut sie an, als solle sie ihm dazu gratulieren. „Die Fotos allerdings, die brauche ich. Wird n' Supergag für das Jubiläumsblatt: Frau auf handgemachter Miniyacht bittet um Einlass in den Club."

„Sie sind 'n Arsch, oder?"

Diedo zieht eine Schnute. „Das hättest du jetzt nicht sagen sollen. ‚Retter' wäre mir lieber gewesen. Rede mich ruhig mit ‚mein Retter' an!"

„Hören Sie, zeigen Sie mir doch erst mal das Material auf Ihrer Kamera!"

„Na na na, nun mal nicht gleich so schnell!"

„Sie wissen schon, im Grunde ist es meins, denn ich habe Ihnen nicht erlaubt, dass Sie mich filmen dürfen."

„Nun, dann fragen wir mal anders, glaubst du, du könntest damit berühmt werden? Dann wäre ich es, der dich entdeckt hat!“ Diedo grinst, schwenkt die Kaffeetasse und nippt daran, als wäre es ein Grappa, „Fünfundzwanzig-, dreißigtausend? Was würdest du für die Fotos zahlen?“

„Mehr als hundert hab ich nicht, aber auch die würd‘ ich nicht zahlen.“

„Dann bleibt eben meins, was meins ist.“

„Dann kann ich ja gehen.“

„Nein, nein, Du hast die Josi hier gerammt, aber weißt du“, er schaut sie spitzen Blickes an, „ich kann das auf meine Berufshaftpflicht nehmen.“

„Das sollten Sie auch, denn Sie haben mich mit Ihrem Boot angebaggert und sind als Stalker viel zu dicht an mich herangefahren.“

„Ich hab dich aus der Suppe da herausgezogen, und ich bring dir hier noch einen lecker Kaffee, bin ich nicht dein Held?“

„Ich bin hier die verdammte Heldin, ich habe neunzehn Tage lang die Spree gesiebt, von der Quelle bis zur Mündung. Das ist Kunst! Und ich habe Sie nicht gebeten, mich da rauszuziehen.“

„Aha Kunst, ja? Mit dem roten Rock auf dem Floß angekettet sein, ist das sowas, wie dieser Russe da, der seine Hoden auf den Roten Platz genagelt hat?“

„Pjotr Pawlenski? Sie denken wohl, Sie kennen sich aus!“

„Tja, siehst du, hier vor dir sitzt ein Universalgenie. Wie wäre es, wenn ich über dich schreibe?“

„Ein Interview für das Jubiläumsblatt?“

„Nein, ähm, ..., ja natürlich, ich glaub‘, ich bin ertappt.“

„Das ist sinnlos, ich habe schon genug als Witzfigur gedient.“

„Nein, so war das nicht gemeint. Nennen wir es Interviewsondierungsgespräch.“

Philomena schweigt und starrt ihn an.

„Nun, ich arbeite auch für Onlinemagazine“, sagt Diedo stolz und besieht sich seine Fingernägel, „die nehmen gerne mal eine krude, ich meine: kunstaffine Story.“

Jetzt, wo die Erinnerung an ihre Fahrt gekillt war, konnte sie das erwägen. Ein bisschen Presse konnte doch nicht schaden, wenn er ihr dafür ein paar Filmstills gab. Die und dann das Floß, ... die Tagebuchnotizen könnte sie teilweise aus der Erinnerung rekonstruieren, ... Das konnte immer noch eine ganz passable Ausstellung ergeben.

„Okay, von mir aus, fragen Sie!“, sagt Philomena, zieht die Beine auf den Sitz und kuschelt sich in ihre Decke ein.

Diedo grinst, schließt ein Mikrofon an sein Handy an und tippt auf Aufnahme. „Gab es unterwegs Publikum? Hat jemand dich auf deine Performance hin angesprochen?“

„Ja, die Leute vom Ufer schauten schon mal rüber, aus ihren Gärten, von ihren Sportplätzen und Balkonen. Dort wo es Wehre oder Sohlschwellen gab, habe ich das Floß auf Kinderwagenrädern über Land gezogen. Spaziergänger mit Hunden halfen mir dabei. Am Anfang erzählte ich ihnen noch, dass das Kunst sei. Doch als die Helfenden mich fast beleidigt anstarrten, sagte ich später nur noch, dass dies eine Art Wette sei, in Berlin auch Kunst genannt: auf dem Palettenfloß von der Spreequelle bis zur Mündung und dabei sei die Spree zu sieben. Da lachten die Leute, schlugen mir auf die Schulter und fragten, wieviel ich dafür kriege."

„Was bedeuten diese Pelzmütze und das rote Kleid?"

„Das Weißgrün meines Kopfschmuckes steht in der sorbischen Tradition für Jungfräulichkeit, den Frühling und das Wasser."

„Oh ja, so richtig retro", Diedo zieht einen Stift aus der Innentasche seiner Jacke und beklopft damit den Tisch, „und weiter...?"

„Das Rot meines Kleides steht für Heirat, Blut, und die Kraft der Erde und das Schwarz der Planken - ich habe sie nach Spreewaldart mit Kienteeröl gestrichen - steht für das Untergründige, die Tiefe und das Jenseits."

„So weit, so beladen, ja, sprich nur weiter! Warst du eigentlich die ganze Zeit allein?"

„Nein", Philomena lacht, „kaum zu glauben, aber es gab da hinter Schlepzig noch so einen Verrückten, einen anderen Künstler, der es sich zur Aufgabe gemacht hatte, täglich zwölf Gläser Wasser einzeln und nacheinander aus der Hauptspree zu einem winzigen Waldsee in der Nähe zu tragen. Er liebte den Gedanken, fließendes in stehendes Wasser zu gießen, zwei Gewässer zu vereinen, die einander nicht kennen. Er lud mich auf eine Wildkräutersuppe ein, köstlich. Wegen des Fastens habe ich dann aber nur die Flüssigkeit getrunken."

„Hast du sonst noch irgendwas von ihm goutiert?", fragt Diedo mit lüsternem Blick.

„Wir haben die halbe Nacht am Ufer gesessen und geredet, über die Symbolik des Wassers und über Wasser im All und schliefen im muffigen Duft von Schlafsackfedern und Schafwollfett wie Geschwister eng umschlungen ein."

„Oh ja, Kälte ist das beste Verhütungsmittel, und Muffigkeit erst recht, eine bestimmte Muffigkeit meine ich, äh... Schön warm hier, oder?", sagt Diedo und Philomena ignoriert ihn.

„Zu meiner Performance gehört ein Gesang, ein Medley aus Kirchenliedern und selbsterfundenen Melodien. Ich bin erst im Spreewald darauf verfallen, ich stamme von dort, das hilft manchmal. Klang alles ein bisschen schief, aber ein Kunstwerk braucht diese Prise Verrücktheit, genauso, wie ein guter Song."

„Du stammst aus dem Spreewald? Da muss es von alten Bekannten ja nur so gewimmelt haben!" ruft Diedo.

„Die Spreewaldfahrt war kurz und intensiv. Das war gerade, als sich die ersten paar rauhen Tage in sehr frühlingshafte verwandelt haben. Thole, ein Sitzenbleiber aus meiner Parallelklasse, hatte seinen Touristenkahn flott gemacht und steuerte ihn geradewegs auf mein Floß zu. Ich musste das Sieben unterbrechen und ihn mit dem langen Paddel abwehren.

‚He, Philomena, was soll das sein?', hat er gerufen.

‚Wäsche, ganz große Wäsche, denn ich wasch mich im Gegensatz zu dir manchmal‘, hab ich zurückgeknallt.

Ein Dorf weiter stand Freddi am Ufer und winkte mich mit ihren ölverschmierten Händen zu sich heran, um noch einmal kritisch das Kniesteuer am Floß in Augenschein zu nehmen, das sie aus einem Wartburgkotfügel gebaut hatte.“

“Gut, Philomena“, sagt Diedo und schiebt die Aufnahme auf Pause. Dann legt er sich flach mit dem Oberkörper auf die Schreibtischpapiere, lagert seinen kantigen Kopf auf den verschränkten Unterarmen und schaut Philomena wie ein treuer Hund an.

„War‘s das schon?“, fragt sie.

„Sondierungsgespräch“, sagt Diedo und richtet sich auf. „Interviewsondierungsgespräch. Ich bin mir noch nicht sicher, ob es ein richtiges Interview werden kann. Aber das könnten wir ja sehen, denn wenn du Lust hättest auf ein Abendessen... Was hältst du davon, wenn wir das Gespräch in Kürze fortsetzen, irgendwo bei Kerzenlicht und Wein, vielleicht auch gleich bei mir zuhause, warum nicht?“

Er wirft ihr eine Visitenkarte hin. Diederich Rodenwald. Er ist tatsächlich Journalist. „Sag mir deinen Namen!“

„Philomena Gutendorff, Künstlerin, 32 Jahre. Ich muss jetzt zurück ins Pinkhouse. Duschen. Mir ist schrecklich kalt und ich glaube, ich scheiße auf das Interview, vergiss das ‚Happily ever after‘!“

II

Philomena und die Gegend frösteln. Sie schleppt sich mit ihrem nassen roten Kleid auf dem Leib und dem Skizzenbuch unter dem Arm von der Ringbahnhaltestelle durch eine Landschaft voll der immergleichen Betonkartongebäude: Büros, Garagen, Lagerhäuser, der Himmel ist zum Schneiden schwer und viel zu grau für einen Frühlingsabend. Philomenas Hüfte schmerzt, die Wunde an ihrem Kopf puckert wie eine Warnblinkanlage.

Was für eine Heldin bin ich nur, denkt sie, eine Kamera am Spreegrund und sonst weiter keine Spuren. Ich will, und das will ich, und ich weiß es: dass meine Kunst viel intensiver wird, viel wirklicher als die Wirklichkeit selbst! Eines Tages.

Nachts träumt sie manchmal, dass sie sprechen will und nichts sagen kann. Sie versucht zu reden, aber ihre Stimme bleibt ihr tief im Halse stecken. Sie krächzt dann ein paar Laute wie ein Pfau, und von rundherum schauen die Leute stumm und verwundert in sie hinein, drehen sich fort, wollen nicht hören, was sie zu sagen hat, wollen nicht sehen, was sie zu zeigen hat.

Und das war es, was sie bei Tag zu gewärtigen hatte: Die Kunstwelt ignorierte sie, selbst ihre Freundinnen im Pinkhouse hatten keine Ahnung, was sie wirklich tat und dachte.

Sie hätte schon längst aufgehört, Kunst zu machen, wäre da nicht dieser magische Moment, sobald sie in ihre Welt eintauchte. Sie hätte schon längst die Flinte ins Korn geworfen, würde sie nicht jedes Mal wieder so reich belohnt, sobald sie das Tor zu ihrem eigenen Königreich aufschlug, sich des Brodelns in ihrem Innern annahm und Dinge, die sie soeben auf dem Gehweg gefunden hatte (ein rostiger Nagel, ein rosa Stück Schafwolle) Bedeutung annahmen und den Weg zu etwas wiesen, das weiser war und größer als sie selbst.

Sobald sie dann aber versuchte, ihren Ideen einen Auftritt zu verschaffen, stieß sie an die machtvollen Grenzen der Wirklichkeit. Häufig fehlte ihr das Geld, die eigenen Entwürfe umzusetzen oder ein Raum in passender Größe. Daher endete es meistens damit, dass sie auf bescheidenen drei Quadratmetern in einer Gruppenausstellung im Pinkhouse Skizzen ihrer Ideen an die Wand tapezierte, die dann von kaum jemandem beachtet wurden, weil sie, wie Valli häufiger sagte, „anstrengend zu lesen“ waren.

Vor Philomena ragt ein neunstöckiger Betonklotz auf, verziert mit rosa Plastikpaneelen. Es ist das Pinkhouse, das bis vor wenigen Jahren noch ein Finanzamt mit langen ausdruckslosen Fluren war. In der Hand der Malerin Viktoria Jalotschertowa war es zu einem

Atelierhaus und Asylum für Künstlerinnen und Musiker geworden.

Wie bei einem Weihnachtskalender gibt die Fassade an diesem frühen, trüben Abend Einblicke in einzelne, grell erleuchtete Räume frei. Zeichnungen und Objekte sprenkeln die Wände, an den Decken bilden Neonleuchtblöcke und Gipsplatten ein Schachbrett, aus dem die Spielerfiguren herausgefallen und wieder zurück in ihre Aufbewahrungskiste geworfen sind. Man sieht sie hier und da als Schattenriss am beleuchteten Fenster merkwürdig verloren auf ihre Teilnahme an der wirklich großen Partie in ihrem Leben warten.

Das Pinkhouse war kurze Zeit nach seiner Gründung eine Art Hotel Savoy geworden. Von überall her strandete man hier. Offiziell waren die Bürozimmer nur Ateliers, das war die Abmachung mit der Stadt. Inoffiziell hatten die meisten Künstler eine Schlafecke hinter den Bildern oder Bergen von Verstärkern und Musikinstrumenten. Oder sie schliefen, wenn sie kein Geld für die Miete hatten, im Gemeinschaftssaal im ersten Stock hinter der Essenshalle. Man hörte Hebräisch, Polnisch, Spanisch hinter den Türen, Amerikanisches, Britisches oder gebrochenes Englisch auf den vom Neonlicht summenden Fluren.

Immer mittwochs gab es Jams, die hatten sich in der Szene herumgesprochen und zogen neue Musikerinnen und Gäste in das tote Areal.

Philomena presst sich durch die Drehtür, die Lobby ist leer, die einzige Ansprache bildet ein Schild, das Wartenummern zu ziehen empfiehlt. Über der Fahrstuhltür klebt kreuz und quer Paketklebeband, „elevator out of order". Wo war nochmal das Treppenhaus? Seit wann gab es hier so viele weiße Türen? Weiß hatte als Farbe des Todes ausgedient, aber die moderne Architektur schwor darauf. Philomena drängt sich gegen die mittlere der drei Türen, Musik dringt an ihr Ohr, ein Duft von Holzfeuer steigt ihr in die Nase. Sie steht plötzlich in einem weiten, mit Orientteppichen und vielfarbigem Licht anheimelnd dekorierten Raum. Eine Frau und ein Mann stehen mit dem Rücken zu ihr vor dem offenen Feuer eines selbst gebauten Kanonenofens und wiegen sich im Wind eines Instrumentalplaybacks wie geschwisterliche Birken. Die Finger des Mannes fliegen über Keyboarde und Laptoptastaturen. Wogen von Rhythmus durchströmen den Raum. Eine Frauenstimme legt sich über sie, funkelt, lässt die Musik in Schaumkronen aufgischen, und in einer nur von den Ohren zu vernehmenden Abendsonne gleißen. Philomena hält sich das Herz, so sonderbar kommt sie das Ganze an. Sie bleibt dort lange Augenblicke stehen, gänzlich unbemerkt von den zwei Birkenwesen.

Endlich schließt sie die schwere Tür. Sie kennt diese Frau. Es ist Marie Ana. Sie hat einen rumänischen Vater, wenn Philomena sich richtig entsinnt. Sie hatte sie einmal im siebten Stock gehört bei einem Mittwochsjam. Es war kein schöner Jam gewesen. Eine Gruppe von Musikern spielte, oder besser: onanierte auf Gitarren und Bässen, Schlagwerken und einem Saxophon. Es schien wie ein Wettlauf auf Instrumenten, als ob festzustellen sei, welcher von den Musikern als Erster fertig würde. Marie Ana in roter Seidenbluse hatte nahe der Bühne gestanden und allein durch ihr Dasein alle Aufmerksamkeit auf sich vereint. Dann hatte sie die Bühne betreten und das Mikro ergriffen und ihre Stimme wie die gute Milch einer liebevollen Mutter über das aufgeregte Gemetzel gegossen. Die Musiker arrangierten sich, begannen, einander zuzuhören, ihr Spiel wurde lyrischer. Ein magischer, ein goldener Moment brach aus, in dem das Publikum und die Bühne zu einem Körper verschmolzen. Alles wogte und vibrierte bis Viky, die Chefin des Hauses, sich an die Regler stellte und allen nacheinander den Saft abdrehte. Spitzbübisch schaute sie hinter den Lautsprechern hervor und gab kund, dass jetzt eine Pause käme, alle mögen ordentlich trinken, eher könne es nicht weiter gehen. Die Musiker sind perplex, fangen an, mit Viky zu diskutieren, die unter schlenkerndem Blondhaar und tief gezogener Schiebermütze dreinschaut, als hätte sie sich einen exzellenten Scherz erlaubt. Marie Ana verlässt den Saal. Philomena geht ihr nach, um sie zurückzuholen, doch sie findet sie nicht in den endlosen Gängen des viel zu grell erleuchteten Pinkhouse.

Philomena hat sich nun endlich bis in den Neunten Stock geschleppt und dort tatsächlich auch bis in das Gemeinschaftsbad, wo zum Glück immer noch ihr Bademantel hängt, der leider in den drei Wochen ihrer

Abwesenheit von vielen Malerfingern als Handtuch missverstanden worden war. Vorsichtig setzt sie ihre Zehen in die schleimige Schicht des Duschbassins und lässt viel zu heißes Wasser über ihren Körper laufen. In ihrem Kopf lichtert ein Feuer, tönt Marie Anas Gesang. In ihrem Sinn wälzt sie Marie Anas Namen. „Ana, Inanna, Diana“, waren das nicht lauter Göttinnennamen?

Philomena fühlt die Anspannung von den Schultern weichen, Wärme kriecht ihr bis in jede Faser. Mit einem Handtuchturban bekrönt schleicht sich im Bademantel, den sie von links anzieht, damit er sauberer aussieht, über den Flur. Da tritt Valli auf sie zu, hellblaue Augen, verwuscheltes Blondhaar, ein Basecap, das einem überreifen Kürbis gleicht. Valli war Viktorias Zwillingsschwester, ihr langer und unentwegt verschnupfter Schatten. Beide hatten in den Nuller Jahren an der Berliner Akademie mit Philo in derselben Klasse studiert. Sie hatten hier im Pinkhouse das größte Atelier, malten an allen ihren Bildern gemeinsam und bewohnten eine Handvoll Zimmer im siebten Stock.

Valeria faltet sich auf wie eine Spinne, setzt zur Umarmung an und stößt mit dem Schirm vom Kürbiscap schmerzhaft gegen Philomenas Stirn.

„Eeh, Philo, geht‘s gut? Viky und ich haben heute offenes Atelier. Kommste vorbei?“

Philo schwappen einzelne Worte über die Lippen, wie “unglaublich müde... neunzehn Tage auf‘m Floß und dann am Schluss...“, doch Valli scheint sie nicht zu hören.

„Lass uns nachher weiterquatschen, okay? Ich warte unten schon mal auf dich und mach dir einen extra starken Drink!“

War das okay? War das Freundschaft? Vielleicht in homöopathischer Dosis, aber höchstwahrscheinlich: Nein.

Wenig später betritt Philo im weißen Bademantel und mit weißem Handtuchturban auf dem Kopf den viel zu weiß gestrichenen Saal. Sollten ruhig alle verstehen, dass ihr Aufzug ihr egal war. Allein diese Art von Statement war für heute Abend Kunst genug.

Vikys und Vallis Atelier reichte in der Höhe über zwei Etagen. Eine Rotunde in der hinteren Ecke diente als Empfangsbüro. Staffeleien und Arbeitsutensilien waren hinter einer Trennwand verstaut. Den Raum beherrschte ein Halbdunkel, in dem die lebensgroßen Ganzkörperportraits der Zwillinge in Öl, von Spotlights beleuchtet, geheimnisvoll schimmerten.

Eine durchgehende Fensterfront an der Wand gegenüber gab den Blick auf ein nächtlich schillerndes Berlin frei, dessen zugezogener Himmel an einer orangefarbenen Krankheit litt.

Viky ist von gediegenen älteren Herrschaften in dunkler Abendgarderobe umringt. Sie hält ihnen mit faustigen Gesten eine Rede, wobei sie mit ihrer Hand gelegentlich beschwörend in Richtung der Bilder ausfährt. Die Galeristin, silberne Helmfrisur, schwarzes Kostüm, nickt unentwegt wie ein Wackeldackel.

Wo war Valli? In Philos Magen wühlt ein großer Hunger. Sie steuert zum Buffet. Dort finden sich jedoch nur abgegessene Teller und fleckige Papierservietten. Aus dem traurigen Stillleben ragt eine halb gefüllte Sauciere mit Frankfurter Grüner Soße heraus. Als der Cateringkellner auch diese gerade vom Tisch nehmen will, schnappt Philo sie ihm weg und trinkt sie in einem Zug leer. Am weißbetuchten Tisch mit den Getränken wird noch immer nachgefüllt. Philo nimmt sich ein Glas Wasser und sinkt in ein monströses schwarzes Ledersofa. Möge es sie auffressen und sofort verdauen. In ihrem eigenen Magen rumort es verdächtig.

Sie lässt den Blick über die Bilder an den Wänden gleiten: immer wieder stehen da Viky und Valli und schauen sie an, überlebensgroß und siegessicher. Immer in großer Robe und immer fixieren sie den Betrachter von verführerisch bis streng. Im Hintergrund Bambi, Barbie, drollige Bären, pastellfarbene Mädchenzimmer.

Fleißig gemalt, sehr fleißig, und technisch wirklich gut. Doch wo war der Sinn? Der Sinn in allen diesen Bildern wollte Philo beileibe nicht anspringen. Gab es einen Sinn? War das ein postfeministisches Statement: „So wie wir sind, sind wir nun mal und morgen schon sterben wir und darum lasst uns heute verdammt noch mal gut aussehen!“?

Philomena kommt eine litauische Freundin in den Sinn, die ihr erzählt hatte, dass die Frauen dort, und seien sie auch noch so arm, auf gute Kleidung nie verzichten, um sich damit alltäglich ein klein wenig von dem Respekt zu sichern, den sie eigentlich verdienten.

Philos Blick fällt auf ihren Bademantel, Zeit, nach oben und schlafen zu gehen. Doch als sie sich mit einem Ruck erhebt, fällt ein Stapel an die Wand gelehnter Kleinformate, klick- klack, wie Dominosteine auf sie zu. Kniend beugt sie sich darüber, um sie wieder aufzustellen. Da hört sie Viky hinter sich sagen „Unsere Kleinformate kosten 9000 Euro. Du, Philo, nimm die Handschuhe da, und schau, dass du dabei nichts dreckig machst!“

9000 Euro, was kosteten denn dann die Großformate? Die waren schon wieder in der Preisklasse gestiegen, während sie rückhaltlos immer tiefer in die Minusklasse rutschte. Niemand beachtet mich, niemand grüßt mich, denkt sie, man sagt mir nur immer die weiter steigenden Preise an.

Philo, die nirgendwo Schutzhandschuhe entdecken kann, zieht ihre Bademantelärmel in die Länge und richtet nacheinander die Bilder auf: drollige Hunde mit Schleifen im Haar, die Zwillinge mit Schmollmund vor bonbonfarbenem Hintergrund. Sie hält bei einer Leinwand inne, auf der zwei langhaarige Katzen miteinander spielen. Sie tragen Vikys und Vallis Züge und hinter ihnen steht die weiße Madonna von Lourdes und rechts daneben die schwarze Amme der Frida Kahlo.

Neben ihr ragen jetzt Valerias Jeans auf und ihre Hände mit den großen Daumen, die einen übergroßen Drink halten. Philo will sich bedanken, den Drink entgegennehmen, da fängt Valli selber an, davon zu trinken.„Gefallen sie dir?“, fragt sie und nickt in Richtung der Bilder.

„Nun ja, Valli,…“ Wie soll sie es sagen? Was war es eigentlich, was Philo an den Bildern störte? Und was war es, was sie an diesem hier mochte?

Valli schlürft hastig von dem Drink und stochert in den Eiswürfeln.

„Das da, das ist ganz allein von mir, Viky weiß nicht mal davon.“

„Weißt du, Valli, das hier gefällt mir richtig gut! Wenn ich sie wäre, würde ich euch immerzu als doppelte Göttinnen malen, mal als schwarze, mal als weiße, Inanna, Rhea, Maria. Auf der linken Seite zum Beispiel die Vikygöttin im großen Ornat, flach, ornamental und rechts, ganz diesseitig, die Valligöttin, eher fotografisch und im Arbeitsanzug, wie sie sich zu einem Kleinkind beugt, es aus den Trümmern birgt. Vulkanausbruch, Klimawandel, Bürgerkrieg, solche Themen eben. Alles, wo‘s brennt, da ist diese moderne Göttin da.“

Vallis Augen leuchten kurz auf, doch dann sagt sie überlaut: „Glaube eher nicht, dass Viky da drauf abfährt“, wendet sich und schiebt davon.

Warum muss ich immerfort anderer Leute Kunst nachwürzen, ärgert sich Philomena. Jetzt habe ich nicht mal mehr jemanden zum Quatschen. Auch ihr Bademantel, der ihr vorhin noch wie eine famose Form des Protests gegen die Ignoranz im Kunstbetrieb erschienen war, störte sie jetzt ungemein. Unter Mühen richtet sie sich vom Boden auf, ihre Hüfte schmerzt, sie schwankt. Ein Mann wendet sich in ihre Richtung. Er hat hellgrüne, mesmerisierende Augen, bernsteinfarbenes Haar und die selbstsichere Körpersprache eines

Alphakünstlers. Philomena wartet darauf, dass er an ihr vorbei geht, aber nein, er tritt auf sie zu und stützt ihr den Unterarm. Philo meint, seinen Puls dabei zu spüren. Sie beschaut ihn sich in seinem legeren Sakko und dem fein gestreiften Hemd und weiß plötzlich, wer er ist. Sie hatte im „Forum Art" über ihn gelesen. Er baute megalomanische Türme aus Beton und Stahl, ließ bauen, man kam an ihnen nicht vorbei, allein schon ihrer Größe wegen. Er gewann häufig Preise und hüllte in Interviews seine Türme in dampfige Wortwolken ein, so dass man keine Chance hatte zu erraten, was sie eigentlich bedeuten sollten. Hauptsache groß und gewaltig. Phalluskunst eben, Männerkunst, irgendwie sinnlos, wäre da nicht immer eine Ecke, eine Ausbuchtung, ein Fehler, dort wo die Luft im Beton eine handgroße Blase warf, dort hinein ließ er in Gold und Platin Geheimnisse gravieren, hier ein unheimlich berührendes Selbstporträt, dort einen Satz wie: „Ich bin außer mir wegen dir", etwas, das ihn als Menschen hinter dem Beton freilegte, etwas, das irritierte.

Im nächsten Moment ist sich Philomena schon nicht mehr sicher, ob es diese Ausbuchtungen in seinen Werken wirklich gab. War es nicht vielleicht wieder ihre eigene Idee, die sie ihm hatte vorschlagen wollen? Kleine Grotten im Beton in Form seiner verschränkten Hände, in denen geschrieben stand: „Alles, was ich bin, liegt hier in dir". Platin, Gold. Sie mochte es, den Künstlern etwas vorzuschlagen, was sie sich selbst nicht leisten konnte.

Der Mann stand immer noch neben ihr. Philo hätte sich jetzt gerne an seinen Namen erinnert, es mochte irgendetwas wie „Der Wald in Flammen wird immer lichter“ gewesen sein, oder „Ich bin ein deutscher Dichter“.

Da tritt Viky zu den beiden. Philo schaut auf ihren schönen, spöttisch schweren, breiten Mund.

„Übrigens, Philo, das ist Rentz, Rentz Brentano, ein wirklich großartiger Künstler, der fabelhaft verkauft.“

Viky lacht ihr breites, 9000 Dollar teures Weiße-Zähne- Lachen, „und das ist Philomena, eine...,“ Viky rollt ihre Augen auf der Suche nach Worten, „nun ja, auch eine Künstlerin. Sie hat gerade eine Floßfahrt gemacht. Wir würden alle gerne wissen, wieso überhaupt.“

„Eine Kulthandlung, es war eine Kulthandlung“, ruft Philo ihr zu, als ob sie den Zorn der Lehrerin schnellstmöglich mit der richtigen Antwort befrieden will. Da aber wird diese schon von der Galeristin beiseite genommen, die tuschelnd ihr Haar mit dem Vikys vereint.

Philo steht noch immer neben Rentz und wagt nicht, ihn anzuschauen. Augen wie Bergseen, Vorsicht, man kann darin ertrinken.

Sie spürt, dass Rentz sie mustert. Es ist geradewegs, als würden seine Blicke sie liebkosen.

„Schmucker Mantel“, sagt er.

Beide lachen. Philo fühlt sich auf einmal besser, irgendwie richtig, nicht mehr wie Miss Misserfolg.

„War nicht teuer, habe ich vor ein paar Jahren mal meinem Vater aus dem Schrank geklaut."

„Passt ja, ich trage Vatermörder!" Er klappt mit zwei Fingern seinen Kragen nach oben und lacht verführerisch. Da, wo sein Dreitagebart an den Wangen golden schimmert, zeichnen sich zwei kleine Grübchen ab. Philo wagt einen Blick in das Helle seiner Seen.

„Ja, eine sehr formelle Okkasion, dieser Abend", sagt sie.

„Darf ich Sie um einen Tanz bitten, Mylady?"

„Ich fürchte, mein Bademantel könnte aufgehen, und außerdem gibt's hier ja nicht einmal Musik ."

„Dann gehen wir doch auf Ihr Zimmer und tanzen dort!"

III

Schon auf der Treppe fängt Rentz an, ihr den Hals zu küssen. Sie verschlingen einander mit den Lippen. Er drückt sie gegen die Wand und befühlt ihren Körper durch den Stoff ihres Bademantels. Sie greift seine Hände und führt ihn nach oben in ihr karges Zimmerchen, das sie jetzt wie eine funkelnde Höhle umfängt.

Ein heißer Strahl durchzieht ihren Körper. Sie inhaliert den Duft aus seinem Nacken, als wäre sie eine Ertrinkende und Rentz ein rettendes Sauerstoffgerät. Sie möchte ihm überall hinfassen, ihn in Besitz nehmen, möchte genießen, wie dieser kräftige und selbstbewusste Körper sich ihr hingibt. Doch auch Rentz hat Pläne mit ihr. Er wühlt ihr den Bademantel vom Leib, zieht ihr den Gürtel ab und legt ihn ihr um die nackte Hüfte, hält ihn fest, während er zu ihr hinabsteigt, um sie zwischen ihren Beinen mit seinen Lippen erst zu liebkosen und dann hartnäckig an ihr zu saugen. Sterne funkeln hinter Philomenas Augen. Er verwandelt sie in einen lavasprühenden Vulkan. Geschickt kramt er aus seiner Hosentasche ein Kondom, rollt es auf seinem

Schwanz ab und dringt in sie ein. Philomena entfährt ein Juchzen wie auf einer Achterbahn, sie peitschen einander mit den Hüften zu immer weiteren Höhen an, gleiten dahin in einem warmen Bad himmlischen Regens, bis Rentz ihr wie ein Hengst einheizt und ihrer beider gemeinsamer Schrei, archaisch und frei in den Korridoren des Pinkhouse verhallt.

Nach dem Sex taumelt Philomena in einen tiefen, schweren Schlaf.

Im Traum steht Marie Ana majestätisch und in breiter Spreewaldtracht auf einem Kahn und bringt mit ihrem Singen den silbrig schimmernden Wald zum Schmelzen, alle Kähne in der Nähe kentern. Dann kommt Rentz, er geht Philomenas nackte weiße Zimmerwände ab, betastet sie, bringt sie mit seinen Fingerspitzen zum Vibrieren.

Die schwere Decke ihres Schlafes hebt und senkt sich. Der Geruch der Liebe ist noch da. Doch Rentz liegt nicht mehr neben ihr. Philo hört Geräusche aus dem Belüftungsschacht beim Bett, sie drückt ihr Ohr daran, hört Marie Ana wieder singen, sie spürt ein starkes Band und das beruhigt sie.

Sie rollt sich tiefer in den Schlaf, wie in einen schweren, dicken Filz, und als sie daraus auftaucht, drängt wütend Sonnenlicht durch das verhangene Fenster ihres Zimmers, macht es zu einer roten Höhle. Sie hört Schritte und das Klappern von Geschirr und sie sieht Rentz. Er macht sich neben ihrem Bett zu schaffen und richtet auf einer umgedrehten Zinkschüssel ein

Frühstück für sie beide her. Ein Wasserkocher brodelt, pufft. Rentz gießt frischen Kaffee auf.

„Neunzehn Stunden hast du geschlafen, Dornröschen!“ Er streicht ihr über das Haar. Sie lächelt, greift nach einem Honigbrötchen, schlingt es in sich hinein. Rentz schmiert sich unterdessen ein Graubrot und lässt es auf dem Teller liegen. Verstohlen verliebte Blicke schießen zwischen ihnen beiden hin und her.

Rentz räuspert sich und erzählt mit überlauter Stimme vom Berliner Hauptbahnhof. Es gäbe dort eine Ausschreibung für ein Großprojekt im Rahmen der Berliner Künstlerwoche. Er denke daran, einen Turm zu bauen, ganz aus Beton, mindestens so groß wie die Goldelse, vielleicht sogar noch größer.

Philo sagt nichts, Tränen funkeln in ihren Augenwinkeln. Wie bezaubernd sein kluger Mund daherredet, ab und zu blinken kleine Grübchen auf. Möge er nur immer weiter so reden vom Beton und den darin eingeschlossenen Perspektiven. Alles von ihm würde sie jetzt glücklich in sich einsaugen, so liebestrunken ist sie in seiner Gegenwart.

„Gestern Abend hast du mir von Dresden erzählt, vom Hauptbahnhof. Was ist das für ein Projekt, das dir da eingefallen war?“, fragt Rentz.

Philomena erzählt mit glühendem Mund die ganze Idee bis ins Detail und schließt mit „Dresden - nun ja, eine Art vorzeitiger Weltuntergang.“ Dann saugt sie sich wie ein Kind mit ihrem gesamten Gesicht in seinen Hemdsärmel ein.

„Hast du diese Idee schon einmal irgendwo bekannt gemacht?"

Philomena zieht die Schultern hoch.

„Die hatt' ich mal in einer Ausstellung, ich meine, einfach nur so auf Zettel geschrieben. Zusammen mit einem Haufen anderer Ideen, alle auch auf Zetteln."

„Nur Zettel?" - das war offenbar an selbstschädigendem Minimalismus der Gipfel dessen, was ihm je begegnet war. „Zeigst du mir diese Hauptbahnhofskizze?"

Philo nickt und wühlt in den Schubfächern eines Metallschränkchens.

„Ich kenn da Leute, ich kann dich der Kommission vorschlagen", sagt er und nimmt von Philo einen Packen Zettel entgegen, schaut kurz darauf und steckt sie ein.

Philo und er könnten ein großes Paar werden, so wie Christo und Jean Claude, nur hielt er sie eher für Christo, den Empfänger von Ideen aus höheren Sphären und sie für Jean Claude, die Managerin. Er schaut auf die Uhr. Eine halbe Stunde hat er noch Zeit. Und obwohl er mit einem einfachen, eher sachlichen Gruß seinen Besuch hier hatte beenden wollen, küsst er Philomena auf die Stirn, streicht ihre Wangen, ihre Brust, schiebt das feinseidene Tuch zur Seite, das ihre Haut bedeckt, lässt seine Hand die weichen Kurven ihres Körpers nachzeichnen, gleitet hinab in ihren Schoß und stürzt sich in den glühend warmen Strom, der von ihr ausgeht. Eine unbekannte Kraft zieht ihn ganz tief in sie hinein. Er versinkt in ihren heißen Wassern und möchte kaum je wieder daraus auftauchen. Er spürt, er liebt ihren Geruch, und er liebt in ihr sich selbst. Er ist äußerst irritiert.

IV

Philo hatte sich die Sache ganz anders vorgestellt, sie wollte kein Herz voll schwarzer Lava in sich tragen. Überhaupt eine ganze Kathedrale aus Leiden zu sein, weil dieser Gockel von einem Großkünstler sich nicht meldet, das hatte sie nicht vorgehabt.

Zu Anfang durchschritt sie ihr Zimmer noch wie eine Königin, durchdrungen von der Gewissheit, dass das was Großes war mit Rentz und ihr. Sie war sich sicher, er würde wiederkommen und fühlte ihn mehrmals schon in der Tür stehen. Doch als er dann weder kam noch schrieb und Tag um Tag verging, ohne dass sie von ihm hörte, wurde ihr klar, dass sie aufhören musste, weiterhin an ihn zu denken. Aber wie konnte das gelingen? Ihr Herz stand Tag und Nacht in Flammen und war nicht auch ihr Warten etwas Heiliges in sich? War sie nicht eine Mönchin der Liebe und war nicht die Liebe, erfüllt oder unerfüllt, ihre Religion?

Sie beschloss, sich auf ihre Arbeit zu konzentrieren, ließ den roten Stoff des Floßzeltes durch ihre Finger gleiten, pinnte ihn an der Wand fest, nahm ihn wieder ab, durchwühlte alte Skizzen von Zelten, fand einen roten Mantel in einem 50er-Jahre-Katalog. In einem

Second-Hand-Laden, in dem es nach vergorenen Körperflüssigkeiten und Staub roch, kaufte sie sich einen knallroten BH. Sie verbot sich, ihn für Rentz gekauft zu haben. Der BH war fast durchsichtig und sie fühlte auf einmal deutlich, wie Rentz sie durch diesen hauchdünnen Stoff berührte und es durchfuhr sie eine Hitze, die den Hals trocken legte und schmerzte.

Schon lange hatte sie niemand mehr so tief berührt. Sie liebte in Gedanken das Bild seiner schönen Finger, wie sie über ihre Skizzen strichen, und je mehr sie in diesen Bildern schwelgte, desto mehr verfing sie sich in ihm. Er begann, sie an Arpád zu erinnern, ihre erste große Liebe. Sie war damals siebzehn, Arpád war zweiundzwanzig.

Es war im Februar gewesen. Draußen tropfte der Schnee von den Bäumen. Ihr Elternhaus, das sonst so geschäftige, riesige Pfarrhaus, war leer. Mit vier Autos war man zur Gemeindefahrt nach Holland aufgebrochen: All die Frauen um ihren Vater Matthäus, die sie nur die ‚Matthifrauen' nannte, ihr kleiner Bruder und die alte Katechetin samt Frau Prötzig und großem Gepäck. Der Wind, der durch die Ritzen der alten Fenster und Türen zog, hatte eines Tages Arpád, den Vikar ihres Vaters, an ihre Tür getragen. Arpád, dessen Bewegungen geschmeidig waren wie die einer Katze und der seiner Verlobten erst kürzlich in Budapest ein Brautkleid gekauft hatte, stand nun mit einer Gitarre um den Leib vor ihr. Was wollte dieser Barde mit dem Engelsgesicht von ihr und wieso sang er: „Mein Gott, mein Gott, warum hast du mich verlassen!"? Seine Stimme wie Sternenmilch schwingt sich weit über den verhangenen Abendhorizont hinauf. Es ist die Stimme eines zukünftigen Hirten. Arpád würde bald selber Pfarrer sein. Golden glänzt sie und gibt den Worten Jesu die Farben von seinem eigenen Liebesleid. Wie muss es ihm weh tun, so viele Monate von seiner zukünftigen Braut getrennt zu sein. Philomena lauscht und ist berückt. In diesem Haus, in ihrem Leben, ging bisher alles Singen immer nur von ihrem Vater aus. Er teilte es mit ihrem Brüderchen und mit dem ganzen Haus, mit ihr dagegen selten nur.

„Eli eli lama asabtani!" Was ist es, das Arpád mit diesen Worten, verlobt und ein Vorbild an Tugend, so verwundet und schön vor sie hintreten heißt? Er singt noch weitere christliche Lieder und setzt sich zu ihr auf den Teppich des Kinderzimmers. Es ist dort so eng, dass ihrer beider Knie sich berühren müssen.

Philomena wandelt in den darauf folgenden Tagen verloren durch die knarzenden Flure in diesem großen, leeren Haus und bemüht sich, nicht hinter jeder Tür diesen ungarischen Engel singen zu hören oder seinen Körper nach der Art einer roten Katze geschmeidig in einer der fernen Türen verschwinden zu sehen.

Philomena setzt sich ins Gemeindezimmer, das außer einem Teppich, ein paar Stühlen an der Wand und einem kargen Altar, in einem Wandschrank auch einen Fernseher enthält. Es läuft ‚Schwanensee'. Die sehnigen Körper in den steifen Röcken stimmen sie traurig. Mädchen wie Schwäne im Eis verkeilt. Schöne und begabte Beine auf Zehenspitzen, die endlos schmerzen. Philomena kauert auf ein paar Stuhlkissen, die sie in der Nähe des Fernsehers ausgelegt hat, und überlässt ihren Körper der Kälte.

Die Schwingtür geht auf, Arpád erscheint. Mag er Ballett? Er setzt sich zu ihr und legt eine wärmende Decke um ihre Schulter und das andere Ende der Decke um seine. Er erzählt, er möge den Tänzer Vaclav Nizhinski, der sich selber den ‚verrückten Gott Nizhinski' getauft habe, weil er, vermutlich von zuviel Liebe, um den Verstand gekommen war. Philomena stimmt zu, wenngleich sie Nizhinski nicht kennt. Doch kann sie sich sehr gut vorstellen, wie Liebe wahnsinnig macht. Sie erwartet ein längeres Gespräch, eine ausgeprägte, eine stichhaltige Debatte über dieses Thema, doch da regnen plötzlich kleine Küsse auf ihr Ohrläppchen ein, die warmen Küsse des Vikars, der ihr immer wie ein Engel ohne Fehl und Tadel erschienen war. Philomena packt ein wohliges Schaudern. Machte man das so in Ungarn? War das ein Brauch, eine Art Beweis seiner Nächstenliebe?

Er trug sie nach oben in sein Zimmer, legte sie auf die dunkelgrüne Couch, liebkoste sie mit Händen und Lippen am ganzen Leib. Sie müsse nicht, wenn sie nicht wolle, hauchte er ihr ins Ohr. Aber sie wollte, und sie wollte es mit jedem der Küsse mehr.

Als die Hollandfahrer zurückgekehrt waren und es im Hause keinen ruhigen Ort mehr gab, begannen sie, jeden Moment zu nutzen, sich unter dem Esstisch an Händen und Knien zu berühren. Sie gingen gemeinsam ins Nachbardorf zu Vorträgen über Abwassersysteme, nur um einander auf dem Weg dorthin ungestört die Hände halten zu können. Philomena begleitete ihn auf Gemeindebesuche in nach Schlangensalbe riechende Höhlen alter Leute, nur um, wenn die Alten nach ihren Brillen, Bibeln und Gesangbüchern suchten, heimlich Küsse mit ihm zu tauschen.

Doch es kam der Tag, an dem Arpád nach Budapest zurück ging, um dort sein altes Leben wieder aufzunehmen, Pfarrer zu werden und seine Braut zu freien.

Philomena hielt noch immer den roten BH zwischen den Fingern. Hatte er einer Frau gehört, die enttäuscht worden war? Oder einer Femme fatale, die ihren Büstenhalter immer dann bei ihrem Liebhaber „vergaß", wenn dieser anfing, sie nicht mehr zu interessieren?

Sie konnte nicht anders, sie schickte Rentz ein Foto von sich im Bademantel, mit dem roten BH quer obenauf.

Derzeit hatte Rentz sein Handy im Atelier wie einen unartigen Hund andauernd im Blick. Half nicht gerade beim Arbeiten. Die Sockel für drei Türme aus Stahl waren gekommen, Kunst am Bau. Seine zwei neuen Praktikanten schraubten daran herum, unbeholfen ließen sie andauernd Werkzeuge fallen, so dass klingend das ganze Gestänge vibrierte. Es nervte zwar, doch es interessierte ihn auch erstaunlicherweise so gut wie gar nicht. Und im Moment überhaupt nicht. „Pling!" machte das Telefon. Er schoss in die Höhe, eine Bildnachricht von Philomena. Er zitterte so sehr, dass ihm das Handy fast aus den Fingern fiel.

Es vergingen weitere Tage und wieder kam keine Nachricht von Rentz. Es war quälend für Philomena, peinigend und erniedrigend, auf diese Weise den Tag zu verbringen, immer in dem Versuch, etwas Vernünftiges zu tun und dann doch nichts zustande zu bringen.

Aus einer Illustrierten schnitt sie das Bild eines Babies aus, das mit einem Bahnhof aus Bauklötzen spielte und nähte das Foto auf den Bauch ihres Bademantels. Warum rief er nicht einmal wegen der Hauptbahnhofsidee durch? Schließlich hatte er versprochen, sie mit ihrem Projekt für den Preis vorzuschlagen. Es sähe besser aus, könnte sie sachlich sein, arbeiten, dann würde sein lautstarkes Schweigen abperlen an ihr.

Philomena machte ein weiteres Foto von sich im Bademantel: Sie rollte die Augen, verzog das Gesicht, streckte die Zunge weit heraus und schickte das Foto an Rentz.

„Pling“ und Rentz schnitt sich an der Unterkante seines Turms, deren Grat noch nicht gebrochen war. Er fluchte in Richtung der Praktikanten, aber die waren zur Mittagspause, mussten sie ihm wohl gesagt haben, hatte er nicht mitgekriegt. Sein Mittelfinger blutete. In seinen Händen lag Philomena im nicht ganz perfekt geschlossenen Bademantel, ein Baby mit Bausteinen in ihrem Schoß. Er würde verdammt nochmal gerne ein Baby mit ihr haben, trotzdem: Foto und Verlauf gelöscht. Er stieß sich beinahe den Kopf, als er durch die gelbschwarz gestreifte Tür nach draußen drang, um sich durch Joggen zu erleichtern. Joggen an der Spree, ein Heilmittel gegen alles. Trotzdem würde er ihren Whatsappkontakt blockieren müssen, vielleicht noch nicht gleich, aber spätestens, sobald er diese Fotos nicht mehr aushalten konnte.

Philomena stand vom Boden auf, wo sie eine Weile lang reglos gelegen hatte. Sie riss sich den Bademantel vom Leib, der ihr zu sehr nach Rentz zu riechen schien, steckte das Bügeleisen ein und brannte in der Höhe des Herzens in den Bademantel ein Loch, machte ein Foto, behielt es für sich und schickte es niemandem. Sie nahm den roten BH und schnitt ihn auseinander in immer kleinere Stücke und diese dann in noch viel kleinere. Als nur noch ein Körbchen übrig blieb, hielt sie inne. Sie hielt das Körbchen gegen das Licht.

Wie viele Frauen vor mir, denkt sie, haben sich schon genauso aus Liebe gequält? Und während sie das denkt, fühlt sie sich mit ihnen in einer langen Kette verbunden. Rote Kleider aus Liebe und Leiden, aneinandergekettet. Das war es, was sie machen wollte: eine rote Kathedrale aus weiblichem Leiden.

Sie würde rote Kleider sammeln, die Wohltätigkeitsvereine nach löchriger und lädierter Kleidung fragen und die türkischen Stoffhändler nach fehlerhaften Ballen, alles nur in Rot, Herbstrot, Rostrot, Karmesin, alle Schattierungen von Allem, was irgendwie rot war. Philomena liebte sich beißende Farben, sie liebte fehlerhafte Stoffe und deren Einzigartigkeit, weil sie ein

Ausbrechen aus dem System waren, Charakter zeigten und irgendwie sogar Persönlichkeit.

Tage später schüttet sie diese ehemaligen Hüllen des Leidens, diese Stoffkörper, gefüllt mit dem Lebensatem ihrer Trägerinnen, mitten auf ihrem Bett zu einem Riesenberg auf. Kleidung, mal kratzig, mal weich, gemangelt, gebürstet, gewaschen, plissiert, mit Goldschnallen, Flechtgürteln, roten Schlaufen. Sie befühlt die Kleider und deren Verheißung. Ein Kleid ist die kleinste Form eines Hauses und ist auch gleichzeitig des Körpers Kathedrale, und wir selbst sind das Licht darin. Riesig soll ihr Zelt werden, ein Uteruszelt, kathedralengroß, es würde sie über Wochen in Beschäftigung halten. Hingebungsvoll schneidet sie in die Kleider hinein, möge der Frauen Leid aus ihnen abfließen und damit auch ihr eigenes Leid. Sie näht Kleid an Kleid und rafft die fehlerhaften Stoffe in die Lücken dazwischen. Dann hält sie ihr Werk gegen das Licht. Ihr Herz hüpft erfreut bei dem Spiel aus Reinrot, Blutrot, Pink und Taupe.

Sie rollt die spitz zulaufenden Bahnen sorgfältig zusammen und stapelt sie gegen die Wand.

V

Es war Zeit, nach den Tagen der Einsiedelei unter Leute zu kommen. Philo lief hinab in den Siebten um bei Viky und Valli vorbeizuschauen. Das große Atelier lag im Halbdunkel, in einem Wald von Staffeleien saß Valli hinter einem Bild, trug große Kopfhörer, neben ihr hingen an einer Stange Strahler, die Philo blendeten. Hinter der weiten Fensterfront zwinkerte das nächtliche Panorama von Berlin. An einer Säule fand Philo Fotos verschiedenster Göttinnen, darunter der Artemis von Ephesos in Marmor mit ihren unzähligen Brüsten und einer Stadt auf dem Haupt, daneben die Ikone einer Madonna mit weitem Mantel - aussen rot und innen schwarz mit kleinen weißen Schriftstreifen - unter den sich die Gläubigen flüchteten. Außerdem gab es jede Menge Fotoshopcollagen von Viky und Valli, wie sie Kinder aller Kontinente um sich scharen, ihnen über die Köpfe streicheln, sich zu ihnen hinknien. Philo seufzt und denkt: wenigstens gehen sie so in die Welt hinaus, meine Ideen, meine Kinder. Vielleicht habe ich nie genug auf sie aufgepasst, nur recht, dass sie das Kunst-Schutzamt jetzt rührigeren Eltern zuteilt: dem Viky- Valli- Elternpaar, das alles auf die

Reihe kriegt und dafür sorgt, dass aus sämtlichen ihrer Zöglinge bis auf den allerletzten eine richtig große Nummer wird.

Hinter ihr geht die Tür, Viky betritt den Raum, bahnt sich einen Weg durch die Staffeleien, rempelt Philo leicht.

„Viky, mein Zelt, ich hab‘ da…?“

„Nicht jetzt, hab‘ hohen Besuch hinten in der Kanzlei.“

Als Viky an ihr vorbei will, strebt Philo in dieselbe Richtung und dann wieder zurück, was Viky sekundiert, sodass sie beide eine Weile voreinander hertanzen.

„Meine Kathedrale aus Frauenkleidern“, ruft Philo in diesen Tanz hinein, „ich will sie für zwei bis drei Tage bei euch probehängen, geht das?“

Viky hält inne. „Sagtest du nicht neulich, wir leben im Postfeminismus?“

Hatte sie das gesagt? Sie sagte manchmal Sachen, nur damit Viky überhaupt zuhörte.

„Viky, ich sehe hier jede Menge Göttinnen aus euren Leinwänden wachsen, sind die da oder sehe ich die nur?“

Viky spitzt bübisch ihr Gesicht. „Sei uns lieber dankbar, dass wir das machen! Du würdest das nie so hinkriegen wie wir. Und sorry, wir sind im Moment voll am Durchstarten, kannst unser Atelier also nicht haben, auch nicht für zwei Tage. Frag‘ doch mal bei den Berliner Museen an, wenn du überzeugend bist, dann werden sie dich schon nehmen!“

Vikys Absätze durchmessen klappernd die Tiefe des Raumes.

„Voll das Kompliment, diese Abfuhr, echt mal Philo“, lässt sich Valeria aus der halligen Dunkelheit vernehmen. „Das muss am Rentz liegen, weil der da neulich auf der Party mit dir rumgestanden hat. Von mir aus hättste dich mit deinem Zelt übrigens hier hängen können.“

„Warum hast du das nicht gesagt, als sie noch hier war?“

„So ist das nicht bei uns. Wir halten zusammen, weißt du, geballte Viky-Valli-Power“, sagt Valli und hält ihre linke Faust nach oben. Dann nimmt sie einen öligen Pinsel und streift ihn an einem einzelnen Stück Zeitung ab. Philo meint, auf der Zeitung ihr Floß zu erkennen. Sie entreißt Valli das Papier.

„Oh ja, hab ich für dich ausgeschnitten, ist doch über dich, oder?“

D. Rodenwald. Das musste der Lackaffe vom Yachthafen sein, hatte sich einen Artikel auf sie erlaubt. Er trug den Titel: „Darf Kunst alles?“ Er handelte davon, dass Kunst Eigentum respektieren müsse und die herrschenden Gesetze sowieso. Man könne für Künstler da keine Ausnahme machen und wenn sie mal eine Sonntagsfahrt auf einem Floß machten, solle man ihnen auch nicht glauben, sie seien von der Spreemündung bis nach Berlin getrieben.

„Ist Scheiße, der Artikel, oder?“, fragt Valli „Hab‘n trotzdem für dich hingelegt. Ich sag‘ immer: besser Presse als gehaltne Fresse!“ Als Philo nicht antwortet, fährt sie fort „Also in der Schule hieß es immer, je mehr dich die Jungs ärgern, desto mehr sind sie in dich verknallt.“

„Das gilt nur für Präpubertierende.“ Philo dreht den Zeitungsausschnitt sorgfältig über ihren Zeigefinger.

Valli beginnt, Blattgold auf die Leinwand aufzutragen und mit dem Fehhaarpinsel glattzustreichen.

Ein Klirren und Klappern dringt aus Richtung der Kanzlei zu ihnen, dazu Schritte, die Stimme Vikys. Hinter den Strahlern schwingen hier und da im Schatten der Staffeleien Kleidersäume und Mantelschöße. Dann öffnet sich die Szenerie: Vor ihnen steht eine Frau mit zirkelgerader Blondfrisur, daneben Viky und dahinter Rentz. Der schaut starr auf Vallis Gold.

„Pah, Viky, ich seh‘s schon, großer Knaller: Die Iris Meyer-Geiwinkel hat uns die Kunsthalle angedealt!“, ruft Valli.

„Ich schätze schon, mein Rentz hier hat mir zugeraten“, sagt die Frau und tritt zu Rentz, um ihm den Hemdkragen glattzustreichen. Rentz wendet sich zur Seite und schaut die Wände hinauf.

„Voilà, meine Schwester, immer schön mit der Tür ins Haus“, röhrt Viky.

Philo dreht das Papier in ihren Händen zu einer festen Rolle, schlägt die untere Kante um. Sie wagt einen weiteren Blick auf Rentz, dessen Augen irgendwie nach einem Ausgang suchen.

Viky redet von „ihrem Großprojekt“ und dass auch die Galeristin gesagt habe, man müsse es gigantisch aufziehen, Leute zum Malen einstellen, sie schieße was vor.

Die Gruppe entfernt sich zum Ausgang und Philo beschließt, ihnen keinen einzigen Blick mehr zu schenken. Doch ohne es zu merken, schaut sie doch zu ihnen rüber. Sie sieht, wie Rentz einen Blick zu ihr schickt, waidwund schaut er drein und verbrannt.

„Ey Philo, ich krieg nen Schuss, hast du das gesehen? Meinte der mich oder am Ende dich? Ganz schlimm angeschossen hat der ausgesehen. Hast du mit dem irgendwas?"

Philo findet nicht, dass sie darauf antworten muss. Nach einer Handvoll toter Stille fragt sie: „Diese Frau also, ist das die Iris Meyer-Geiwinkel, Tochter von dem Meyer- Geiwinkel?"

„Du meinst Bernhard Meyer- Geiwinkel, den ‚Beinhart', wie ihn immer alle nennen?"

„Wieso Beinhart?"

„Weil der in jeder Kommission sitzt, und wenn du mit dem nicht auf'm Duzfuss stehst, dann kriegst du gar nichts, wenn aber ja, dann kriegst du alles. Ich sag nur Hauptbahnhofkommision. Rentz' Karriere geht arschgerade ab, seit der mit der Iris da verheiratet ist."

„Warum sagt mir das keiner?"

„Ich sag's dir doch, willste noch mehr wissen?"

„Nächstes Mal will ich gewarnt werden, wenn sich so ein Typ auch nur auf einen Kilometer dem Pinkhouse nähert."

„Du hast mit dem geschlafen, Bingo? Und jetzt will der nichts mehr von dir wissen, hab',ich recht? Soll ich dir mal was raten: Räucher den aus deinem Leben aus!"

Als Philo nicht antwortet, fährt Valli fort: „Ich hatte da mal einen Typen, da kam raus, dass der eigentlich auf Viky steht. Da musst du als Zwillinge wie Pech und Schwefel sein, was haben wir den Typen abserviert!"

Philo sieht, dass sie noch immer den Zeitungsartikel in der Hand hält, er ist gefaltet und verdreht und sieht tatsächlich wie ein Penis aus mit einem Tropfen Sperma dran.

„Also, ich hab' den Typen dann sowas von nicht abgekonnt, dass ich drauf und dran war, seinen Penis abzuhau'n und an die Straßenköter zu verfüttern. Hat mich Viky davon abgehalten. Hab' dann aber alle seine Sachen genommen und in einer Grube vor dem Pinkhouse abgebrannt. Danach war's gut. Und Viky hat den auch nicht rangelassen. Schweineblöd hat der dreingeglotzt, schweineblöd."

Philo wünscht sich in diesem Moment allzusehr eine liebevolle Freundinschwester, mit der sie sich verschwören kann gegen alles, was diese Welt so schal und fehl macht. Sie nimmt ein Feuerzeug und zündet den Papierpenis am Spermatropfen an, greift sich ein Schraubglas von Vallis Tisch, wirft ihn hinein. Der Penis glüht sehr ansehnlich. Sie tritt ans Fenster und verstreut die Asche über das ihr aus der Ferne zuzwinkernde Berlin.

VI

Philomena wählt die Nummer der Pfarrei ihres Vaters. In seinem Arbeitszimmer im kleinen Spreewaldörtchen Babamotz nimmt er nicht ab. Wider besseren Wissens wählt sie die Nummer des Gemeindetelefons.

Eine gläserne Stimme beflötet ihr Ohr. Es ist Dinah, wie konnte sie nur denken, ihr Vater wäre allein zuhaus.

„Wie wundervoll, dass du anrufst! Wir sprechen jeden Tag von dir! Nur nicht gerade jetzt natürlich. Jetzt ist es äußerst unglücklich, mein kleines Häschen. Dein Vater und ich proben soeben mein Stabat Mater! Ich hab es selber komponiert. Es ist ein meisterliches Stück, sagt auch der Kantor, du musst es hören! Matthi, zwo, drei ..."

Des Vaters Kontrabass breitet eine weite Fläche schwarzen Moores und zeichnet trügerische Inseln mittendrin. Er spielt ruhig und fehlerfrei, jedoch ein wenig wie eine Maschine. Darüber tänzelt nervös die Harfe Dinahs. Mit gläserner Stimme setzt sie die Worte „Schaut die Mutter voller Schmerzen...", so dass es allen, die sie hören, ganz tief ins Herz einen Stich geben muss.

„Philomena?“ Endlich die samtene Stimme des Vaters am Telefon. „Gott segne Dich. Das war doch gut, oder? Kein einziger Schnitzer in ganzen 52 Takten, und wir proben erst seit dreieinhalb Tagen. Das wird sich großartig ausnehmen zur Karfreitagsmeditation, was meinst du?“

„Ganz sicher, Vater, ihr seid richtig gut. Aber darf ich dich mal was fragen?“

„Das darfst du immer, mein Kind. Die nächsten fünfzehneinhalb Minuten gehören dir, dann kommt die Konfirmandengruppe.“

Fünfzehneinhalb Minuten? Gut, wo anfangen?

„Matthi, unser Flow geht flöten! Sag einfach, du rufst sie später zurück!“, schon wieder Dinah. Der Vater hüstelt.

„Vater?“, fragt Philomena in den Äther.

Da meldet sich ein scheppernder Eimer, „Philomena, bist du es? Ist inzwischen was aus dir geworden? Dein Vater sagt, du lebst spartanisch. Komm doch mal wieder zu uns, ich mach uns Schweinebraten!“

„Tut mir leid, Frau Prötzig “, lässt sich ihr Vater vernehmen, „Sie legen bitte in der Küche den Hörer auf, ich will in Ruhe mit meiner Tochter reden“.

Das war nicht der Ton, der Frau Prötzig, einer stämmigen Bäuerin aus dem Dorf, Einhalt gebieten konnte. Sie dachte kein bisschen daran aufzulegen, schließlich hatte sie Philomena aufwachsen sehen und die Zeiten, wo sie sich von Männern etwas sagen ließ, waren lange vorbei. Und man musste ja auch wissen, was Philomena von ihrem Vater wollte. Vielleicht würde man einem von Beiden zur Seite springen oder beide zur Räson rufen müssen. Sie mochte die Vorstellung, dass sie immer noch über alles in diesem Haus Bescheid wusste. Sie hatte die Zügel in der Hand, sie zog, denn ohne sie ging nichts, wobei auch andere kräftig zogen, das gab sie zu. Warum musste zum Beispiel gerade jetzt die alte Katechetin Ehrenwein hier in der Küche die schal gewordenen Kekse umsortieren?

„Vater, ich habe ein großes Uteruszelt. Das ist so ein Kunstwerk, das will ich gern in deine Kirche hängen."

„Unser Örtchen ist doch sehr bescheiden. Warum hängst du es nicht in Berlin? Dort könnten es eine Menge mehr Leute sehen."

„Deine Kirche, das ist die Umgebung meiner Kindheit, das ist für mich der Mutterbauch, da ist in jeder Ecke eine Menge Sinn codiert. Ich liebe ihre Atmosphäre, tausende Frauen haben ihre Sorgen dort hinein getragen und ihr Gebet hat sie erleichtert."

„Philomena, ein Uteruszelt, ich seh' da den Bezug zur Bibel nicht."

„Die Bundeslade! Steht die nicht auch in einem Zelt mit einem starken Stein darin als dem Geheimnis?"

„Das steht im Alten Testament ein wenig anders."

„Und Vater Abraham und seine Frauen, haben die nicht ständig auch campiert?"

„Ja nun, Zelte gibt es schon in der Bibel. Sie haben nur mit einem Uterus das Allerwenigste zu tun."

„Ein Zelt hat auch Maria. Sie hält ihren großen Mantel auf, damit die Gläubigen sich darein flüchten.

Genau so ein Schutzmantel ist mein Zelt. Es ist aus Frauenkleidern genäht!“

„Das klingt mir nicht nach christlichem Protestantismus“, sagt plötzlich die knistertrockene Stimme der alten Katechetin Ehrenwein, „wir sind eine ehrbare Gemeinde und das schon seit der Reformation.“

„Philomena, du weißt, in meiner kleinen Kirche, da können wir nicht solche Experimente machen“, sagt der Vater, „tut mir leid, ein Uteruszelt, das klingt zu sehr nach Heidentum.“

„Da hast du recht, Pfarrer!“, bellt plötzlich Frau Prötzig.

„Jetzt ist der Flow auf Null, danke, Matthi! Und Frau Prötzig, Ihnen auch!“ Dinah klappert mit spitzen Absätzen davon und knallt die Tür.

„Renn ihr nicht nach, Pfarrer!“, schnarrt Frau Prötzig.

„Pling!“ Philo bekommt eine Meldung auf ihr Telefon. Sie ist von Rentz:. Er schreibt: „Nach diesem Schatz da in deinem Schoß muss ich graben. Es ist nicht, dass ich will, ich MUSS!“ Ihr wird heiß hinter der Stirn. Rentz, noch so einer mit zu vielen Frauen.

„Philomena, bist du noch da?“, fragt ihr Vater sanft.

„Vater, ich muss diese rote Kathedrale unbedingt bei dir hängen, nur für zwei oder drei Tage. Wer vom Dorf kommen möchte, kann sie sehen, und vor dem nächsten Gottesdienst hänge ich sie wieder ab.“

„Synkretismus“, skandiert die trockene Stimme der Katechetin.

„Danke, Frau Ehrenwein, bitte lassen Sie mich jetzt mit meiner Tochter alleine sprechen! Das gilt auch für alle, die sonst noch in der Leitung sind."

„Vater?"

„Philomena, das geht nicht so einfach, das muss der Gemeindekirchenrat entscheiden."

„Der Gemeindekirchenrat, sind das Dinah, Frau Prötzig und Frau Ehrenwein?"

„Die und noch ein paar andere dazu. Philomena, wie kommst du sonst zurecht?"

„Es geht, Vater, aber..."

„Philomena", röhrt Frau Prötzig, „wenn man in seinem Beruf nicht erfolgreich ist, dann macht man in was Anderem, hab' ich recht? Nimm zum Beispiel mich und meine Gänse..."

„Genug, Frau Prötzig!", sagt der Vater

„Vater, was ist deine eigene, deine wirklich ganz persönliche Meinung?"

„Herr Pastor!", schon wieder war es Frau Ehrenwein, „Vergessen Sie nicht, dass Philomena den Pfarrer Strada zurückrufen soll!"

„Ach ja, danke bestens. Philomena, Bruder Strada in Berlin-Brixdorf braucht dringend eine Sekretärin, könnte das was für dich sein?"

Philomena legt auf. Zu crazy war es bei denen dort in Babamotz. Es war die durchgeknallteste vielstimmige Vorhölle, die ihr je begegnet war, dieses Pfarrhaus mit den vielen Frauen und ihrem Vater mittendrin. Dass der Himmel über Berlin soeben eine gelbe und leicht kranke Farbe annahm, war ihr nur gerade recht. Es passte zu dem dicken Kloß, den sie in ihrem Hals verspürte.

VII

Philomena steigt auf eine Leiter und zieht den roten Zeltberg in Richtung Zimmerdecke. Ihr Berg hat eine Eruption, und als sie weitere Punkte ihres Zeltes nach oben zieht und an der Decke festmacht, entsteht ein rotes Meer, das bis in den Zimmerhimmel gischtet. Vor lauter Stoff findet sie kaum noch ihren Weg hindurch. Schön ist es, aber sie wird ein so großes Werk niemals irgendwo unterbringen können, das war schon immer so. Sie wird es morgen abhängen und zum Recyclinghof bringen.

Es klopft an der Tür, eine rauchige Frauenstimme singt prononciert „Hier Maruschka!"

Philomena kennt keine Maruschka, aber sie kennt diese Stimme.

„Herein!", ruft sie. Es ist Marie Ana. Philos Herz hüpft in den Hals.

„Ich muss unbedingt bei dir auf's Dach, weißt du, meiner Musik tut das gut."

„Marie Ana, bei mir geht es nicht auf's Dach, sorry! Aber ich kann uns einen Kaffee kochen."

Marie-Ana scheint dies nicht zu hören. Sie tritt mit großen Schritten in den Wust aus Kleidern und wickelt sich in die Bahnen ein.

„Tolles Teil! Wie steht es mir?“ Marie Ana dreht und wendet sich darin vor Philomenas kleinem Spiegel, als sei das Ganze ein riesiges, rotes Ballkleid. „Hey, oder besser, mach ein Labyrinth daraus!“ Sie hievt sich einen ganzen Schwung der Stoffmasse mit einem Mal auf den Kopf. „Schicksalslabyrinth kannst du es nennen und die Leute darin lässt du am besten alle Nase lang über irgendwelche Stricke stolpern, oder du lässt ihnen Bretter mit Sinnsprüchen vor den Kopf knallen. So geht doch Kunst, oder?“

Philomena muss lachen. Und gleich im nächsten Moment wieder seufzen.

„Das Ding da ist überdimensioniert, ich hatte da so einen Anfall, konnte gar nicht mehr aufhören zu nähen, hat gut getan.“

Diese Worte Philomenas scheint Marie Ana schon gar nicht mehr zu hören. Sie ist auf die Leiter geklettert und klopft ein paar Rigipsquadrate aus dem Haltegitter unter der Zimmerdecke. Sie reißt zwischen einem Wust von Kabeln ein Stück schwarze Plane beiseite. Weiße, eng beschriebene A4-Blätter fliegen wie Tauben im Zimmer umher und landen auf den roten Stoffen. Im nächsten Moment ist nur noch der Unterkörper von Marie Ana zu sehen, bis auch dieser himmelwärts aus dem Zimmer steigt. Philomena steigt ihr vorsichtig nach. Der vielstimmige Wind Berlins pfeift ihr um die Ohren, doch der Himmel ist kristallklar, weit und offen.

Sie stehen, die Arme umeinander gelegt, auf dem Dach des Pinkhouse und atmen die würzige Luft des Frühlings ein.

Philomena bemerkt, von Bäumen fast verdeckt, einen dörflichen Kirchturm, umstanden von einer Handvoll Bauernhäusern. Typisch Berlin: eine wilde Mischung aus Dorf und Stadt und immer für eine Überraschung gut. Das Plattenbau- und Gewerbeghetto, zu dem auch das Pinkhouse gehört, geht abrupt in ein Dorf und daneben in eine Kleingartenanlage über. Google Maps weist das Ganze als Brixdorf aus. War das etwa das Brixdorf, das ihr Vater ihr ans Herz legen wollte?

Marie Ana, deren kastanienbraune Haare sich wie eine muntere Fahne wild in alle Richtungen verwirbeln, stellt sich mit geschlossenen Augen, die Arme weit ausgebreitet, gegen den Wind und schickt einen Wust von Urlauten über die bis an die Ränder tosende Stadt, die mit noch wilderem Brausen zu antworten scheint.

Philo würde sich verdammt gerne so frei fühlen wie Marie Ana. Sie selbst saß immer so sehr in ihrem Panzer und damit in sich selbst verkeilt. Nun probiert auch sie einen Laut, doch als der allzusehr nach einem Reiher mit verknotetem Hals klingen will, gibt sie das Experiment auf und beschränkt sich darauf, Marie Ana zuzuhören. Die gurgelt und zirpt soeben einen wilden Wirbel von Lauten herbei und nimmt sich dabei mit dem Handy auf.

„Was ist das nun eigentlich, das da unten in deinem Zimmer?“, fragt sie abrupt, nachdem sie gerade unter Wimmern einen röhrenden Pfeifton in Richtung der Stadtgrenze abgesendet hat. „Es ist doch ein Labyrinth, oder? Bitte, bitte, lass es ein Labyrinth sein! Beinahe hätte ich mich darin verirrt.“

Philo muss lächeln. Diese unglaubliche Marie Ana.

„Es ist ein Zelt, Marie Ana, trotz allem, ein Zelt.“

„Ein Uteruszelt?“

„Ganz genau, oder wenigstens so ähnlich. Ich wollte es zuerst in Vikys Atelier aufhängen. Die war, wie du dir denken kannst, einfach nur dagegen. Dann habe ich meinen Vater gefragt, aber dem fiel nichts Besseres ein, als mir einen Sekretärinnenjob bei einem Pfarrerkollegen anzudienen, wahrscheinlich in genau dieser Kirche da.“ Philo zeigt nach unten und Marie Ana lehnt sich an ihre Schulter, um denselben Blickwinkel einzunehmen wie sie.

„Mmh mmh, wie schräg!“

„Am liebsten würde ich das Zelt kompostieren, aber es ist zu viel Synthetik dabei.“

„Stopp mal, auf keinen Fall wirst du das rote Ding da unten vernichten! Woher willst du wissen, dass das nicht der Anfang von etwas ganz Großem ist? Bezeichne es von jetzt an einfach als dein Hauptwerk, sieh es als dein Baby an! Wenn du es jetzt abtreibst, dann wirst du nie wissen, was aus ihm geworden wäre!“

„Ach weißt du, ich sollte vielleicht überhaupt aufhören mit der Kunst. Die in Babamotz haben schon irgendwie recht.“

„Come oon, Philo, das ist sowas von Deprigeschwafel! Du bist phantastisch und am besten benutzt du von jetzt an die in Babamotz und auch den Rest der Welt ganz einfach für deine Zwecke! Geh ihn dir anschauen, deinen neuen Sekretärinnenjob! Ich wette, dieser Pfarrer hat dort jede Menge Platz. Und bist du erst mal bei dem die Chefsekretärin, dann kannst du Uteruszelte aufhängen, soviel du willst! Come oon, kämpfe für dein Baby, denn es ist dein Schatz!"

Das war eine Rede, die Philomena elektrisierte. Diese Marie Ana war ein wandelnder Vulkan. Es konnte nicht verkehrt sein, von ihr aus dem Sessel des Selbstmitleids herauskatapultiert zu werden. Es war überhaupt eines der großartigsten Dinge der Welt, mit ihr seit Neuestem näher befreundet zu sein.

Als Marie Ana wieder ins Pinkhouse hinabsteigt, schaut sich Philomena nach einer Klappe um, die sie nach ihrer beider Abgang vom Dach hinter sich hätte wieder zumachen können, doch sie sieht nur einzelne Teile von Gips und Putz und etwas wie eine übergroße Frühstücksschale aus Plexiglas mit ausgebrochenen Rändern. Sie beschließt, einige von den laminierten Brettern aus dem Hof zu holen, und - Prinzip große Kiste auf kleinerer Kiste - einfach ihren eigenen Ausstieg zu bauen. Komisch, dass Marie Ana so eindeutig überzeugt gewesen war, dass es diesen schon längst gab und eigenartig, dass ihr der Durchbruch zum Dach so leicht gelang. Jetzt wusste sie, warum Marie Ana in ihrem Zimmer einen eigenen Holzofen hatte. Weil mit dem Kopf durch die Wand bei ihr immer klappte und weil sie einfach das machte, was ihr gerade angenehm war.

Das würde Philomena nicht imitieren können, aber sie würde sobald wie möglich nach Brixdorf gehen. Zu Pfarrer Strada. Vielleicht mochte er Kunst und vielleicht war das Aufhängen ihres Zeltes für ein paar Tage oder länger bei ihm kein Problem.

VIII

Berlin-Brixdorf Kirche. Endstation!", glockt die Frauenstimme in der Straßenbahn, von deren Summen Philomena für eine Weile eingelullt gewesen war. Sie tritt auf den Gehweg und hält ein. Autos peitschen mit „Pte" das Pflaster. Ein Biotonnen-Lkw, der nach Erbrochenem stinkt, stülpt über sie sein aufgebrachtes Röhren. Am Rand der Straße stehen Brandenburger Bauernkaten, Kastenhecken, eine Autowiese und „Lackiererei". Ein altes Zweifamilienhäuschen ist in Rosa und Türkis getaucht. Die Bürgersteige sind menschenleer. Die Feldsteinkirche, deren Turm sie von ihrem Besuch auf dem Pinkhousedach schon kennt, versteckt sich hinter einer Handvoll mächtiger Kastanien.

Eine Wand von Vogelstimmen legt sich zwischen sie und den Verkehr der Straße. Vögel, außer sich vor Freude, tirilieren, bersten glücklich. Philomena läuft auf einem lehmigen Pfad und spürt: In dieser Erde steckt ein tiefer Beat, denn sie pulsiert und auf ihr erhebt sich der Gesang der Vögel wie eine große Kathedrale. Wie wird Pfarrer Strada aussehen, wer wird Pfarrer Strada sein?

Ihr Vater hatte ihn umgänglich genannt, frohgemut und seiner Arbeit sehr verpflichtet.

Wie wird ihre Arbeit sein? Im Geiste steht Philomena in knöchellangem Wollkleid über die nach Moder riechenden Kirchenbücher geneigt, deren Seiten beim Umblättern in einem tiefen Schwappton klappen. Tausende Tode werden sie enthalten, darunter auch die von winzig kleinen Kindern und viele tausende Geburten, derer nicht wenige die Mütter nur durch ihren eigenen Tod errungen hatten, was im nächsten nach Moder riechenden Buch eine neue, eilfertig gestrickte Hochzeit prokuriert, denn der virile Bauer will auf keinen Fall dem Tod durch diese kleine Lücke den dauerhaften Zutritt in sein Haus gewähren.

Die Pfarrvilla schlummert im Schatten hohen Laubs, ihr Kalkstein ist fleckig angedunkelt, der Mörtel in den Fugen bröckelt. Wie lila Augenlider sind die Jalousien halb gesenkt. Um einen runden Erker schwenkt die Treppe halbkreisförmig hinauf zu einer klinkenlosen Tür, auf der sich dunkle Lettern gegen ihr Verschwinden wehren: „P_ARRBÜ_O". Sie presst die rostige Klingel, die ihren eigenen Ton zu schlucken scheint. Sie wartet, klopft dann kräftig. Mit spitz leierndem Quietschgesang tut sich die Tür behäbig auf.

„Pfarrer Strada?"

Heftiges Rascheln von Papier. Philomena strafft und räuspert sich.

„Pfarrer Strada, hier ist Philomena!" Kein Strada weit und breit. Hinter ihr schlägt die Türe heftig zu.

Papiere zahlreicher vom Boden aufwachsender Stapel fliegen frei im Raum umher.

Vor ihr ein weites Panorama: Aufgeschlagene Bücher liegen auf Urnen, bilden kleine Türme, klebrige Kaffeetassen sitzen obenauf, Schüsseln mit Essensresten, aus denen lautlos Fliegen stieben, am Boden überall Papier. Philomena fällt es schwer, auf nichts von Alledem zu treten, als sie in Richtung Schreibtisch balanciert. Dort lagert eine orangefarbene Katze, schaut sie in tiefem Wissen an. Soll Philomena sie nach Pfarrer Strada fragen? Die Katze faucht, versteift sich und verschwindet durch ein Quadrat im überhohen Sprossenfenster. Durch die vergilbten, welligen Scheiben dringt gedämpftes Grün herein, macht Flecken auf dem mit Briefen zugestreuten Schreibtisch.

Philomena tritt an das von der Katze aufgelassene Stück Fenster. Im Garten herrschen Schatten vor, Wildnis, eine weitläufige Wiese, von hohen Buchen überspannt.

Sie greift sich einen Packen Briefe: „Superintendentur, Kirchenkreis, Konsistorium", die Poststempel gehen bis auf Jahre zurück, abgenutzt und verknittert sehen sie aus. Die meisten von ihnen sind ungeöffnet.

Wunderbar, denkt Philomena, Arbeit gibt es bis ans Weltenende, doch wo bleibt dieser Strada? Sollte sie anfangen, in seiner Abwesenheit aufzuräumen? So hatte das ihre Oma einst getan, und die Gutsherrin hatte sie umgehend als Dienstmagd engagiert.

Doch kam nicht Pfarrer Stradas Fortbleiben auch einer Absage gleich? War es nicht besser, sich auf der

Stelle aus dem Staub zu machen, angesichts dieser Selbstsabotage in papierener und in jeglicher Form? Das alles hier erinnerte sie an ihre Kindheit. Ohne das Chaos darin natürlich. Hier arbeiten sollte sie und sollte es genauso nicht.

IX

Währenddessen schlich Pfarrer Strada durch die Kleingartenkolonie „Märchenland“ und ihn plagte das Gewissen. Ringsumher blühten Tulpen in schmerzhafter Schönheit, provozierte ihn der Flieder mit seinem Duft, wie als wollte die Natur ihn verhöhnen und sagen: „Du, Strada, mit deinen fünfunddreißig Jahren, machst aus deinem Frühling einen Herbst. Sieh uns an, da kannst du etwas lernen!“

Brigitta May, eine blühende Mittfünfzigerin und eine wahre Tigerin, hatte ihn zu sich gerufen, es gehe um die Aussegnung ihres Mannes. Er wüsste gerne, wie lange das eigentlich schon her war. Er hatte den Besuch etliche Male verschieben müssen, denn es gab Tage, an denen er sich so eine starre Leiche nicht hatte zumuten können und andere, an denen die Last seiner Aufgaben ihn schier überwältigte, so dass er gar nichts hatte tun können. Das waren diese Tage, an denen er dringend eine Sekretärin brauchte. Apropos, war er nicht genau deswegen irgendwann dieser Tage mit Pfarrer Gutendorffs Tochter verabredet gewesen? Ein Blick in den Amtskalender wäre jetzt hilfreich, wenn er ihn denn dabei hätte, doch er wusste schon seit Tagen nicht mehr, wo er lag. Hoffentlich kam sie nicht heute, diese Tochter. Und wenn schon, das wäre auch egal. So dringend brauchte er nun auch wieder keine Sekretärin.

Brigitta May. Dieser Gang zu ihr bereitete ihm allerdings eine nicht geringe Pein. Dieser wogende Busen und das lila auftoupierte Haar, diese Pharaoninnenpräsenz, die noch den größten Raum, in dem sie stand, zu klein erscheinen ließ. Sie könnte seine Mutter sein, oder seine Mutter könnte von oben aus dem Himmel auf ihn herabschauen, was auf dasselbe hinauslief, und das hieß, ihr Wollen war für ihn ein MUSS. Er konnte solchen Eminenzen nichts versagen, solchen Matronen, genau wie auch denen vom immergrünen Frauenkreis. Die waren alle drei um die Neunzig und hatten ihn vor Kurzem doch glatt relegiert: „Herr Pfarrer, bleim Se weg, wir wollen Sie hier nicht mehr!" So uncharmant können Frauen sein. Und gleichzeitig war er froh, nicht mehr zum wöchentlichen Frauenbibelkreis zu müssen, wo man ihn aussaugte und sich an ihm verjüngte. Diese drei Damen hatten ihren Bund kurz nach dem Krieg geschlossen (da war es noch ein Mütterbibelkreis) und hatten alle Menschen überlebt, die je versuchten, Teil ihres Kreises zu werden.

Als er nun vor der Kastenhecke mit dem grünen Haus dahinter innehielt und einer Amsel auf dem Birnbaum lauschte, sprang ein kahlköpfiger Mann auf ihn zu, kurz und knapp von Statur, als Kurt Irgendwas stellte er sich vor. Den Namen kannte Pfarrer Strada nicht, denn er kam in seinem 900-Seelenregister nicht vor. 900 Seelen und immer waren es zu wenig, besonders für den Superintendenten Baader, das war Stradas Chef.

Man betritt ein abgedunkeltes Gemach, der Raum scheint Küche, Wohn- und Schlafzimmer in einem. Brigitta sitzt in einem dunkelroten Ohrensessel. Ihre sonnige Fülle steht in eigenartigem Kontrast zu ihrem schwarzen Kleid. Sie blickt kurz auf und lächelt, nickt geheimnisvoll. Sie stickt an einer Madonna in melancholisch schönen Farben. Mit goldenem, surrendem Faden füllt sie soeben die heilige Krone aus.

Pfarrer Stradas Blick fällt auf Kurts braungebrannte Beine, die in Shorts und Badelatschen stecken. Sie versprühen einen eigenartigen Odeur privater Erotik hier im Raum. Seine kräftigen nackten Arme bugsieren einen zweiten rubinroten Ohrensessel auf Pfarrer Strada zu. Kurt drückt ihn fest in diesen hinein. Auh, Gottwunder! Es sticht den Pfarrer von hinten wie Jesu die Dornenkrone am Kreuz. Ostern war gerade vorbei, doch was war das, worauf er jetzt saß - ein weiteres Handarbeitszeug? Pfarrer Strada rückt sich mit durchgebogenem Rücken darauf zurecht, er wird nichts sagen, um die beiden nicht zu beschämen.

Eine Goldrandtasse wird mit schwarzem Kaffee befüllt, Pfarrer Strada schwenkt sie leicht, um den Himmel zu betrachten, der auf des Kaffees Oberfläche schwimmt, dieser Fetzen Himmel, der den einzigen Ausgang aus Brigittas Höhle zeichnet. Es ist auch schwierig, währenddessen nicht zum Couchtisch hinüberzublicken, denn da liegt Brigittas Mann, bedeckt mit einem Laken. Sein silbrig schimmernder Schopf ist in einen schwarzen Ledersessel eingesenkt. Weiße Spitzendeckchen verzieren die Lehnen.

Pfarrer Strada sieht die Nadel beherzt in den Stoff einstechen, der Faden schnurrt rhythmisch durch den kreisrunden Rahmen. Vornüber liegt ein kleines, fertig ausgesticktes Jesuskind, fällt fast schon herunter, so als ob Maria vergessen hat, es zu halten. Pfarrer Strada steht auf und tritt zu Brigitta, hält seine Hand segnend über ihr Haupt, die andere hält er in Richtung des Toten, ohne auch nur dort hinzuschauen. Kurt steht neben Brigittas Sessel wie ein Leibwächter und schaut ihm mit neugierigen Augen ins Gesicht.

Und Pfarrer Strada spricht: „Ich bitt, lass dir befohlen sein, ach lieber Herr, dies Kindelein, behüte es vor allem Leid und alle in der Christenheit."

Man schaut ihn mit offenen Mündern an. Pfarrer Strada fühlt: Dies ist der richtige Zeitpunkt zu gehen. Brigitta scheint nicht sehr zufrieden zu sein, doch hat sie sich bereits wieder nachdenklich in ihr Stickzeug vertieft.

Auf dem schmalen Plattenweg kommt Kurt ihm nachgelaufen.

„Herr Pfarrer, das war das Stickzeug sicher und mir ist das ja auch egal, aber der Brigitta ist aufgefallen, wie soll ich sagen..."

Dass ich soeben ein- statt ausgesegnet habe, denkt Pfarrer Strada. Ja, es ist ihm auch grad aufgefallen.

„Kurt, machen Sie sich weiter keine Gedanken, es hat schon alles seine Richtigkeit, Gottes Kinder bleiben wir wie in der Geburt, so auch im Tode.“ Er denkt nicht daran, noch einmal in diese dunkle Höhle zurückzukehren. Und Kurt scheint sich mit seinem Spruch zufriedenzugeben. Gott, wie sehr danke ich dir für die Gabe meiner Eloquenz, denkt Strada und schleicht sich davon.

X

Beinahe übertönt der Regen das Klingeln des Telefons. Es ist Pfarrer Benjamin Strada. Der fehlte ihr nun gerade noch mit seinen Bergen unbewältigter Papiere. Sie wischt ihr iPhone, um den Anruf anzunehmen.

„Philomena? Kommen Sie in Gottes Namen, ich bin unten vor der Tür!"

Zittrig und dünn klingt seine Stimme, als wäre sein Kopf dreiseitig von übergroßen Handfeuerwaffen eingekeilt.

Philomena lehnt sich aus dem Fenster. Auf der belebten Straße vor dem Pinkhouse steht ein grüner Skoda im Parkverbot. Durch die vom Regen verwaschene Scheibe blinzelt ein Mann zu ihr herauf, hängt auf seinem Steuerrad, wie auf einem Rettungsring. Ein großes Baby, das seine Mami zu dick angezogen hat, denkt Philomena, als sie mit dem Fahrstuhl abwärts fährt.

Philomena steigt neben Strada in den Wagen, der reicht ihr seine kindlich weiche Hand, drückt seinen Hut dabei so tief, dass nur sein Mund in einem ungepflegten dunklen Bart zu ihr zu reden scheint.

„Da kommt meine Erlöserin, wie froh ich bin, dass Sie unserer Gemeinde helfen werden. Es läuft alles ohnehin, ich würde sagen: fast fabelhaft!"

„Und wozu brauchen Sie dann mich?“, will Philomena gerade fragen, da ruckt das Auto sprunghaft an, stottert, hüpft sogar.

„Die Kupplung, Sie verzeihen!“

Verzeihung, denkt Philomena, wird das reichen? Braucht der nicht eine Generalabsolution? Die Fahrt ist wild, als ob Verfolger hinter ihnen wären. Sie schaut Strada von der Seite an, sein Hut ist heruntergefallen, und sie ist überrascht über seine dunklen, langen Locken, die er im Nacken zu einem Knoten gebunden hat. Ein interessantes Profil, diese Nase, will sie soeben denken, doch ist ihr schlecht, denn Pfarrer Strada macht den Kreisverkehr zum Karussell. Philomena stößt sich das Knie am Handschuhfach, es flappt auf, heraus fallen die sieben Selbstmordplagen: Tabletten, rostige Nägel, ein rotes Tuch, ein Strick, ein verschmiertes Liturgiebuch, eine Urinprobe und ein Säckchen mit Oblaten für das Abendmahl. Als sie nach unten in den Fußraum taucht, um die Sachen wieder aufzusammeln, erklingt des Pfarrers Klage über ihr.

„Superintendent Baader, mein Chef, er sägt an meinem Stuhl. Das Gemeindeleben liege brach, in Kürze habe man genug Beweise. Sagen Sie, was soll ich tun?!“

„Bringen Sie Gegenbeweise!“, lässt sich Philomena kopfunter vernehmen.

„Der Superintendent ist kurz davor, mich zu vernichten! Er sagt: ‚Bruder Strada, in der Gefängnisseelsorge machen Sie eine bessere Figur!‘ Ich im Gefängnis! Wissen Sie, wie sehr mir das misslingen wird!?“

„Ich weiß!“, aus dem Fußraum klingt ihre Stimme sehr dumpf. Da tritt der Pfarrer auf die Bremse. Philomenas Zähne schlagen in sein Knie, sie hangelt sich mit rotem Kopf nach oben. Der Pfarrer kichert wie ein Schulkind, dann bezieht sich sein Gesicht erneut.

„Das Gelände wird man verkaufen, die Kirche zu einer Turnhalle machen, und noch viel Schlimmeres steht bevor... Sagen Sie, das können Sie doch: Briefe schreiben, nach dem Frauenkreis sehen, die Junge Gemeinde betreuen, den Gemeindekirchenrat führen...?"

„Wahrscheinlich schon", sagt Philomena, „wie hoch wird die Bezahlung sein?"

Pfarrer Strada reißt das Steuer rum, bespringt mit einem Rad den Bürgersteig, stoppt und wendet sich Philomena zu. Zum ersten Mal gewahrt sie seinen graublauen, trauerumflorten Blick.

„Bezahlung?", der Regen klatscht hart an die Scheibe, „ Aber Philomena, ich weiß es und Sie wissen es auch: das wäre Vorteilsnahme!"

Vorteilsnahme. Der verdiente 6000 Euro, und das voll und ganz ohne sie verdient zu haben, und ihr will er nicht einen Euro zahlen! Philomena springt aus dem Auto und sieht, dass sie bereits neben der Kirche stehen.

„Tut mir leid, Herr Pfarrer, auch ich brauche das Geld zum Leben, aber trotzdem Dankeschön! Eines Tages werden Sie das schon verstehen!"

„Philomena!" Der Pfarrer läuft ihr schniefend hinterher. „Sie wissen doch, wie sehr ein Ehrenamt einen Menschen adelt. Lassen Sie uns in Verhandlungen treten! Wie wär's, wenn Sie ein Zimmer von mir nähmen?"

Das klang schon besser, das klang anders. Auch der Regen hatte aufgehört. Sie folgt der Richtung seiner Hand, die mit hilfloser Geste auf eine müde vor sich hinwitternde Villa weist.

XI

Rentz ging in seinem Atelier auf und ab wie ein Leopard im Käfig. Er erwischte sich dabei zu denken, dass ihm ein Atelier tief in den Wäldern Finnlands lieber wäre, als sein, laut Iris, ‚so schön zentral gelegenes' hier in Berlin, in dem es zuging wie in einem Kasperletheater, weil es von Bernhard, Montz und Willfahrt und immer wieder Iris zu jeder Tag- und Nachtzeit nur so wimmelte, wobei er im Grunde selbst der Kasper war, den die anderen an ihren Fäden führten. Und alle wollten sie Türme, Türme, Türme.

Er hatte gut arbeiten können, als seine Welt noch in Ordnung war. Das war vor Philo, und es war noch nicht mal einen Monat her. Da hatte er Post empfangen, Kaffee trinken und Erwartungen erfüllen können und hatte mit Iris zwischendurch immer wieder seine Karriere generalstabsmäßig geplant. Auch hatte es ihn, wenn er ehrlich war, gefreut, während seiner Arbeit immer wieder Kunden und Museumsleute zu empfangen, denn seine Tätigkeit hatte doch eher einem drögen Bürojob geglichen, dessen Höhepunkte, Aufregung und Risiko vollkommen kalkulierbar waren. Jetzt war das anders. Jetzt ging ihm jeder Schwatz um Kunst, Markt und Aufmerksamkeit wahnsinnig auf die Nerven. Jetzt würde er gern über die Liebe sprechen und wie aus ihr ein wahrhaftiges Werk entsteht. Und weil das nicht ging, würde er lieber mit gar keinem reden, sondern sich einfach nur in seine Höhle verziehen, um herauszufinden, woher dieses starke Bedürfnis kam, sich so mit Haut und Haar dieser Philomena zu verschreiben. Er würde Iris bitten, ihm das Atelier sturmfrei zu halten. Sie würde sich wundern und trotzdem dazu schweigen, denn sie war das Gehabe ihres Künstlervaters Beinhart von früher Kindheit an gewohnt. Und im Vergleich zu dem war Rentz ein Waisenknabe. Und dies hier war, und das würde sie intuitiv verstehen, sein persönliches Golgatha, das zunächst einmal nur ihn allein etwas anging.

Fehlte nur, dass Beinhart jetzt hereinkam, sich umsah, spöttisch „Frauenkunst“ sagte und ihm den Pfeifenrauch ins Gesicht blies. Bislang war nie auch nur irgendetwas Tierisches, Menschliches oder auch einfach nur Amorphes in seinen Skulpturen aufgetaucht. Noch nie hatte er irgendwelche Botschaften geschrieben. Das war nicht vorgekommen. Er war Rentz Brentano, der Türme-Rentz. Schließlich hatte man einen Namen und gewisse Erwartungen zu erfüllen.

Rentz spürte mit einem Mal in sich das Bedürfnis, seine Arme weit auszubreiten und die ganze Welt zu umfangen. Er war Jesus am Kreuz, zersplittert in Abermillionen kleine Lichtfunken aus reiner Liebe. Sein Inneres brannte, er krümmte sich wegen dieses Brennens und musste manchmal seine Stirn an die kühle Steinsäule neben dem Sofa lehnen. Ein Paar Formen für seine Jesusse hatte er schon in Gips gegossen, einen großen Brennofen gebaut. Nachts hatte er einen Assistenten dafür dabehalten und ihm sogar Schweigegeld gezahlt.

Es war der Bessere der beiden, der ehrlicher aussah und sicher in der Lage, auch wirklich dicht zu halten. Die Schalformen im Atelier sahen aus wie kreuzförmige Särge. Iris hatte, als sie die Särge sah, nichts gesagt, aber ausdrücklich nichts gesagt. Und er hatte ihr das hoch angerechnet.

Eine Unzahl tief orangerot leuchtender Terrakottajesusse würde es am Ende geben, sie würden die Arme weit ausbreiten, doch statt am Kreuz zu hängen, würden sie, mit nackten Füßen auf dem Boden stehend, zu einem Schritt ansetzen, um sich in Richtung Philomena zu bewegen.

Gerade als er sich rücklings auf das schwarze Ledersofa wirft, kommt ihm eine große Figur in den Sinn, eine Frau, die ihren Mantel weit zum Dreieck spannt. Das musste die heilige Jungfrau sein, die Gottesmutter oder Himmelskönigin. Eine Maria Lactans oder Mater Dolorosa oder beide, auf jeden Fall war klar, dass Maria den toten Jesus durch ihre Tränen oder ihre Milch zu neuem Leben erwecken muss.

Rentz erhebt sich und kritzelt auf ein Stück Packpapier: „Du gehst durch mich hindurch, schließt mich mit einem viel zu großen Schlüssel auf, schenkst mir Deine Liebe..." Er kaut an seinem Bleistift und schreibt „...nicht, hältst sie zurück, und machst mich ungeschehen".

Rentz schreibt mit dem Finger in dünne, nasse Platten von matschiggelbem Ton Schriftzug um Schriftzug und legt sie in seinen eigenen gipsenen Hohlkörper ein. Es würde eine ganze Terrakottaarmee aus Rentzen werden, eine Armee der Liebe auf dem Weg zu Philomena, mit weit ausgebreiteten Armen, unzählige

Jesusrentze auf dem Weg zu ihr. Es war eine Marter, auf eine Frau zu warten, die nicht kommen würde, die nicht kommen konnte, weil er ja verheiratet war. Und diese Ehe mit Iris war besser in Beton gegossen. So eine Beziehung, in der man zusammen arbeitet und im großen Zirkus Kunst gemeinsam etwas reißt, die gibt man nicht so einfach auf. Und er hatte sehr wohl etwas bewegt in den letzten zehn Jahren, hatte Geld und Prestige erlangt. Warum musste ihm jetzt an der Schwelle zum ewigen Ruhm so etwas wie diese Philomena passieren?

XII

Pfarrer Strada nestelt an einem großen Schlüsselbund.

„Das ist das ehemalige Verweserhaus."

Sie betreten ein hohes, moosbewachsenes Gebäude, das sich schief und schattig auf sie zuneigt, und stehen in einem schummerigen Gang, von dem nach rechts und links eine Unzahl Türen abgehen.

„Das Haus steht leer?"

„Ich weiß nicht, ob Sie das so nennen sollten. Es beherbergt jede Menge wichtiger Utensilien."

Sie betreten einen herrschaftlichen Raum, er riecht nach Moder. Dichtes Blattwerk hinter den Fenstern malt ein dunkles Muster auf's Linoleum. In der Mitte blinkt silbern eine Wasserlache. War hier soeben jemand putzen? Sollte das ihr Zimmer sein?

„Gefällt es Ihnen?", murmelt Pfarrer Strada und schaut auf seine Füße. Er fasst mit spitzen Fingern eine auf dem Boden liegende Gardine und wischt die Lache trocken.

„Ich würde mich freuen, wenn Sie mir das ganze Haus zeigen könnten, ich möchte mir ein Bild machen von dem, was mich hier erwartet!"

Pfarrer Strada verknautscht das Gesicht, „Das sind eben so Sachen, die hier gelagert sind. Ich zeige Sie Ihnen, wenn sie endgültig sortiert sind."

„Zeigen Sie sie mir jetzt, ich muss wissen, woran ich bin."

Pfarrer Strada macht sich mit großer Langsamkeit am Schlüsselloch eines angrenzenden Raumes zu schaffen und öffnet endlich ein Zimmer von dichter Dunkelheit. Bis unter die Decke sind Gestühl und Schränke, Akten und in Leder gebundene Bücher gestapelt, im Vordergrund steht eine Krippe, darin liegt ein rotes Osterei.

„Wenn Sie Möbel für Ihr Zimmer brauchen, dann nehmen Sie sich hier was raus! Dann kommen Sie auch besser an die Kirchenbücher heran, wenn Sie Ahnenforschungsanfragen bearbeiten."

Die nächste Tür steht leicht offen und Pfarrer Strada schlägt sie heftig zu, noch einmal und noch einmal, da sie immer wieder aufspringt.

„Patschinski, Patschinski, Patschinski!", zischt er dabei zwischen den Zähnen, und es klingt wie „Pfui, pfui, pfui!"

Die Tür aber verhöhnt den Pfarrer Strada, denn als er endlich von ihr ablässt, öffnet sie sich mit einem gedehnten Gähnen erneut zu ihrer vollen Weite.

Philomena vernimmt eine feine, atonale Melodie, eine Art Plätschern. Sie schaut in den Raum. Maßgenau sortiert füllen Bastelmaterialien, Bücher, Vasen und blankgeputzte Vitrinenschränke den Raum. Schilder warnen in steiler Schrift vor unbefugtem Gebrauch. „Hierhin bitte nur trockenpoliertes Steingut platzieren!" steht da, oder: „Die Kindergesangbücher sind nach Gebrauch vollzählig und in glattgeklopfter Reihe wieder einzusortieren!“

In eigenartigem Kontrast zu diesem Bild aus Präzision und Ordnung stehen auf dem Boden zwei Porzellanschüsseln, in die es von der Decke tropft.

„Ist ein Anbau“, murmelt Pfarrer Strada, „da regnet es immer wieder mal rein.“

Philomena ist berückt von der Schönheit dieser Doppelschüsseln. Sie muss an ihre Mutter denken, an die sie kaum Erinnerungen hat. Hatte sie solche Schüsseln gehabt oder etwa eine milchgefüllte Brust in solch vollendet schöner Form?

„Haben Sie die Reparatur schon beantragt?“, fragt sie gedankenverloren.

„Wissen Sie, das tropft hier schon zu lange, wenn die im Konsistorium erst jetzt davon erfahren, bin ich geliefert.“

„Das hier sind Frau Patschinskis Christenlehresachen. Hat sie es nicht gemeldet?“

„Höho!“ Pfarrer Strada klingt jetzt wie ein Ziegenbock,.„Nein nein, das wär‘s ja noch! So etwas geht nur über mich.“ Und er klopft sich unbeholfen auf die Brust, als wäre er eine Papierfigur, die dabei ist, sich selber zusammenzufalten.

Philomena und Pfarrer Strada arbeiten sich weiter von Tür zu Tür. Immer wieder Berge toter Akten, staubiger Stühle, Bücher, Kränze, Ballen von Stroh. Die Zuordnung der Dinge scheint schwierig, denn die Schilder an den Türen sind vergilbt und man erkennt auf ihnen nichts als hier und da ein paar Zahlen.

Philomena würde gerne einen Edding nehmen und die kaum mehr lesbaren Ziffern auf den Tafeln nachzeichnen. Dann dazuschreiben, wofür die Räume bestimmt sind, dabei die defekten Türen mit Rot extra kennzeichnen und alles in einer Liste vermerken. Dann sortieren, einen großen LKW kommen und Zimmer für Zimmer eine Menge Sperrmüll abtransportieren lassen.

Derlei Bilder von zukünftiger Ordnung durchquert alsbald ein anderer Gedanke. Diesem Kosmos aus Unordnung war eine verglühende Energie zueigen, wie die von Sternen, die einmal etwas bedeutet hatten und die von einem fernen, ehemaligen Leben immer noch nachleuchteten. So wie Pfarrer Strada die Dinge hier und da zärtlich berührte, schien es, als wäre jedes einzelne, auch noch so überflüssige Stück für ihn lebensnotwendig, als sei es sein persönlicher Besitz.

Dieses Haus mit seiner Unordnung scheint ihr plötzlich wie eine große Last, die dennoch fest in Pfarrer Stradas Innerem fixiert ist und die ihm Leben, Atem und Bewegung stark erschwert.

Die Zimmer im zweiten Stock waren um einiges leerer. Des Pfarrers Schaffenskraft hatte sich offenbar nach oben hin erschöpft. Sie steigen die Wendeltreppe eines Turms hinauf, von dessen oberem Zimmer man einen wunderbaren Rundblick auf das Gelände hat. Man kann sogar das Pinkhouse hinter der weitläufigen Wildnis des Pfarrgartens ausmachen, es ist nur durch eine Kleingartenanlage vom Brixdorfer Pfarrgelände getrennt.

Als sie abstiegen und unten an „ihrem“ Zimmer vorbeikommen, sieht Philomena wieder etwas blinken. Es ist die Wasserlache, die sich frisch erneuert hat und frech lächelt wie ein handgemalter Minisee. Philomena ist fasziniert: Eine Aufwischlache, die niemals trocknet, ganz wie eine Wunde, die niemals heilen will. Waren nicht all diese Zimmer hier wie Wesen mit diversen Gebrechen und noch gerade so lebendig genug, um sich selber zu bemitleiden?

„Ist das hier immer noch mein Zimmer?“, fragt sie.

„Ja, wieso denn nicht?“, sagt Pfarrer Strada, den Blick an die Decke geheftet, wo es keinerlei Wasserflecken gibt. Die Feuchtigkeit musste vom Fundament herstammen.

„Ich will das Turmzimmer und ich will, dass Sie mir das dreifache Ihres Gehalts geben, damit ich überhaupt motiviert bin, hier anzufangen“

„Jessesmaria, das ist nicht Ihr Ernst?“

„Wenn Sie jetzt wieder vom Ehrenamt anfangen, dann geh ich!“

Pfarrer Strada schnappt sehr tief nach Luft. „Und woher weiß ich, dass Sie gut sind?“

Angesichts dieses Chaos, dessen sie soeben Zeugin geworden war, ist sich Philomena nun selber nicht mehr sicher, wie gut auch nur irgendjemand darin sein kann, das hier vom Kopf auf seine Füße zu stellen.

„Okay, machen Sie mir einen anderen Vorschlag, aber bezahlen müssen Sie mich, das ist ein zu großer Müllberg hier. Solch eine Arbeit schaffen nur Titanen.“

„Philomena, sind Sie eine Titanin?“

Philomena schweigt und sieht ihm fest ins Gesicht.

„Und wenn ich Ihnen alles anbiete, was auf meinem Konto ist und Sie das aber erst bekommen, nachdem ich und die Gemeinde gerettet sind?“

Wie kurios das klingt, so als würde er einen Ehevertrag mit ihr verhandeln.

„Wieviel ich auf dem Konto habe, weiß ich aber nicht“, fügt Pfarrer Strada kleinlaut hinzu.

Das hatte sich Philomena gedacht, aber es musste viel sein bei einem alleinstehenden Pfarrer, dessen Stimmung allgemein zu gedrückt war, um übertrieben viel zu konsumieren.

„Wie wär‘s, wenn Sie mich bezahlen, sobald ich Erfolg habe, dann geben Sie mir so viel, wie Ihnen Ihre Rettung wert gewesen ist?“, hört sie sich sagen und bereut es im nächsten Moment. Geldverhandlungen sind nicht ihre Stärke.

„Also dann danach, ja? Wenn ich gerettet bin?“ Seine Augen leuchten äußerst lebendig. „Gut, Sie kriegen, was Sie wollen, aber erst, wenn Sie dieses schlimme und riesige Damoklesschwert wirklich von mir abgewendet haben und ich nicht mehr jede Nacht im Traum von ihm gevierteilt werde. Übrigens von den Händen der Frau Patschinski. Halten Sie sich von ihr fern! Sie ist eine Handlangerin des Superintendenten. Und denken Sie ja nicht daran, sich mit ihr gegen mich zu verschwören!“

Auf dem Weg nach Hause forscht Philomena in ihrem Inneren, warum sie eigentlich zugesagt hat und noch dazu zu solch ungünstigen Konditionen. Warum - hatte - sie - zugesagt? Nach etlichen Schritten auf schmalen Pfaden wusste sie es: Brixdorf war ein Antibabamotz, wo Alles zwar auch alt und abgegriffen gewesen war, aber gut gepflegt und an seinem Platz. Wo es so viele emsige Hände gegeben hatte, dass ihre eigenen Hände oft nicht einmal benötigt wurden. Und als sie noch ein Stückchen tiefer in ihrem Inneren grub, musste sie erkennen, dass sie die luxuriöse Verschwendung von Raum und Ressourcen in Pfarrer Stradas Brixdorf liebte, weil sie so sehr im Kontrast zu der gefräßigen Effektivität der Großstadt stand.

Dieses Pfarrer Stradas Brix hatte den Charme eines Landsitzes des verarmten Adels, es war ein begehbares Raumkunstwerk. Man musste es nur öffnen, beleben und wieder mit Sinn erfüllen.

Sie will sich dafür einsetzen, dass diese Oase erhalten bleibt. Und sie fühlt in dieser Umgebung, die sie so angenehm und absurd an ihre Kindheit erinnert, neue Kräfte in sich sprießen.

XIII

Zurück im Pinkhouse war Philo neugierig zu sehen, wie ihre Idee in den Händen Vikys und Vallis gedieh. Oben im Siebten roch es berauschend nach Terpentin. Aus diversen meterhohen Leinwänden traten, mal kriegerisch oder launisch, dann wieder lasterhaft und überirdisch, die verschiedensten Vikys nach vorn. Sie trugen häufig eine Aureole, dampften geradewegs im Zeichen ihrer gloriosen Kraft. Viky und Valli arbeiteten ihre Göttinnen teils unscharf, teils mit doppelten Konturen, was ihnen einen 3D-Effekt verlieh. Daneben gab es auf anderen Leinwänden diverse Vallis, die aufräumten und Verletzte bargen. Ihre Abbilder hatten die Sachlichkeit von Zeitungsfotos und waren, wie ein gestohlener Schnappschuss, schief und schräg auf der Leinwand platziert. Das alles war sehr gekonnt gemalt, Viky und Valli waren über sich hinaus gewachsen. Philo war stolz auf sie und auf sich, es war grandios, dass ihre Idee in einem solch schillerndem Gewand in die Welt hinaustreten würde.

Philo hatte selber vor vielen Jahren mal an einer Göttinnentapete gearbeitet, das war während ihres Studiums. Es handelte sich um eine begehbare Kugel, halb durchscheinend, in der man Göttinnen auf transparentem Leinen und sich selbst in Spiegelscherben sah. Philomena war gerade dabei, die scharfen Kanten der Spiegel mit Kreppband abzukleben, da verfing sich mit einem Mal ein melancholisches schwarzes Augenpaar vielfach in ihren Spiegeln. Domian, der übergewichtige Assistent ihrer Professorin Dora Lai, war in ihre Kugel eingetreten. Sie liebte seine schwarzen Augen, seine Traurigkeit. Ihre Blicke trafen einander hundertfach in diesem einen spiegelnden Moment. Danach kam er immer öfter zu ihr in die Kugel, half ihr, die Streben zu verstärken und das Göttinnenpatchwork mit stärkenden Hasenleimschichten zu überziehen. Er kümmerte sich darum, dass die Schule das verauslagte Material bezahlte, und während sie über den Charakter ihrer Göttinnen redeten, stand er so dicht bei ihr, dass der schweißig verführerische Geruch aus seiner Halsbeuge an ihre Nase drang.

Und auch sie ging immer öfter zu ihm ins Atelier, ließ sich seine Weltverbesserungssysteme zeigen, Zeichnungen mit abstrakten Mechaniken und deformierten Menschenkörpern, die er mit philosophischen Anmerkungen versehen hatte. Philo verstand nichts von alledem, aber sie liebte es, mit ihm endlos zu debattieren und sie liebte es, wenn seine Hand so sanft und sinnlich über die Seiten seiner eigenen Skizzenbücher mit ihren Formeln und deformierten Figuren fuhr.

Er erzählte ihr Geschichten über seine Mutter, die ihn als kleinen Jungen erst verhätschelt, dann fallengelassen und von da an immerzu erniedrigt hatte. Deswegen sei er jetzt auch nicht in der Lage, Karriere zu machen, würde von Dora, dieser Megäre, erdrückt, aber nicht gefördert.

Über den Sommer waren sie oft allein in dem weitläufigen Klassenatelier unter dem Dach. Die Luft war heiß, sie redeten und tranken die Gerüche voneinander und die Tage zogen sich bis ins Unendliche. Philomena genoss das Gefühl einer süßen Vergeblichkeit, eines Reiches voll schwerer Düfte, voller Versprechen, die auf den Lippen zurückgehalten wurden, die vage von ihnen herabtropften und doch niemals eine vernehmbare Sprache fanden. All diese unausgesprochenen Liebesschwüre flossen träge in ihren Adern und lähmten angenehm die Glieder.

Doch der Sommer verging, das Klassenatelier begann, sich wieder mit Studenten zu füllen und Philomena war es, als ob diese mit Mutwillen ihrer beider Kathedrale der unausgesprochenen Zuneigung entweihten.

„In den Berg von Sexproblemen, die dieser Fettklops hat, willst du deine Nase tunken?!", fragte Valli, mit der sie damals studierte, als sie hörte, dass sie einander noch nicht einmal geküsst hatten, „Und dann erst diese Muttiprobleme, aber hallo!" und hatte behauptet, dass Domian in einer Selbsthilfegruppe der „Absoluten Beginner" war mit Leuten, die es bis ins reife Erwachsenenalter nicht geschafft hatten, die erste große Liebe zu finden. Philo rührte diese Vorstellung, obwohl sie sich nicht sicher war, wie weit sich Valli das alles ausgedacht hatte. Und ohnehin konnte sie nicht anders, als unentwegt an ihn zu denken.

Dora Lai, ihre Professorin, hatte in den Siebzigern gemeinsam mit ihrem Partner Mauritius Behn mit Performances Furore gemacht, in denen sie nackt miteinander rangen oder sich öffentlich in ein Stunden währendes Liebesspiel vertieften.

Im Klassenmeeting schlug Philomena eine Performance vor, von der sie annahm, dass sie Dora Lai gefallen würde: Nackte Körper, die aufeinander treffen und in Farbe explodieren. Dora war angetan, man applaudierte und beschloss jedoch, während der Performance nicht vollständig nackt zu sein, man lebe schließlich in den Zweitausendern. Bikinis aus Plastiktüten und Gewebeband sollten die Körper knapp bedecken. Äußerlich zunächst kaum sichtbare Farbbeutel sollten auf Bauch, Brust und Hüften für bunte Explosionen sorgen.

Die Performance wurde ein furioser Spaß, die Ränge des großen Hörsaals waren voll. Philomena und Domian umtanzten einander, suchten immerzu den anderen, kollidierten glücklich und gingen küssend zu Boden. Dorthin malten sie mit ihren Körpern eine Landschaft, die später zu einem hohen Preis von einem von Doras Sammlern gekauft werden würde. Glücklich schwelgten Philomena und Domian in gegenseitigem Begehren. Nur Dora schaute missmutig drein und flüsterte ihrem Partner immer wieder kopfschüttelnd etwas ins Ohr.

Von da an gab es für die Liebe zwischen Domian und Philomena kein Halten mehr. Sie liebten sich in allen Ecken des nächtlich verwaisten Ateliers, auf dem Sofa neben der Siebdruckwerkstatt, einmal sogar im Fahrstuhl der Hochschule, den sie im Dachgeschoss festhielten, indem sie eine Leinwand zwischen die Türen klemmten.

Philomena wusste nicht genau wann, aber nicht lange danach musste es gewesen sein, dass Domian in die Fänge von Dora geriet.

Domian fing an, weniger Zeit für Philomena zu haben, ihr immer häufiger überraschend abzusagen, sich immer weniger im Klassenatelier zu zeigen. In seinem eigenen Atelier wollte er nicht mehr gestört werden. Das sei so, weil Dora ihn jetzt brauche, er assistiere ihr bei externen Projekten, das müsse er nicht machen, aber sie würde ihn da wichtigen Leuten vorstellen.

Wenig später gestand er, Dora habe ihm Avancen gemacht, er könne sie nicht zurückweisen, das könne er sich in seiner Situation nicht leisten, außerdem sei sie eine faszinierende Frau. Philo solle das verstehen, er liebe sie trotzdem.

Philo wusste nicht genau, wann Dora Domian verführt hatte, sie bemerkte nur, dass sie Stück um Stück seine Liebe verlor.

Doch immer wieder beschwor er sie, dass er das alles nur wegen seines Fortkommens tat, seine Karriere sei so lange im Rückwärtsgang gelaufen.

„Bitte versteh doch, ich musste ihr sagen, dass das mit uns aus und vorbei ist“, sagte er eines Tages zu ihr.

Philo verstand das nicht, denn Dora hatte doch in aller Öffentlichkeit immer noch Mauritius Behn, ihren langjährigen Performancepartner.

„Philo, glaub‘ es oder erschieß mich“, riss Valli sie aus den Gedanken, „heute hat ein ziemlich angeblödeter Rentz hier herumgestanden, und das ziemlich lange“. Valli machte eine Pause, um die Wirkung ihrer Worte abzuwarten. „Hat so getan, als hätte er im Haus zu tun, so Typ Hausmeister oder so. Hab‘ darauf gewartet, dass er auch noch anfängt, die Klinken zu ölen. Ging ewig nicht weg, so als hätte er kein Zuhause mehr.“

Philo wurde augenblicklich zu einer heiß springenden Fontäne. Sie wusste nicht mehr, ob sie kopfrum oder richtigrum stand.

„Ahaah, ahaha!“ Valli lachte eine ausgiebige Weile über Gottweißwas, fuchtelte dann mit ausgestrecktem Arm vor Philos Nase herum und drehte sie in Richtung Tür, „Philo, sag ich doch: ölig! Nun guck einmal, wen wir da haben!“

Durch den Türrahmen trat Rentz und bewegte sich mit finsterer Entschlossenheit auf Philomena zu.

Philo hatte immer häufiger warten müssen, Domian quälte sie mit seiner Abwesenheit. Ihr gelang kein richtiges Arbeiten mehr, sie musste immerzu an ihn und die übermutterhafte Dora denken, die ihn mehr und mehr in ihre Fänge zog.

Zwischendurch dann wieder versprach er ihr wunderbare Dinge, bat sie, ihn alsbald zu heiraten.

Dann wieder schluchzte er an Philomenas Busen, er wünsche sich, dass Dora für ihn ihren Freund verließe. Er brauche das so sehr als seinen persönlichen Triumph.

An einem anderen Tag kam er, um sie anzuflehen, sie solle ihn von Dora wegholen, er hasse das Spiel, das sie mit ihm spiele, er wolle daran nicht zugrunde gehen.

Also suchte Philomena eine Wohnung für sie beide, doch als sie ihm die Schlüssel in einem kleinen lila Beutel überreichte, sagte er, er werde nicht miteinziehen.

Er salbaderte, was für eine grenzenlos großartige Person Dora sei und dass es ihm unheimlich leid tue, aber Philomena reiche da nicht ran. Er wünsche sich, dass das anders wäre, dass sie ihm helfen würde, von Dora freizukommen, aber er wisse jetzt, dass sie das nicht kann.

Philo war Matsch auf offener Straße.

Zu allem Überfluss hielt Dora, die als Professorin immer wie eine gute Mutter gewesen war, es jetzt für nötig, Philomena den Meisterschülerabschluss zu verweigern, mit der Begründung, dass sie in letzter Zeit zu wenig gearbeitet habe.

„Philomena, kann ich mit dir alleine sprechen?“, fragte Rentz mit schütterer Stimme.

„Wenn ich danach von allem auch alles erfahre, dann okay, ihr Turteltäubchen“, grinste Valli und schlurfte in Richtung Büro.

„Ich will einen Gipsabdruck von dir machen, nackt, ich brauche dich als Mater Dolorosa. Und ich will deinen Körper, ganz genauso, wie er ist, und dann will ich dich vielleicht noch so ein, zwei, oder ein paar mehr Stunden als Modell, ich will dein Gesicht sehr gut nachmodellieren, du sollst am Ende ganz aus Terrakotta sein, dann aber zieh ich dir ein goldenes Gewand an, weißt du, wie‘s diese spanischen Madonnen immer tragen...“ Rentz hörte gar nicht wieder auf sich zu erklären. Als er fertig war, entstand eine Pause.

Philo kämpfte mit Körper und Seele gegen etwas Großes, Pulsierendes in sich an.

„Ich in deinem Atelier, nackt und immer wieder als Modell? Und Iris? Hast du dort auch eine Couch?

Wenn ja, dann scher' dich zum Teufel, ich lasse mir von dir keine Ménage-á-trois aufzwingen!."

Philo drehte sich auf dem Absatz, um sich zu entfernen, während sie am ganzen Körper zitterte.

XIV

Philo steht in ihrem kleinen Zimmerchen im Pinkhouse und packt. Das Zelt hängt immer noch in Teilen von der Decke. Sie würde es als letztes zusammenrollen und in einen großen selbstgenähten Sack tun, der gerade so durch den Türrahmen passte.

Marie Ana hat sich in eine der Schlaufen, von Philomenas Zelt gehängt und schaukelt jetzt darin, wie in einer Hängematte. Sie trägt große Kopfhörer und lauscht den Geräuschen, die sie auf dem Dach mitgeschnitten hat.

Philomena schnappt sich ein paar auf dem Boden liegende Zettel dicht von Hand beschriebenen Papiers und setzt sich in eine weitere der großen Schlaufen, um sie sich näher anzusehen. Sie musste sie einmal aus Platzmangel oder aus Wut in einem Stapel hinter die Rigipsplatten geschoben haben. Diese Zettel hier stammten noch aus ihrer Schulzeit. Philomena hatte sie später einmal als Beipackzettel zu einer Installation aus weißen Laken und Birkenborke verwendet.

„Was gibt's?", fragt Marie Ana, „Komm her und zeig es mir!"

Philomena legt sich zu ihr in die rote Hängematte, die eigentlich ein Zelt ist, reicht Marie Ana die Zettel und kuschelt sich an ihren warmen Leib. Marie Ana deklamiert den Text wie eine Schauspielerin mit dunkler Stimme und ein wenig zu laut:

An einem weißgrauen Morgen im Herbst, unerträglich scharf war der Duft des nassen Laubs der Kastanien, setzte sich meine Mutter zu einem flotten fremden Mann auf sein motorisiertes Rad. „Ein Fechtlehrer!" war, was meinem Vater entfuhr. Die Maschine vibrierte, und schon wehten Mutters Haare lang und schwarz in der Fahrt.

Mein Vater, der Pfarrer, tröstete mein Brüderchen und mich, diese Fahrt sei nur ein kleiner Ausflug in die Freiheit. Das sagte er auch zu den Leuten im Dorf.

Dann aber erreichte uns ein Telegramm: Meine Mutter und der Fechter sind bei einem LKW-Unfall tödlich verunglückt.

Vater vergrub sich in sein Arbeitszimmer, warum musste Gott ihn so hart prüfen?

Aus der dunkelsten Ecke seines Bücherregals, das ihn rundum wie ein gütiger Mantel umfing, erwuchs auf einmal, goldschwarz, eine Madonna, vor ihr Kerzen. Als ich sie genauer ansah, war es ein Foto, darauf eine Frau mit einem Baby.

„Bin das ich?", fragte ich ihn.

„Das bist nicht du, das ist meine eigene Mama, deine Oma, und das Baby bin ich. Gott hat erlaubt, dass sie viel zu früh starb..."

Die passive Schönheit meines verwundeten Vaters und sein trauriges, berückendes Schicksal rief plötzlich eine Menge Frauen auf den Plan.

Da waren Frauen in gebatikten Kleidern, knöchellang und mit wallenden Haaren, die meinen Vater „Matthi“ nannten. Da waren füllige Bäuerinnen aus dem Dorf, die Eier, Blumen und Hühner brachten, und da war die Katechetin Ehrenwein, eine spröde alte Jungfer, die meinem Vater die Tugenden seiner Vorgänger rezitierte.

Das Haus, es vibrierte und summte. Wir hatten Gäste aus aller Welt. Die Dorfmatronen kochten Suppen, deren Geruch ich kaum ertrug.

Die Matthifrauen und die Frauen des Ortes, die strenge alte Jungfer, kurz gesagt: der ganze Damenstaat nahm unseren Haushalt alsbald vollständig in seinen eigenen Gebrauch. Die Frauen dekorierten, kochten, wuschen, und fingen mit der Zeit auch an, auf die alten Schränke in den leer stehenden Räumen Seifen, Stützstrümpfe und Nippes zu verteilen. Damit markierte eine jede ihr eigenes Revier. Und je nach Selbstbewusstsein reklamierte die eine oder andere sogar nach und nach ein ganzes Zimmer für sich allein.

Mein Vater aber hatte beschlossen, hatte verkündet, weiterhin zölibatär zu leben. Er wusste, bei soviel Frauenübermacht und bei seiner eigenen Schicksalsergebenheit brauchte es ein wahrhaftes Dekret, sonst würde eine jede von ihnen mit ihm machen, was allein ihr Plan war, und wie stünde das einem Pfarrer zu Gesicht?!

Die Frauen aber schienen zu meinen, ein Wettbewerb sei jetzt ausgerufen, in dem der Besten als Trophäe mein Vater zufiele. Meines Vaters Diktum des Zölibatären befeuerte nur noch ihre Phantasie und es gab einige, die sich nach vorne drängten. Da war Dinah mit den Haaren einer Lorelei. Sie spielte den ganzen Tag Harfe und versuchte, meinen Vater zu Duetten zu verführen, oder Frau Prötzig, die den ganzen Tisch mit ihren Dorfgeschichten unterhielt und meinem Vater die Beffchen mit seinen Initialen bestickte oder Irina, die ich dabei erwischte, wie sie nachts in meines Vaters Schlafzimmer trat, um seine weißschwarze Schönheit im Mondschein zu extemporieren.

Mein Bruder durfte meinen Vater auf Beerdigungen begleiten, er versteckte sein Lockenköpfchen in dessen Talar und lugte an bedeutsamen Stellen zur Seite hervor. Auch sangen mein Vater und er gern gemeinsam. Bei Tisch trugen sie Duette vor.

Ich dagegen liebte es, beim Abwaschen mit meinem Vater zu fabulieren, über die Dinge dieser Welt und über alles, was es gibt und was es nicht gibt, ebenso. Das waren unsere Liebkosungen, das war meine Art, ihm nahe zu sein. Leider nur kam es nicht selten vor, dass eine der Matronen meinem Vater das Handtuch entriss und ihn der Küche verwies.

Auch bei Tisch schien meine Wirkung auf ihn nicht mächtig, ihn in tiefergehende Gespräche zu verstricken. Also fasste ich den Entschluss, ihm etwas zu schreiben. Einen Brief vielleicht? Nein, etwas Besonderes musste es sein!

Ich nahm Vaters Schreibmaschine und schuf mir unter der Esstafel eine Klause. Zwischen gedrechselten Tischbeinen und gebeizten Stühlen war ich vor den Blicken Aller durch ein Tischtuch geschützt. Ich wollte ein Buch machen, das wusste ich jetzt. Es musste sein, wie eins von den Büchern, die mein Vater immer so andächtig dem verglasten Schrank entnahm, um allen bei Tisch daraus vorzulesen.

Ich schrieb, umringt von den Schößen der Frauen, mein Vater las aus der Bibel vor. Bei Petri Verrat krähte dreimal der Hahn. Essen wurde serviert, ein Kanon angestimmt, meines Bruders kleine Beinchen wippten fröhlich im Takt. Es wurde gelacht, meines Vaters Gitarre erklang, doch seine Stimme, einstmals so laut und so hell wie eine Trompete, verschwamm in den Wogen der Weiblichkeit, ging darin unter, wurde weggeschwemmt.

Ich also schrieb das Gedicht vom Hahn, dem die Hühner die Federn vom Körper lasen, weil sie sich selbst so sehr nach seiner Nacktheit sehnten.

Niemand bemerkte, dass ich nicht bei ihnen saß, und auch mein Vater bemerkte es erst, als man längst dabei war, den Nachtisch aufzutragen: das Staccato meiner Schreibmaschine hatte den Einfüllton des Kompotts zerschlagen.

Am nächsten Tag näherte ich mich, an Vaters Rücken und Schreibtisch vorbei, der großen Ormig-Abzugsmaschine, griff den Karton, fasste die Maschine schlecht, so dass sie auf den Boden rumste. „Auh!“ Es schmerzte ungemein mein Fuß.

Vater drehte sich langsam, „Philo, lass mich meine Predigt schreiben!“ Ich weinte. Vater kam zu mir. „Was willst du denn drucken?“ Ich reichte ihm schluchzend meine Matrize, „Aber nicht lesen!“, stotterte ich.

Vater und ich druckten 30 Hefte, die mein kleiner Bruder am Mittagstisch verteilte. Frau Prötzig sagte „Oh, Philo, lies uns doch daraus mal etwas vor!“ Ich sah Vater an, der sah in mein Buch. „Also“, hustete ich und trug dann vor: das Gedicht von dem Hahn, diesem wunderschönen, den die Hühner zerzausten, dem die Flucht gelang, weil ein Vogelküken ihn das Fliegen lehrte, worauf er auch seinen Gesang wiederfand. Ich wurde mit Applaus bedacht, und dann sofort auch mit Kritik, unausgegoren fand man mich, der Rhythmus störe meinen Reim, der Reim den Rhythmus - aber nicht schlecht, trotzdem, nun ja.

Da ließ mein Vater die Tischglocke schellen, er sagte: „Meine Tochter hat ein Gedicht verlesen, ganz alleine hat sie es in die Matrize gepocht, ganz allein hätte sie es beinahe auch gedruckt. Das alles verdient Anerkennung! Und darüber hinaus ist es wunderschön, dieses Lied von dem Hahn, dessen bunte Federn die Hühner lesen und sich wie Trophäen an ihr Federkleid stecken. Doch welche von Ihnen, meine Damen, hier nur sitzt, um zu meckern, die möge auf der Stelle gehen!" Ein weiteres Mal musste ich jetzt heulen, doch dieses Mal vor Erleichterung, und auch mein Vater wuchs ein Stück. Er nahm mich in die Arme, sauer und warm hüllte sein Geruch mich ein.

Wer denkt, die versammelten Damen und wir wurden Feinde, der irrt sich. Vater lernte für eine Zeit, seinen Rücken geradezuhalten und er lernte es, für uns geradezustehen, und ich lernte, so gut es geht zu sagen, was ich von ihm wollte. Die Frauen lernten, dass wir eine Familie waren und dass sie, so sie guten Willens sind, dazu gehören konnten. Und ich kann versichern, dass sie alle in ihrer Summe fortan für uns eine gute Mutter waren.

Philomena stehen Tränen in den Augenwinkeln, doch waren sie wie bei der Weihwasserverwandlung zu Tränen der Freude geworden, denn es war schön, den eigenen Text so deklamiert zu bekommen, dass er nicht mehr schmerzte.

XV

Wie eine Feldherrin schreitet Frau Patschinski die leeren Bankreihen ab und legt Liederbücher aus. Der Kokosläufer der Kirche saugt ihren entschiedenen Schritt.

Reihe zehn, fünf Bücher pro Bank - es war klar, dass so viele Leute nicht kommen würden, lange nicht so viele. Sie fragte sich, ob überhaupt welche kämen. Jeden einzelnen Sonntag war das hier die Frage, denn Pfarrer Strada hatte mit seiner Taktik des mutwilligen Nichtstuns auch noch die hartnäckigsten Gläubigen in die Flucht geschlagen. Er war ein Hirte, der seinen Schafen den Rücken zukehrte. Nun, um ihn zu ärgern, würde sie auch noch die elfte und die zwölfte Reihe mit Büchern belegen. Zwölf Jünger hatte der Heiland, Pfarrer Strada hatte keine. Und wieder einmal hatte er den Zettel mit den Liedern nicht in der Sakristei abgelegt und damit für den Küsterdienst das Herzinfarktrisiko auf das Doppelte erhöht.

Seine vorzeitige Abdankung wäre ein Segen. Der Superintendent war zum Glück ganz ihrer Meinung. Für ihn führte sie inzwischen Buch über Pfarrer Stradas tagtägliche Versäumnisse, und es tat ihr durchaus gut, diese Liste wachsen zu sehen.

Mit Benjamin Stradas Mutter, Gott hab sie selig, war Irmgard Patschinski immer sehr eng gewesen. Und dieses Angedenken hatte genügt, dass sie dem Pfarrer seine Lässlichkeiten lange Zeit verzieh. Das Fass zum Überlaufen brachte der Tag, an dem sie ihn nur mit hartnäckigster Rede hatte dazu bewegen können, eine Kindergruppe, die ihr sehr ans Herz gewachsen war, überhaupt zu konfirmieren.

Die Gemeinde, in der sie groß geworden war, war vollständig auf den Hund gekommen. Erst hatte sie daran gedacht, fortzuziehen oder wenigstens in eine andere Gemeinde zu wechseln, dann aber hatte der Superintendent sie persönlich gebeten, dies nicht zu tun. Er werde eine Lösung finden.

Nun war es ein bisschen irritierend, dass diese Philomena auf der Bildfläche erschienen war und der Sup sie scheinbar tolerierte. Wenn sie etwas drauf hatte, würde sie den Prozess von Stradas Abdankung verlangsamen. Verhindern konnte sie ihn nicht, dessen war sich Frau Patschinski sicher.

In der Sakristei schaut Philomena auf das glänzende Silber des Abendmahlskelchs, den Frau Patschinski vor ihren Augen dreht, poliert und maßvoll befüllt, nicht ohne zwischendurch durch das kleinteilige Reliefglas in den Pfarrhof zu blicken, in dem die grüne Limousine des Pfarrers immer noch fehlt.

Philomena folgt ihr mit der Hostiendose und der Patene in den Händen zum Altar. Frau Patschinskis spinnenartige Finger demonstrieren ausgiebig den einzig richtigen Sitz des Tuches, das den Kelch zu bedecken hat. Alsdann doziert sie über die verschiedenen

Methoden, Wachsflecken, Weinflecken und sogar Brandflecken aus weißem Leintuch zu entfernen.

In einer der mittleren Reihen nimmt ein gutmütig dreinblickender Mann Platz. Frau Patschinski nickt ihm zu und zischelt „Kurt Wöllert, wüsste gern, was der hier will. Der ist nicht gläubig. Er ist der Nachbar von der Brigitta May aus dem Gemeindekirchenrat. Wenn Sie hier etwas reißen wollen, dann sollten Sie übrigens den Gemeindekirchenrat einberufen. Damit Sie überhaupt handlungsfähig sind, müssen Sie außerdem Mitglied sein. Das hat der Strada sicher alles nicht bedacht. Ich bin übrigens die stellvertretende Vorsitzende und Schriftführerin."

Philomena wundert sich über Frau Patschinskis Hilfsbereitschaft. Was war daran wohl der Haken? Frau Patschinski inspiziert die Uhr, zieht zwei Holzkästen mit Liedertafeln aus dem Wandschrank und beginnt, die Nummern anzustecken.

„Ist meine eigene Liedauswahl", sagt sie, „auch für Sie wird es in Zukunft besser sein, sich für jeden nur vorstellbaren Lapsus im Vorab zu präparieren."

Will ihr die Patschinski diesen Saftladen jetzt im Ganzen aufschwatzen? Philomena wird leicht schwindelig.

Es poltert in der Sakristei, Glockenklang setzt ein. Pfarrer Strada im schief sitzenden Talar, führt drei weißhaarige Damen zwischen den Sitzreihen entlang. Er wankt und es ist unklar, ob nicht in Wirklichkeit er es ist, der von diesen drei Greisinnen geführt wird. Mit ihrem Eintreten verdichtet sich die Atmosphäre eigenartig, so als wäre jetzt die Kirche proppenvoll.

Pfarrer Strada huscht in Richtung Kanzel, verschanzt sich dort, so dass man nur noch wenig von ihm sieht.

Frau Patschinski nimmt kerzengerade hinter der Orgel Platz und elektrisiert den Saal mit ihrem rigorosen Spiel.

Pfarrer Strada spricht von Jesus, den Gott von den Toten heraufführt. Die Pointe des Predigttextes ist das Gute, in dem wir durch Jesus bestärkt werden sollen. Doch Pfarrer Strada ergeht sich die ganze Predigt über in den verschiedensten Räumen des Totenreiches. Er zeichnet in tragischen Farben das altägyptische Kekusemau, in das die lebensbringenden Strahlen der Nachtsonne niemals reichten. Dann bringt er die Thraker und Illyrer vor die Augen der spärlichen Gemeinde. Sie seien von einer regelrechten Todessehnsucht getrieben gewesen, weil ihr Jenseits so wundervoll ausfiel. Über einen Ausflug zum Ahnenkult afrikanischer Völker findet er selbst am Schluss zur Botschaft des hoffnungbringenden Textes nicht zurück.

Während der gesamten Predigt sieht er über die Gemeinde hinweg, ganz nach hinten, in die Leere. Von irgendwoher ist die rothaarige Katze aufgetaucht. Sie erklimmt die Treppen zu Pfarrer Strada, miaut und nimmt auf der Brüstung der Kanzel Platz. Pfarrer Strada referiert über die ägyptische Katzengöttin Bastet, nach der er dieses tröstliche Tier benannt hat. Plötzlich versinkt sein Blick in dem der mittleren der drei Matronen. Abrupt hält er an ungewisser Stelle ein, verkündet, dass man jetzt die Fünfundachtzig singe.

Es erklingt „Oh Haupt voll Blut und Wunden“, das Frau Patschinski an diesem zweiten Sonntag nach Ostern zu spielen kaum über sich zu bringen scheint.

Pfarrer Strada steigt mit zitternden Knien von der Kanzel ab. Er beginnt, Philomena leid zu tun. Es ist nur allzu deutlich, dass es ihm schwerfällt, an den Gott, von dem zu predigen er vermieden hatte, überhaupt noch recht zu glauben.

XVI

Nach dem Gottesdienst betritt Philomena mit dem Abendmahlsgerät die Sakristei. Dort sitzt Pfarrer Strada in einem königlichen Armsessel an einem runden Tisch, der mit einer Art Orientteppich bedeckt ist und neigt seinen Kopf über eine Reihe von Münzen. „Stellen Sie sich vor, Philomena", sagt er in beleidigtem Ton, „die Kollektensumme ergibt genau dieselbe Zahl, wie der Bibeltext: Dreizehn Euro zwanzig, und heute habe ich den Hebräerbrief 13 Vers 20 gepredigt. Sagen Sie mir, ist das irgendein Zeichen?"

War der Pfarrer nun auch noch abergläubisch? Ihr Vater hätte sich über diesen Zahlenzufall wie ein Kind gefreut, aber Pfarrer Strada zog ein Gesicht, als wäre er Opfer einer geheimen Verschwörung.

Da steckt Frau Patschinski ihren Kopf zur Tür herein und mahnt, die drei Damen würden warten. Pfarrer Strada schaut nicht einmal in ihre Richtung.

„Hüten Sie sich vor der Frau Patschinski", sagt er, nachdem diese wieder aus dem Türrahmen verschwunden ist, „die reißt hier alles an sich. Allein ihre bloße Anwesenheit ist ein Angriff auf meine Integrität. Seien Sie sicher: Sie ist die Wunderwaffe des Sup. Er hat sie auf mich angesetzt, um mich nun endgültig zu vernichten.“ Er streicht sich mit dem Handrücken eine Träne von der Wange.

„Wer sind diese drei Damen?“

„Das war in den Fünfzigern mal ein Mütterkreis, dann wurde daraus ein Frauenbibelkreis. Alle, die ihm im Verlaufe der Jahre beigetreten sind, hat es dahingerafft. Diese drei haben alle anderen überlebt.“ Pfarrer Strada macht eine Pause, um die Wirkung seiner Worte abzuwarten, dann fährt er fort. „Zu mir haben sie gesagt: ‚Herr Pfarrer, wir brauchen Sie hier nicht!‘ Und das war mir, unter uns gesagt, ganz recht. Die Patschinski hat angeblich irgendwann einmal beobachtet, wie die drei auf ihren Bibeln Schere und Klebstoff benutzten wie andere ihr Besteck zum Abendbrot. Ich glaub‘s ja nicht, aber wahr ist, dass sie jetzt schon jahrelang ganz und gar ihr Ding alleine machen, und dabei sollte man sie nicht stören, hab‘ ich Recht?“

Ehe Philomena antworten kann, steht Frau Patschinski zwischen ihnen und nimmt dem Pfarrer die Kollektentüte aus der Hand, um sie mit flinken Fingern zu befüllen.

„Frau Patschinski, ich war gerade dabei, genau das selbst zu tun. Sie behandeln mich schon wieder wie ein Kind!“, ruft Pfarrer Strada.

„Letztens lag die Kollekte eine ganze Woche hier. Seien Sie froh, dass ich das in die Hand nehme!“, erwidert Frau Patschinski und verschwindet mit klackernden Absätzen in der Kirche.

Philomena nutzt die Gunst der Stunde und legt vor Pfarrer Strada einen Zettel auf den Tisch. „Ich habe einen Plan gemacht: Wir müssen Ihr Büro aufräumen, den Gemeindekirchenrat einberufen und dann ein

Gemeindefest organisieren, um alle freiwilligen Helfer der Gemeinde zu aktivieren. Das ist ein Wiederbelebungsakt, eine Herzdruckmassage. Wenn der Superintendent sieht, dass alle auf dem Plan sind, dann kann er uns nicht schließen."

„Erstens mal: Mein Büro ist aufgeräumt", sagt Pfarrer Strada indigniert, „zweitens sollten Sie wissen, was das für Kraft kostet, so ein Gemeindefest. Allein schon das Kaffeeinschenken für Frau Stumpf und Herrn Stiehl und zu allen nett zu sein, kommt einer Bergbesteigung gleich. Drittens mal: Einen Gemeindekirchenrat berufe ich nicht ein. Die sind nämlich alle gegen mich. Und außerdem habe ich Sie engagiert, das alleine zu schaffen. Sie sind meine Heldin!" Pfarrer Strada lächelt Philomena müde an.

Plötzlich steht Kurt Wöllert in der Tür, „Herr Pfarrer, die Aussegnung!"

Pfarrer Strada stiert ungläubig durch ihn hindurch.

„N-nun, ist auch nicht so wichtig..., der Brigitta wäre das wichtig, nun ja." Er wendet sich zum Gehen, tänzelt vor und wieder zurück, tritt dann aber doch noch einmal entschlossen auf den Pfarrer zu. „Nun ja, alles was ihr wichtig ist, ist auch mir... nun ja, Sie sollen wissen, mit dem Hartmut ist eigentlich alles in bester Ordnung, also lassen Sie sich Zeit!"

Pfarrer Strada guckt dem sich entfernenden Kurt entgeistert nach. Dann springt er ans Fenster der Sakristei, reißt es auf und ruft „Herr Wöllert, sein Sie so gütig und fahren Sie die drei Damen da nach Hause bitte!"

„Tut mir leid, Herr Pfarrer, bin zu Fuß hier", ruft Kurt.

Pfarrer Strada schlägt sich den Flügel des Fensters an den Kopf und lässt sich, die Hand an der Stirn, in den Sessel sinken.

Philomena sieht durch die schummrigen Fenster, wie die drei Matronen einander unterfassen und zu einer Skulptur verschmelzen. Gemessenen Schrittes verlassen sie den Hof.

„Herr Pfarrer, die Zeit des Aussitzens ist vorbei", sagt Philomena streng, „jetzt ist die Zeit des Handelns! Ich werde alle, die dazu gehören, zum Gemeindekirchenrat einladen, geben Sie mir nur die Liste!"

Pfarrer Strada drückt das Kinn auf die Brust und schmollt, wie ein Kind, dem man die Schokolade vorenthält. „Sie patschinskisieren mich, Philomena, merken Sie das?"

Wie auf's Stichwort tritt Frau Patschinski ein, in den Händen die Altarsträuße, „Das habe ich gehört, Herr Pfarrer. Seien Sie vorsichtig, der Superintendent weiß gut über Sie Bescheid."

„Fangen wir am Besten mit dem Aufräumen von Ihrem Büro an: Sie und ich, morgen früh um neun?", fragt Philomena.

„Nun, wenn es unbedingt sein muss", sagt Pfarrer Strada und neigt den Kopf nach vorn.

Frau Patschinski fasst ihm mit beiden Händen von hinten auf die Schultern. Es sieht aus, als wolle sie ihn massieren.

„Ein bisschen was müssen Sie schon aushalten, wenn Sie Ihren Stuhl retten wollen", sagt sie.

„Mir wäre es lieb, wenn Sie sich da raushalten", sagt Pfarrer Strada und steht auf.

XVII

Ich habe leere Leinwände ganz schwarz gemalt, einen Rahmen, eine Tiefe, ein unendliches All, in der Hoffnung, dass du darin erscheinst.“ Rentz kratzt diesen Satz in den lederharten Ton eines halbierten ‚Jesusrentz‘.

Diese Sätze würden nicht mehr zu sehen sein und all die anderen auch nicht, wenn die zwei Hälften der Figur nach dem Brennen erst einmal zusammen zementiert wären. Und das war auch gut so. Sollten sie doch alle, was sie wollten, dahinein interpretieren. Jetzt wo es keine Terrakottaphilomenen geben würde, in deren Arme er und seine Armee sich flüchten konnten, würde keiner ahnen, was ihn umtrieb. Gut so, oder doch nicht gut so. Überhaupt kein bisschen gut so. Er nimmt einen schweren Gummihammer vom Boden auf, hebt beide Arme, reckt sich zu voller Größe, sein Körper wippt in einem lustvollen Impuls. Soll er auf den vorderen der Rentze einschlagen? Mal etwas richtig Irritierendes verzapfen in Montz und Willfahrts Galerie? Schmale Lippen, die am Sekt nippen. Schwarze Pumps, die vor seinen springenden Scherben zurückweichen. Scherbenbotschaften rotieren wie Bumerangs, landen vor teuren und überteuerten Schuhen, zu Füßen der Bewunderer von völlig überschätzter Kunst. „Mein

Herz wäre nicht so heiß, wenn Du mich nicht immerzu heizen würdest" würden sie da lesen. „Vorsicht, dieser gut sortierte Rentz ist zum Berserker mutiert", würden sie einander zuflüstern, „er ist zum Zerstörer seiner eigenen Kunst geworden."

„Alles trägt jetzt deinen Namen", jemandes perfekt manikürierte Finger würden diesen Satz vom Boden auflesen und ihn weiterreichen.

Montz würde ihm gratulieren, „Superstartrampe für Deine neue Turmserie". Auch Willfahrt würde nichts verstanden haben und überhaupt nicht ahnen, dass es von ihm nie wieder neue Türme geben würde. Der alte Rentz ist hiermit perdu! Hohle Angebererektionskunst Ade. Jetzt kommt Aktion!

Rentz lässt den Hammer niedersausen und schlägt - pleng plong - auf den vorderen frisch gebrannten und noch warmen Rentz ein. Es fühlt sich wundervoll an, wieder und wieder holt er aus, bis nur noch ein Haufen Scherbenbruch am Boden übrig bleibt. Blind nimmt er eine Scherbe in die Hand, um „Vorsicht, Liebste, du verbrennst mich!" darauf zu lesen.

Gute Arbeit. Der Assistent, der ihm die Dinger zusammengesetzt hatte, war ein Genie. Die dicken Tonplatten mit den endlosen Botschaften blieben beim Zerschlagen ganz, weil die Verbindungen zwischen ihnen fein geschlickert waren. Er hatte den Tonrentz aufgebrochen, sich selber in seinem Panzer rissig gemacht, hatte sich aus seinem Panzer selbst befreit. Bravo, Rentz!

Rentz legt sich auf den kühlen Steinboden seines Ateliers. Philomena brennt in ihm. Und er ist immer noch voller Kraft, hatte sogar an Kraft hinzugewonnen.

Nun bin ich auf dem Marsch zu ihr, denkt er, mit meiner Untotenarmee, und sie soll wissen, dass ich unaufhörlich brenne. Ich bin ein ewiges Licht!

Es ist mitten in der Nacht. Rentz geht in den Hof seines Ateliers, der schwach beleuchtet ist und in eine Brache übergeht, die auf der anderen Seite von Häusern begrenzt wird, die im Dunkeln mit dem Himmel verschmelzen. Er hebt seine Arme beschwörend in das helle Indigo des Nachthimmels und greift wie zur Übung mit den Fingern nach einigen der sparsam gesäten Sterne. Dann fängt er an, alles mögliche brennbare Material aus seinem Atelier nach draußen zu tragen: Turmgrafiken, Verpackungen und hölzerne Turmmodelle, die gerade von einer Ausstellung aus Ohio zurückgekommen sind. „Dies irae", spricht er zu sich selbst und setzt den Haufen in Brand.

Funken stieben. Von drinnen marschieren die Terrakottarentze energisch auf ihn zu. Solange er sie nicht zerschlägt, sieht niemand, was in ihrem Inneren verborgen ist. Dann sind sie nichts als hohle Männchen auf dem ewigen Marsch zu sich selbst. Noch nie hatte er so um ein Kunstwerk gerungen. Noch nie hatte er so mit sich selber gekämpft. Jetzt ist Schluss mit der Heimlichtuerei, denkt er, ich zerschlage diese kreuzverliebten Rentze allesamt in einer riesigen Aktion auf dem Potsdamer Platz. Sollte Philomena nicht dabei sein, dann wird sie zumindest davon hören.

Im nächsten Moment verwirft er diesen Gedanken. Sollten die Rentze doch am Leben bleiben und mahnen. Ich sollte mich stattdessen selber öffentlich zu Asche machen, kommt es ihm ein, als Jesusrentz. Ich brauche einen neuen Jesusrentz, ganz aus brennbarem

Material, der unter Funkenstieben abfackelt und von dem tausend kleine Botschaften in den Nachthimmel flattern. Wenn ich Feuerstopperflüssigkeit verwende, dann verbrennt nur das Papier und die Schrift schießt als Schimäre frei in die schwarze Nacht hinein, glüht auf und fällt zu Boden.

Rentz geht zurück in sein Atelier. „Du hast eine Tür aufgemacht!“ Er sprüht Schaum aus dem Feuerlöscher auf den Boden, tunkt seinen Finger da hinein. „Sie ist aus den Angeln geflogen“, schreibt er auf ein loses Stück Papier, „jetzt warte ich darauf, dass du durch diese Tür herein kommst.“

„Ruaomps!“ Die Ateliertür schlägt heftig in den Rahmen. Iris steht mitten im Zimmer, die Füße im Berg seiner Liebesscherben.

XVIII

Philomena betrat forschen Schrittes das Pfarrbüro, das wie beim letzten Male offen stand, und wie beim letzten Mal war nirgendwo ein Pfarrer Strada in Sicht. Die Türe jammerte in den Angeln, ein halboffenes Fenster klapperte leise.

Der Wind stob draußen durch das Blattwerk und drinnen in die Blätterstapel, doch während draußen die Blutbuche ihr Blätterkleid immer wieder ordnete, hatte drinnen der Wille zur Ordnung nicht obsiegt.

Der Raum hatte durch den Wind die Eigentätigkeit eines lebenden Organismus entwickelt, einer sich bewegenden Landschaft, war zu einer Außenlandschaft geworden im Inneren eines Zimmers. Er wirkte kaum wie ein Büro, sondern eher wie ein herrschaftliches Atelier, in dem der Wind und Pfarrer Strada mit der Zeit ein zwar melancholisches, aber doch sehr lebendiges Kunstwerk geschaffen hatten. Es lagen kaum noch Bücher in den Regalen. Alles war in kleinen Türmen gleichmäßig über das Parkett verteilt, teilweise auf kleine Tischchen und Kisten gestapelt. Sie konnte der Versuchung nicht widerstehen, sich auf den Boden zu legen und zu warten, ob der Wind nicht auch sie nach und nach mit Papieren bedecken würde. Sie wollte in dieses Kunstwerk eintauchen, auf seinem Boden gründeln, um seinem tieferen Sinn auf die Spur zu kommen. Außerdem würde Pfarrer Strada sie bei seinem Eintreten hinter den Sesseln und unter den Papieren nicht bemerken. Das bedeutete, dass sie selber würde sehen können, wie er sich verhielt, wenn er alleine war. Wäre er der selbstbewusste Herr dieses Chaos, würde er an dieser Antiordnung weiterwirken oder sich ihrer trostlosen Übermacht kampflos ergeben?

Während sie so sinniert, vernimmt sie von draußen Schritte. Sie hört das schnalzende Geräusch einer Kamera. Aus ihrer Deckung erkennt sie die blau bestrumpften Beine der Frau Patschinski. Was treibt sie hier? War sie ein Fan dieses Kunstwerks oder schoss sie heimlich eine Serie namens „Orte geistlichen Unwesens"?

Philomena beschließt, sie zu überraschen. Sie erhebt sich und ruft lautstark: „Guten Morgen, Frau Patschinski!"

Frau Patschinski zuckt zusammen, knickt mit dem Fuß ein, fängt sich an einer Sessellehne und reicht Philomena mit dünnlippigem Lächeln die Hand. „Sie sind verabredet, oder?"

Philomena nickt.

„Mit diesem Pfarrer kann man sich nicht mehr verabreden, das sollten Sie wissen", sagt Frau Patschinski. „Sein Auto ist längst schon wieder weg. Es kann Tage dauern, bis der wieder da ist. Er übernachtet dann an irgendeiner Raststätte und freut sich über seine Unerreichbarkeit."

Frau Patschinski schreitet, jetzt wieder Herrin ihrer selbst, durch das Chaos und nimmt hier und da ein Blatt Papier in die Hand, um einen Blick darauf zu werfen. „Das ist Stradas himmlische Unerreichbarkeit, vermutlich kommt er sich vor wie Gott selber in den Wolken.“

Philomena geht eher davon aus, dass er sich wie der falsche Mann am falschen Ort vorkommt und mit letzter Kraft versucht, sich vor der Welt zu vergraben.

„Wissen Sie“, fährt Frau Patschinski fort, „als seine Mutter noch lebte, da war er gut in diesem Beruf, da wies nichts darauf hin, dass er einmal so versagen würde.“

„Helfen da nicht Antidepressiva?“, fragt Philomena.

„Fragen Sie ihn doch selbst, aber wundern Sie sich nicht, wenn er explodiert. Er hat es nicht gern, wenn man den Finger in seine Wunden legt.“

„Was halten Sie davon, wenn wir hier aufräumen?“ Philomena hat das ausgesprochen, noch ehe sie darüber nachdenken kann. „Dann hat er was, von wo er starten kann, das wird ihn aus der Reserve locken!“

„Ich bin nicht dazu da, den Strada wiederzubeleben. Seine Zeit ist abgelaufen. Aber wenn Sie es versuchen wollen, bitteschön, hier ist die Büroordnung!“ Sie knallt ein vergilbtes Heft vor Philomena hin, „damit werden Sie schon durchkommen“, und wendet sich zum Gehen.

„Richtlinien für das Registratur- und Aktenwesen der Evangelischen Kirchengemeinden“, liest Philomena, springt auf und ruft „Frau Patschinski, Stop! Bleiben Sie bitte! Sie wissen, dass ich das ohne Sie nicht stemmen kann!“ Der Satz hallt eigenartig durch den hohen Raum. Frau Patschinski zögert, scheint zu überlegen. Dann blitzen ihre Augen auf und sie willigt ein.

Philomena schwant, dass sie dies aus keiner guten Absicht tut, aber sie will es zufrieden sein. Sie beruhigt sich mit dem Gedanken, dass ein ordentliches Büro auch ein erster Schritt zu ordentlicher Arbeit wäre. In ihrem neuen Job ist solch ein Denken angesagt, selbst wenn diese bewegte Papierwüste künstlerisch durchaus überzeugend war. Pfarrer Strada würde zu ihnen stoßen, begeistert sein und es wäre ein guter Grundstein für ihre Arbeit zu dritt gelegt.

Frau Patschinski nimmt, aufrecht und gespannt wie eine frisch geschnittene Weidengerte, die Büroordnung zur Hand und zeichnet mit Kreide in den leeren Regalen für Philomena Abteilungen an: „Kirchenbücher, Taufbücher, Konkordanzen, Synopsen. Eschatologie, Soteriologie, christliche Zeitschriften", schreibt sie auf das staubige Holz. Diese Namen klingen angenehm in Philos Ohren. Sie weiß nicht im einzelnen, was sie bedeuten, aber sie erinnern sie an das enge Arbeitszimmer ihres Vaters, in dem die Bücher fein säuberlich bis unter die Decke aufgereiht waren und in dem ein großer Karteischrank stand, den ihr Brüderchen gern mit bunten Zettelchen verzierte, was sie sich selber nie getraut hätte.

Frau Patschinski steht jetzt über den Schreibtisch gebeugt. Sie öffnet dort Briefe, räumt Ablagefächer leer, beschriftet sie neu und fängt an, die Papiere dahinein zu ordnen. Sie versieht die Fächer mit grellen Post-it's, auf die sie römische Ziffern schreibt: „Damit er weiß, was er zuerst bearbeiten soll."

Am schwierigsten waren die lose liegenden Papiere. Frau Patschinski gibt Philomena Anweisungen, schickt sie hierhin und dorthin in die papierene Wüstenei und heißt sie, nach bestimmten Ordnern zu fahnden. Es ist eine Mammutarbeit. Die beiden vergessen zu essen, sind bis zum späten Abend noch nicht fertig und arbeiten bis zum Morgengrauen weiter. Von Pfarrer Strada keine Spur.

XIX

Am nächsten Morgen steht Pfarrer Stradas grüner Skoda wieder im Hof der Pfarrei. Er musste des Nachts zurückgekommen sein.

„Philomena, kommen Sie doch auf einen Kaffee herauf", ruft der Pfarrer aus einem der oberen Fenster. „Aber bitte brühen Sie ihn unten in der Gemeindeküche auf und bringen ihn dann mit nach oben!"

Philomena steigt mit einer Kanne Kaffee und zwei Tassen in der Hand die Treppen hinauf. Die Tür zur Pfarrwohnung ist nur angelehnt. Sie tritt in ein trübes Halbdunkel. Die Luft ist stickig, es riecht nach Schweiß, auch eine ungeputzte Toilette trägt ihren Odeur bei. Der lange Flur ist mit Büchern und Papieren übersät. Aus dem hinteren Teil der Wohnung vernimmt sie Pfarrer Stradas Stimme „Kommen Sie nur, kommen Sie herein!"

Philomena geht auf eine Tür am Ende des Ganges zu, hinter der sie den Pfarrer vermutet. Sie schrickt zusammen, als sie ihn im Morgenrock auf einem altmodischen Ehebett sitzen sieht. Lila Gardinen verwehren das Licht. Ein massiger Kleiderschrank hält seine Türen weit offen. Über einem Bügel hängt schief Pfarrer Stradas Talar. Das ganze Zimmer ist eine einzige Hügellandschaft aus müffelnden Kleidern, Büchern und vergilbten Zeitschriften. An der Wand hängen ein Kreuz und ein Paar hölzerner, zum Beten ineinander ruhender Hände. Daneben lächelt süßlich ein Rosenstilleben. War das ehedem seiner Mutter Schlafgemach?

Unter Pfarrer Stradas matte Augen bemüht sich sein Mund ein Lächeln zu stemmen. Sein weißer, bloßgelegter Arm weist auf einen Berg mit Kleidung. Es dauert eine Weile, bis Philomena begreift, dass er ihr einen Stuhl anbietet, der sich irgendwo unter diesem Berg befinden muss. Sie denkt an die Kurische Nehrung, wo ein ganzes Dorf unter einer Wanderdüne begraben ist. Pfarrer Strada macht keine Anstalten, die Kleider für sie beiseite zu räumen. Philomena stellt das Kaffeegeschirr auf einen freien Fleck am Boden und legt unter knittrigen Sakkos und Unterhosen einen altmodischen Schemel frei.

„Ach, Philomena", murmelt Pfarrer Strada, als sie sich gerade setzen will, „Sein Sie so gut und schauen Sie mal in der Küche, ob noch Milch und Müesli da sind!"

Philomena hat keine Lust, für ihn das Dienstmädchen zu spielen, aber sie will ihm auch nicht, noch bevor das Gespräch überhaupt angefangen hat, die rote Karte zeigen.

Sie geht durch die weitläufige Wohnung in Richtung Küche, die sie nahe dem Eingang vermutet. Es ist überflüssig zu sagen, dass dort Berge schmutzigen Geschirrs, offene Packungen von Cornflakes, Mehl und schimmliges Brot die Orientierung stark erschweren. Als Philomena nach der Tüte mit dem Müesli greift, fliegen Motten auf.

„Pfarrer Strada", sagt Philomena, als sie erneut dessen Schlafzimmer betritt, „frühstücken Sie, und dann gehen wir beide in Ihr Pfarrbüro und verfassen dort einen Masterplan“. Philomenas Herz hüpft fröhlich, als sie daran denkt, was für eine Überraschung es für den Pfarrer sein wird, sein Büro in schönster Ordnung vorzufinden.

„Pah, mein Büro, ja? Meinen Sie den Raum unten zweite Tür, in dem ehemals ein wirklich begabter Pfarrer gewirkt hat? Bis Unbekannte ihm das Handwerk legten?“

„Was wollen Sie damit sagen?“

„Haben Sie schon gesehen, was da unten passiert ist? Mit dieser Oase geistiger Schaffenskraft, diesem Refugium geistlicher Empfängnis?“

„Sie meinen, dass der Raum jetzt gut sortiert ist?“, fragt Philomena und strahlt ihn an, „Frau Patschinski und ich haben dafür gesorgt, dass Sie nun endlich wieder alles finden.“

„Frau Patschinski?!“ Er dehnt diese Worte ausdrucksstark. „Sie konspirieren mit Frau Patschinski gegen mich? Schicken Sie doch gleich einen Bulldozer und machen alles dem Erdboden gleich, der Sup wird es Ihnen danken!“

„Pfarrer Strada, Sie sind dabei, diese Gemeinde durch Ihr Nichtstun zu annullieren. Diese Oase wird durch Ihre Verweigerung in Kürze vor die Hunde gehen. Geben Sie sich einen Ruck, duschen Sie und ziehen sich frisch an! Sie werden sehen, da unten arbeitet es sich hervorragend. Wir könnten heute zum Beispiel die unbearbeitete Post durchgehen.“

„Sie reden ganz wie die Patschinski“, Pfarrer Strada zieht einen Flunsch, „und nur damit Sie‘s wissen: Dies hier ist jetzt mein Büro.“ Er weist auf die Kleiderberge um sich herum und schlägt einen zufällig in seiner Nähe liegenden Aktenordner auf. „Mir bleibt nichts anderes übrig, Frau Gutendorff. Ich ziehe mich aus der Kampfzone zurück in meine ganz private Einsiedelei. Das können Sie von mir aus auch dem Sup bestellen."

„Pfarrer Strada, Sie liefern ihm damit haufenweise Munition!"

„P-h, alles, was der kann, sind Drohbriefe und Intrigen. Soll er es doch erst mal wagen, mir in mein entschlossenes Angesicht zu schauen, dann wird schon klar werden, wer hier der Stärkere ist."

Philomena war sich da nicht so sicher, Pfarrer Strada schien der Realität merkwürdig entfremdet.

„Herr Pfarrer, Sie stehen hier nicht allein für sich. Von Ihrem Tun hängt das Wohl und Wehe vieler Leute ab. Ein ganzer Stadtteil würde viel verlieren, wenn aus dieser Oase ein Bowlingcenter würde."

„Ha, Bowlingcenter, gar nicht so schlecht. Waren Sie schon mal bowlen? Schlagen Sie doch gleich der Patschinski und dem Sup eine gemeinsame Partie vor. Ich, Pfarrer Strada, gegen Sie alle drei!"

Philomena schüttelt den Kopf und seufzt.

Am Fuß der Treppe trifft sie auf Frau Patschinski.

„Na, habe ich es Ihnen nicht gesagt? Diesem Pfarrer ist nicht mehr zu helfen!"

Hatte sie das gesagt? Sie hatte nichts dergleichen gesagt, und woher wusste sie, dass Pfarrer Strada das neue Büro nicht mochte? Sie konnte ihm unmöglich heute Morgen schon begegnet sein, besonders, da der Pfarrer sie mied.

„Haben Sie das Büro bloß deswegen aufgeräumt, weil Sie ihm damit den Rest geben wollten?“, fragt Philomena.

Frau Patschinski scheint mit ein paar zurückgehaltenen Worten ihren Mund zu spülen. Philomena fühlt, dass sie richtig liegt. Sie strafft sich und fragt „Frau Patschinski, wann ist der nächste Gemeindekirchenrat und wer gehört dazu?“

„Das finden Sie unten im Ordner ‚GKR römisch drei‘, gleich das erste Blatt mit Anschriften und Telefonnummern.“

„Sind Sie nicht auch Mitglied?“

„Ich bin stellvertretende Vorsitzende. Ich habe sonst für jeden ersten Montag im Monat die Einladungen verschickt.“

„Können Sie das bitte wieder tun?“

„Meinen Sie, dass das noch Sinn hat? Die drei letzten Male ist niemand mehr gekommen, und der Strada selbst natürlich auch nicht.“

„Dann werde ich alle einladen.“

„Aha, tatsächlich? Na dann tun Sie, was Sie nicht lassen können, ich jedenfalls bin draußen!“, sagt Frau Patschinski und klappert davon.

XX

Die Brixdorfer Wildnis im Pfarrgarten ist sonnendurchflutet und nervös belebt. Die Natur ist ganz Aufbruch und Revolte. Philomena, die einen schweren Pappkarton trägt, und Marie Ana durchschreiten die menschenleere Wildnis. Geht man mit Marie Ana, geht man mit großem Hofstaat, schießt es Philomena durch den Kopf.

Marie Ana stellt sich in Feldherrinnenpose am Teich auf und entzündet eine Zigarette. Philomena setzt die Kiste ab und beginnt, sie auszupacken. Sie hätte gerne Marie Anas Aufmerksamkeit, denn in dieser Kiste schlummerte eine Idee, für die sie jedoch noch keinen Namen hatte.

Marie Ana geht neben dem Teich auf und ab, gurrt und tiriliert den Vögeln in deren eigenen Sprachen zu und erhält mannigfach Antwort.

Musikerinnen, denkt Philomena. Wie gern hatte sie ihr ganzes Leben lang Musik machen wollen, so wie ihr Vater und das kleine Brüderchen, und es war doch immer nur ein besseres Krächzen aus ihrer Kehle gedrungen. Wenigstens, so glaubte sie, waren ihre Kunstwerke die Ideen zu einer Musik, wie eine Komposition auf Papier, doch sie waren selten zum Klingen gekommen, weil sie sie einfach nicht zur Aufführung gebracht hatte. Farben, fand sie, waren der wirklichen Musik sehr nahe. In der Akademie hatte es den Großmaler Beeditz gegeben, der lautstark der Meinung gewesen war, Frauen könnten nicht malen. Dabei haben Frauen, so hat man herausgefunden, viel feinere Rezeptoren für Farben als Männer, können viel mehr Farbtönen einen eigenen Charakter und Sinn zuordnen. Philomena hatte einmal zwei ganze Semester lang nur Farbkombinationen gesammelt und dazu kleine Wortsammlungen notiert, die deren Stimmungen wiedergaben. Ein Farbkompendium der Launen. Sie hatte die Farbklänge der Kleider der Frauen auf Berlins Straßen festgehalten und befunden, sie haben einen bitteren Geschmack. Sie erforschte die der französichen Impressionisten, die wie Honig waren, die der slawischen und baltischen Volkstrachten, die geheimnisträchtig wirkten, und war insgesamt an der Akademie damit nicht auf sehr viel Verständnis gestoßen. Wie immer eigentlich. Das war die männliche Farbenblindheit, das wusste sie jetzt.

Sie hatte dann eine Obsession für das Aufspüren magischer Farbkombinationen entwickelt, für todbringende, lebenspendende, unterkühlte und leidenschaftsgetränkte. Domian hatte sie eine Zeitlang dafür gelobt, bis er abtrünnig geworden war.

Philomena entnimmt der Kiste halbkugelförmige Tonschalen und stapelt sie vor sich zu einer Pyramide auf. Sie betastet jede der warmroten Schalen einzeln. Sie sind herrlich uneben und porös. Christenlehrekinder hatten sie mit ihren kleinen Fingern geformt, Pfingsten vor einem Jahr, um die Ausgießung des heiligen Geistes sichtbar zu machen. Das hatte Frau Patschinski ihr stolz erklärt, als sie Philomena den Pappkarton aus dem Müll bergen sah. Sie schien sich in ihrer militärischen

Art doch im Inneren sehr zu freuen, dass diese Schalen Philomena etwas wert waren und dass sie nicht verkommen würden.

Ton und Ton. Marie Anas berückende Stimme und dieser warme Terrakottafarbton scheinen ihr in diesem Moment dieselbe Materie.

Philomena lässt in die Schalen der Pyramide von oben Milch einlaufen. In kurzer Zeit saugt sich das poröse Material voll und Milch tropft in die niederen Schalen und ins hellgrün sprießende Gras.

„Wie findest du das?“, fragt Philomena.

„Ist das der mütterliche Milchfluss?“, fragt Marie Ana.

Das war er, das war er tatsächlich. Philomena nimmt eine der befüllten Schalen in ihre Hände. Die Milch hatte dem Ton einen seidigen Überzug verliehen. War nicht das hier die umgedrehte Mutterbrust? War nicht jede einzelne Schüssel auf diesem Globus eine Erinnerung an sie? Als sie diesen erleuchtenden Gedanken Marie Ana mitteilt, stellt diese sich auf wie vor ein großes Publikum und proklamiert „Ja, das ist hier auch nicht allen klar“, sie nimmt einen tiefen Zug von ihrer Zigarette, „dass die Mutterbrust nun mal allmächtig ist.“

Philomena wartet, ob noch was kommt, aber für eine Weile herrscht das Lärmen der Vögel und Insekten zwischen ihnen beiden vor.

„Wie meinst du das?“, fragt Philomena endlich.

„Sie kann Leben geben und es verweigern. Todesurteil für den Säugling nennt man das.“

Philomena hatte gar nicht so drastisch werden wollen, aber Marie Ana fährt fort: „Die Kerle hassen uns deswegen, weil sie im Grunde auch als Erwachsene noch ganz gerne bei uns nuckeln wollen. Das ganze Patriarchat ist eine einzige Rache für diese Allmacht der Mutterbrust. Hat deine Mutter dir die Brust gegeben?“

„Ich glaube…“, Philomena überlegt einen Moment, „ich glaube, das hat sie vergessen. Vielleicht aus jugendlichem Leichtsinn. Gott hat ihr dafür die Rechnung präsentiert. Aber eigentlich hat er damit uns bestraft, wir mussten hinterher ohne sie leben.“

„Gott? Du glaubst an Gott?!“, bricht es aus Marie Ana heraus.

„Ich bin damit aufgewachsen“, sagt Philomena, „die Frage stellt sich nicht.“

„Grundgütige Göttin, das erklärt ja nun vollständig, warum du dir für diesen unsäglichen Strada den Arsch aufreißt. Wo ist der eigentlich, warum macht dein Götterpfarrer jetzt nicht unendlich Dampf hier auf dem Hof, wenn der was retten will?“

Philomena richtet sich auf. Die Poesie war zerstört. Marie Ana redete jetzt Politik.

„Strada“, sagt Philomena gedehnt und reckt sich dabei in die Höhe, „Strada, der regiert jetzt vom Bett aus, betritt sein Arbeitszimmer nicht mehr, weil wir da für ihn aufgeräumt haben.“

„Weißt du was, Philomena?“, sagt Marie Ana mit einem bösen Funkeln in den Augen, „verschwende deine Energien doch zur Abwechslung mal auf Frauen, das lohnt sich wenigstens. Oder ist dir schon mal eine Frau begegnet, die vom Bett aus regiert?“

„Reg dich ab, bitte! Glaub‘ mir, das, was ich hier mache, ist sinnvoll! Ich versuche, eine Gemeinde zu retten. Dafür brauche ich einen Konsens, oder hast du außer Diktatoren schon mal Politiker gesehen, die allein regieren?"

Das scheint Marie Ana für einen Moment zu beeindrucken.

„Ist dir schon mal aufgefallen", fährt Philomena fort, „dass sich in der Kunst alles zumeist nur um die Vergrößerung von irgendjemandes Ego dreht?"

„Ach ja, na und?" Marie Ana waren irgendwie die Worte abhanden gekommen.

„Ich will mit dem, was ich mache, direkt ins Herz der Gesellschaft eintreten. Ob das irgendjemand dann Kunst nennt, ist mir egal. Das sind sowieso nur Deutungshoheiten, und der Krieg darum ist etwas, das mich überhaupt nicht interessiert. Ich will diese zeitentrückte Oase mitten in der Stadt am Ende vielen Menschen zugänglich machen. Ich will, dass hier gesellschaftlich und menschlich etwas wächst."

Marie Ana steht jetzt mit dem Rücken zu ihr und scheint über ein weites Panorama zu schauen. Dann wendet sie sich abrupt, schnippt ihre Zigarette weg und zündet sich eine neue an. „Was hältst du eigentlich von der feministischen Revolution?", fragt sie, ohne eine Antwort abzuwarten. „Ich dreh darüber gerade ein Bandvideo. Giftiger, krawalliger Menstruationsfluss. Hab im Pinkhouse ein paar Leute dafür zusammengetrommelt, läuft alles super. Unsere Welt ist so dermaßen am Arsch, da hilft nur noch: Frauen an die Macht." Marie Ana zieht mehrere Male heftig an ihrer Zigarette, mahlt sie mit der Fußspitze in den Boden und spuckt ein Stück Tabak ins Gras. „In dem Zuge kann auch gleich dieser cholerische Gottvater in den Ruhestand geschickt werden", sagt sie und wartet die

Wirkung ihrer Worte auf Philomena ab, „dann werden auch in so Biotopen wie diesem die Frauen nicht mehr so verstiegen unterdrückt."

„Stimmt schon, es gibt in dieser Religion zu wenig wegweisende Weiblichkeit", sagt Philomena und hofft, Marie Ana damit zu befrieden.

„Ja ja", braust diese auf, „und genau darum solltest du dich jetzt kümmern. Du hast da doch dieses Schutzzelt gebaut, diesen Rock der Maria. Das ist ein Uterus, aus dem wir alle kommen und in den wir uns jederzeit flüchten können, das meinst du doch damit, oder? Häng den doch mal endlich in der Kirche auf, egal was irgendjemand dazu sagt!"

„Das wär' dem Strada jetzt zu viel, so weit ist der noch nicht."

„Genau das meine ich", ruft Marie Ana mit spitzer Stimme, „Was ist denn der Strada schon für dich, dass du dem irgendwas nicht zumuten kannst?! Der ist ein Unterdrücker, ein ganz passiver Nutznießer deiner Energien!"

„Kannst du mich hier nicht mal einfach meinen Job machen lassen? Ich brauche hier alle, die ein einigermaßen gutes Herz im Leibe tragen. Allein kann ich diesen Job nicht stemmen", sagt Philo leicht verschnupft und räumt die Schalen zusammen.

„Du wirst die Revolution noch ewig auf morgen verschieben, das ist nicht der richtige Weg! Ich sage nur: Schwesterlichkeit, Rache, Freiheit!"

Wo hatte sie denn diesen Dreispruch her, ging der nicht irgendwie anders? Marie Ana agiert, als ob es keinen Widerstand gibt, von nirgendwoher.

XXI

Philomena geht allein, die Kiste mit den Tonschalen unter dem Arm, durch den Pfarrgarten. Auf der Wiese zwischen Friedhof und Pfarrhaus hängen weiße Tischdecken glatt und exakt auf straff gespannten Wäscheleinen. Philomena erinnern sie an ein Labyrinth aus weißen Laken, das der Vater, als sie noch recht klein war, auf Wäscheleinen hinter der Christenlehrebaracke für ein Gemeindefest aufgespannt hatte. Aus dieser Erinnerung und einem Text von ihr, der von ihrem Vater und ihren vielfachen Müttern handelte, hatte sie vor Jahren einmal eine Installation gemacht.

Gemeinsam mit Künstlerinnen aus Polen und dem Baltikum hatte sie auf einem Sommersymposium zehn Tage in einer leer stehenden Dorfschule in der Prignitz verbracht. Verschwitzt und staubig durchstreiften sie die flache Landschaft und stürzten sich mehrmals am Tag in einen winzigen Kiessee unweit des Backsteinbaus, um sich abzukühlen. Abends saßen sie in ausgeleierten Sesseln um ein Feuer, grillten Würstchen und Mais an Stöcken und lauschten den wild wuchernden Familiensagas einer Litauerin namens Giedrute und den melancholischen Gesängen eines Esten namens Priit, der seine Gitarre mit so ausschweifenden Gesten zupfte, als trüge sie nicht nur Vor-, sondern auch Kosenamen.

Hinter der Schule lag ein Birkenwäldchen, in dem Philomena Wäscheleinen und weiße, ungewaschene Laken nass zu einem Labyrinth aufspannte. Die schwarzweißgescheckten Stämme, die rosa und bläulich im Abendlicht schimmerten, hielten die Stränge des Labyrinths wie Wächter und wankten dabei. Und der Wind blähte die Laken und zerrte an ihnen, als wolle er ihnen mutwillig einen Applaus entwinden.

Auf die Wege im Labyrinth schichtete Philomena trockenes Laub und tote Äste. Bei der Eröffnung bat sie einen jeden der männlichen Besucher mit einigermaßen schwarzem Haar um eine seiner Haarsträhnen. Sie werde sie mit dem Laub vermengen. Kein einziger der Besucher wollte sie ihr geben. Ein großer, breitschultriger Kroate, der früher einmal Musiker gewesen war, sagte, dies sei ihm zu gefährlich, denn er sei sicher, Philomena würde dadurch Macht über ihn gewinnen und ihn seiner männlichen Kräfte berauben. Peter, ein Künstlerfreund, der extra aus Berlin angereist war, schenkte ihr dann eine Strähne aus seinem fast völlig ergrauten Haar. Er sei nicht abergläubisch, sagte er mit einem Augenzwinkern, eigentlich auch überhaupt nicht gläubig, und er finde, für die Kunst müsse man Opfer bringen.

Als Abschluss der Performance setzte Philomena die Laubwege auf dem Boden des Labyrinths in Brand. In Hast und Eile, nur mit einem altmodischen Nachthemd bekleidet, schleppte sie theologische Bücher herbei, um mit ihnen das Feuer quasi absichtlich vergebens von außen her einzudämmen. Die Bücher hatte sie ihrem

Vater und verschiedenen Pfarrern der Umgebung abgeschwatzt, und da sie trotzdem nicht gereicht hatten, füllte sie sie mit einigen Reihen roter und blauer Lenins und Karl Märxe auf, die sich glücklicherweise auf dem Dachboden der alten Schule gefunden hatten.

So mauerte sie das brennende Labyrinth in den Birken weitestgehend mit Büchern ein und nannte das Ganze „Porträt meines Vaters", denn der hatte weiße Birkenhaut und schwarze, schimmernde Haare und den Weg in sein Herz zu finden, war nicht immer leicht gewesen. Es war eine Liebeserklärung an ihn, ein eingemauerter Liebesschwur. Wie gern hätte sie alles in Flammen aufgehen lassen, aber die Bücher waren nicht ihre, und als selbst die nassen, jetzt passenderweise nach menschlichem Schweiß riechenden Laken anfingen, Feuer zu fangen, schienen auch die Birken in Gefahr. Sie war in diesem Moment äußerst glücklich, dass die pickeligen Jungs der freiwilligen Feuerwehr grinsend und erwartungsfroh bereit standen, um auf ihr Zeichen hin blitzschnell zu den Schläuchen zu greifen, sie auf dem Waldboden auszurollen und sie vom Löschwagen her mit Wasser zu befüllen. Eine kleine, wild zischende Spritzhavarie, bei der die umstehenden Kleinfamilien, die womöglich genau deswegen gekommen waren, pitschnass wurden, sorgten für gute Stimmung und Gelächter. Dorfbewohner und Teilnehmerinnen griffen nach den knapp ein Dutzend Eimern, die Philomena bereitgestellt hatte. Zahllose Hände löschten so ihren Brand, den Herzensbrand für ihren Vater. Ihr Vater selbst war übrigens nicht gekommen, Pfarrkonvent oder Partnergemeindetreffen. Aber er hatte ihr die Bücher zur Verfügung gestellt. Er war nicht borniert.

Er wusste, dass die Kunst frei war, frei von Ideologie sein konnte im Gegensatz zur Religion, und er vertraute ihr. Er behandelte sie von Anfang an wie eine freie Erwachsene, die ihren Weg schon machen wird auch ohne seine Hilfe. Sie konnte sich kaum erinnern, so richtig ein Kind gewesen zu sein. Diese Rolle hatte immer der Kleine gehabt, der durfte Selbstgekritzeltes in die Predigtkarteikästen stecken und das Arbeitszimmer des Vaters zu seinem Spielzimmer machen, durfte auf Beerdigungen hinter Sarg und Blumen hervorlugen und auf das Schmunzeln verspannter Witwen hoffen. Sie dagegen war eher häufig sich selbst überlassen, als wäre sie schon als Kind erwachsen gewesen, und ihre Versuche, ihn mit handgemachten Büchern und wohlgesetzten Worten zu beeindrucken, waren nicht immer erfolgreich gewesen. Ihr kleiner Bruder war des Vaters geliebtes Mini-Me. Sie dagegen bemühte sich, für den Vater eine Ikone zu sein, etwas Übermenschliches, eine wandelnde Überbegabung, eine göttliche Frau, und vermutlich war sie daran gescheitert.

Am Schluss der Performance - die Aufmerksamkeit war durch die Feuerwehraktion etwas zerstreut, die Jungs ließen sich bereits mit dem gelöschten Brand fotografieren - hatte sie Peters in wahrer Liebe zur Kunst ergraute Haare in das verbrannte Gras gestreut und das war ein gutes Gefühl. Graues Haar auf grauer Asche. Ein Vater ist doch lange nicht mehr so gefährlich für das Herz, wenn er ergraut.

XXII

Philomena ist in der Kleingartenanlage „Märchenland“ auf dem Weg zu Brigitta May. Die stand nach Frau Patschinski zuoberst auf der Liste der Mitglieder des Gemeindekirchenrats.

Kurt Wöllert, der Mann aus dem ungewöhnlichen Gottesdienst von vor einer Woche, erwartet sie schon am Tor, nimmt ihr die Tasche ab, manövriert sie in der Holzhütte in einen überdimensionierten Armsessel gegenüber Brigitta, die riesig scheint im Vergleich zu diesem kleinen, dunklen Raum. Durch die offen stehende Tür fällt Licht auf ein Leintuch, das sie mit einer fast lebensgroßen Madonna bestickt.

Philomenas Blick tastet sich im Hintergrund des Zimmers über eine Art weißes Gebirge, das auf dem Couchtisch aufragt. Sie sieht schwarze Schuhe und einen grauen Schopf an den jeweiligen Enden herausragen und zuckt zusammen. „Mein herzliches Beileid“ stammelt sie. Brigitta schaut zu Philomena hin. Ihr Blick ist stark, wie der einer strahlenden Mittagssonne. Dann stickt sie schweigend ein paar Fäden in den Mantel der Madonna und fragt: „Sie sind wegen des Wunders hier, wollen davon in der Gemeinde erzählen?“

Philomena nickt unsicher, sie hat vor, Brigitta May zur Mitarbeit in der Gemeinde oder wenigstens erst einmal zur Teilnahme an der von ihr einberufenen Gemeindekirchenratssitzung zu überreden, aber sie will nicht gleich mit der Tür ins Haus fallen.

„Alles begann, als mein Hartmut so ganz plötzlich starb“, beginnt Brigitta zu erzählen. Auf einmal erscheint Philomena die Atmosphäre sehr anheimelnd, obwohl neben ihnen eine Leiche liegt, die irgendwie den Eindruck macht, als ob sie lauscht. „Es war ein heißer Tag. Schief steht er beim Birnbaum und schaut in die Sonne. Und plötzlich bricht er wie ein Ast, sackt weg - gefällt!

‚Soll‘n wir ihn mitnehmen?‘, fragt der Arzt.

‚Mein Mann bleibt hier‘, sage ich, ‚wir halten Totenwache!‘ Kurt blickt verwundert in mich rein.“

Philomena schaut nach Kurt. Der steht an der Wand, leicht gebeugt, wie ein serviler und ganz liebevoller Hausdiener.

„Ich und mein Nachbar Kurt“, fährt Brigitta fort, „wir hieven also den Hartmut auf den Couchtisch, Kurt schiebt ihm den Sessel unter seine Füße. Ich decke ihn mit unserm Tischtuch zu. Vor‘n Spiegel häng‘ ich ein Stück Leinen, auf das ist diese Gottesmutter hier gemalt. Hab‘ ich so als ganzes Stück mal auf dem Polenmarkt gekauft. Sehen Sie und dann, der Kurt sitzt da, wo Sie jetzt sitzen, der Glastisch zwischen mir und ihm- ein schwarzer See.“

Philomena schaut zu Kurt, den scheint es nicht zu stören, dass über ihn gesprochen wird, im Gegenteil, er freut sich wie ein kleiner Bub‘.

„Und wissen Sie, was ich da dachte? ‚Kurt ist wie ein Sohn, ich hab‘ jetzt nur noch ihn.“

In diesem Moment stellt Kurt Veilchen, Kaffee und Lakritz auf den spiegeldunklen Tisch zwischen sie und Philomena.

„Sehen Sie!“ Brigitta nickt in Richtung der drei Gaben, „ein Sohn, der solche Dinge weiß, ... da bleibt mir nichts als Sticken. Ich und er also bei der Totenwache. Ich springe auf, weil ich wie andere ihre Zigaretten, jetzt ganz dringend mein Stickzeug brauche. Ich suche es und finde nichts. Zu Hartmuts Zeiten war‘n die Dinge stets an ihrem Platz! Vom großen Spiegel hier zieh ich also die Madonna da herab und streiche sie auf meinem Schoß schön glatt. Und da kommt Kurt auch schon mit meinem Stickzeug her, kredenzt es mir mit beiden Händen. Wissen Sie, das ist es ja: Er findet immer alles, was ich suche.

Stich für Stich sticke ich die bunten Lilien, die wachsam um die Große Mutter ranken. Sie sind meine geheime Schrift, die Geheimbotschaft der Gottesmutter. Was meinen Sie, würde passieren, wenn unser Pfarrer davon wüsste? Wenn er nur überhaupt erst käme! Ich kann durchaus nicht damit zufrieden sein, dass er den Hartmut mit irgendsoeinem Taufspruch eingesegnet hat.“

„Statt einer Aussegnung?“, fragt hastig Philomena.

„Genau. Seit Tagen warten wir auf ihn und finden kaum ein Stückchen Ruh‘, mein guter Nachbar Kurt und ich, wie soll‘s da erst dem Hartmut gehen?!“

Brigitta hält inne, streicht der Madonna sanft über ihr goldgesticktes Herz.

Dieser Nachbar Kurt geht hier im Häuschen ein und aus, gießt Blumen, sorgt und kocht, das sieht nach Flitterwochen aus, denkt Philomena.

Brigitta steht jetzt vor dem Spiegel und hält sich die Madonna vor, als wäre sie ein Kleid. Philomena hustet ihren Kaffee aus. Merkwürdig, diese strähnchentoupierte Tigerin mit ihrem Diener oder Nachbar-Sohn, wie sie da so fröhlich existiert unter dem starken Atem der Vergänglichkeit, sie könnte selber die Maria sein. Und warum riecht es eigentlich hier nicht ganz unerträglich nach Verwesung, wenn dieser Hartmut da schon eine Weile liegt?

„Kurt?“, fragt Brigitta.

Kurt reißt an einem Wandkalender, zerknüllt die Blätter, versenkt sie in der Hosentasche.

„Wie viele Tage sind‘s denn, die wir hier schon sitzen? Sind es viele?“

„Das find‘ ich nicht, zwanzig vielleicht... paar mehr, paar weniger. Und was sagst du?“

„Ach, mir geht’s gut.“

Unglaublich, diese beiden, zwanzig Tage Totenwache und das in diesen warmen Tagen!

„Frau May“, fragt Philomena, „Frau Brigitta May!“, invoziert sie sie fast schon, „sind Sie zum nächsten ersten Montag beim Gemeindekirchenrat dabei?“

„Bevor der Pfarrer nicht zur Aussegnung da war, geh ich hier nicht weg, ich kann doch meinen Hartmut nicht alleine lassen.“

„Frau May, wir haben die Gemeinde zu retten, und Sie sind eine, die das kann, das sehe ich!“

Brigitta schweigt und hält ihr Stickzeug gegen‘s Licht.

Kurt fasst Philomena sanft am Arm.

„Kommen Sie, lassen Sie die Brigitta jetzt allein, wir sind nun mal in Trauer.“

Hat denn jetzt alle hier der Strada-Virus lahmgelegt? Vielleicht sollte man die gesamte Gemeinde von einem Expertenteam untersuchen lassen. Philomena fürchtet kurz, selbst von ihm erfasst zu sein, denn es ist schwer, aus diesem dunklen Sessel aufzutauchen.

XXIII

Dreimal weißes Haar leuchtet wie ein erhabener Strahlenkranz im Gegenlicht der milchig einbrechenden Nachmittagssonne. Die drei Matronen sitzen in der Winterkirche, einem hohen, weißstaubigen Raum mit mattbunten Reliefglasfenstern und einem lange nicht mehr benutzten Kamin. Sie halten den Blick gesenkt und ihre Hände sind im Schoß gefaltet. Vor ihnen liegen Bibeln in Unterarmgröße, Stifte und Scheren, daneben Kaffeegeschirr und ein großes Blech mit Kuchen „... segne uns und unser großes, von dir geschenktes Werk. Amen."

Hulda, die trotz ihrer Betagtheit etwas Mädchenhaftes an sich hat, entzündet eine dicke, purpurfarbene Kerze, die auf einer breiten, kupfernen Schüssel ruht.

Herta, hager und hochgewachsen, hebt ihre buschigen Brauen „Na, dann lasst uns mal anfangen, Mädels. Wo waren wir gestern stehengeblieben?"

„Wir wollten Maria mehr Bibelstellen jeben, sie hat nur sieben", sagt Hella in ihrem ostpreußischen Singsang mit dem rollendem „R", und ihr rundes Gesicht ist wie von innen erleuchtet.

„Maria müssen wir die ganze Bibel geben", scheppert Hertas Damenbass.

Hulda verschränkt die Hände über dem Kopf und streckt sie in die Höhe. „Aach“, seufzt sie gedehnt, „ich liiebe Maria, sie hat mir letzte Nacht die Hand auf die Schulter gelegt und das hat sich sehr gut angefühlt.“

„Ja, das Ziehen janz rechts oben, das du sejt Michaelis hast“, sagt Hella.

„Geh auf keinen Fall zum Arzt, der versaut dir alles!“ raspelt Herta.

„Janz recht, Ärzte taugen nichts. Wir müssen diese hunderten von Jöttinnen alle in Maria verejnen. Maria muss wieder stark werden.“

Herta nimmt ein dünnes Blatt Papier zur Hand und liest „Maria ist im Berge. Maria ist im Meer. Was haben wir dazu zu sagen?“

„Sie ist der Jegenberch, der sich mit Wasser jefüllt hat, die Jebärmutter, aus der alles jeboren wird.“

Die Frauen schreiben eifrig mit, in steiler krakeliger Schrift auf hauchdünnen Bögen.

„Ich war mal in einer Marienkapelle in den Alpen“, beginnt Hulda zu erzählen, „die war so klein, dass man nur gerade so noch knien konnte vor dem Altar aus dunklem Holz und Silber. Marias Kleid war glänzend hell bestickt und ihr kleines Gesicht war aus ganz schwarzem Holz. Ich bin fast in Ohnmacht gefallen, so eng und von Sinn bedrängt war mir da. Alle haben ihr Leid darein getragen schon jahrhundertelang, ein heiliger Ort, müsst ihr wissen.“

„Nun, mmh, mmh, Marienkapelle schön und gut“, räuspert sich Herta, „aber war Maria auch selber da?“

„Da war so ein knorriger, alter Baum vor der Kapelle, der hat den Eingang fast völlig versperrt. Es war klar, dass Maria in diesem Baum ist... Maria, die

Glückliche...“, sagt Hulda und verleibt sich ein Stück Kuchen ein. Die anderen blicken sie fragend an.

„Na, Maria ift wehr glücklich gewefen“, nuschelt Hulda mit vollem Munde, „über Jewuf und daf die Welt nun erlöft werden wird.“ Sie schluckt einen großen Brocken hinunter. „Es geht uns doch um die Weltenrettung, oder?“

„Um nichts Geringeres, Hulda!“, schnarrt Herta.

Hulda beißt erneut in ihr Stück Streuselkuchen.

„Mädels, schaut mal hier, Epheser 5 Vers 22“, ruft Herta und bohrt ihren knittrigen Finger in die vor ihr liegende Bibel,. „Das ist es, wo Paulus sich über die Frauen mokiert. ‚Ordnet euch euren Männern unter wie dem Herrn‘. Lausbub, der. Das nehmen wir raus, oder? Das langweilt uns, nicht wahr meine Lieben?“

Die anderen nicken. Herta setzt eine riesige Schere an, es macht ‚Schnatz, schnatz‘. Hella und Hulda machen es ihr nach, und schon schneiden die drei im Gleichtakt. ‚Schnatz, schnatz, Schnahatz‘. Aus der Tiefe ihrer zittrigen Kehlen quillt eine rurale Melodie, schwillt an. Sie klingt erdig und stammt mitnichten aus dem Kirchengesangbuch.

Als sie verklungen ist, hebt Hella zu sprechen an. „Ick will, dass Maria als Tagsonne auftritt, was mejnt ihr? Sie bringt Licht in Jestalt des Hejlands in unseren Jeist, bis wir zujuterletzt selber zu Licht werden.“

„Es werden uns alle fragen, wo denn der liebe Gott hin ist“, wirft Hulda zaghaft ein.

„Hulda, uns wird keiner mehr was fragen“, schnarrt Herta, „und wenn sie uns was fragen, dann sind wir ganz Schweigen. Und es ist ja auch nicht so, dass wir es sind, die hier schreiben. Irgendetwas Höheres schreibt durch uns. Ich wüsste nicht, warum ich sonst noch hier sitze."

„Ja, es ist kein Spaß", sagt Hulda, „Ich würde auch viel lieber vor dem Fernseher sitzen. Stattdessen habe ich Gesichte, es ist wie ein Fernseher in mir, könnt ihr mir das glauben?"

„Es jeht uns doch allen so", sagt Hella.

„Aber dir natürlich am meisten", ruft Herta.

Die drei lachen scheppernd eine gefühlte Ewigkeit und schlürfen von ihren Kaffeetassen.

„Warum hat das vor uns noch kejner jemerkt?", fragt Hella, „warum kommt das hier durch uns?"

Herta strafft ihren Körper, legt die Fäuste vor sich auf den Tisch, schaut in die Ferne und hebt feierlich zu sprechen an „Wir sind aus dem Osten gekommen, von woher sowieso alle Weisheit stammt. Wir haben Kinder geboren, von woher man sowieso als neuer Mensch ersteht, und wir sind dem Tod von der Schippe gesprungen, ungefähr jede ihre drei Male, seitdem haben wir diese Mission!" Mit dunklem Blick schaut sie durch die beiden hindurch in die Tiefe des Raumes.

„Ick hätte wirklich lieber ejne schöne hejße Tasse Kaffee als Mission", sprudelt es aus Hella heraus, und sie gießt sich aus der Blümchenporzellankanne zittrig noch ein wenig von dem extra dünnen Gebräu ein, so dass der Deckel auf der Kanne wippt und klappert.

Hulda kichert.

„Hört mal, Mädels", braust Herta auf, „genau das ist es, was man von uns denkt: Kaffee trinken, Kuchen essen und sich vollkommen einlullen lassen von dem, was der junge Pfarrer da salbadert!"

„Dabej steht doch der junge Pfarrer vor uns bejleijbe nicht etwa nackt, da jibt es jar kejnen Grund, ejnjelullt zu sein."

„Aber Jesus ist nackt", ruft Hulda, als wäre sie die erste, der das je aufgefallen war, „nackt am Kreuz. Und das ist spätestens der Moment, in dem sie ihn wieder zusammensetzt!"

Die anderen schauen verdutzt.

„Nachts setzt die Maria all die Menschen wieder zusammen, die sich bei Tage gequält haben", fährt Hulda eifrig fort." Sie kommt des Nachts und macht uns alle wieder heil!"

„Bravo, Hulda!", rufen die anderen beiden. Alle drei schreiben noch einmal eifrig mit.

Dann klappt Herta mit einem lauten Knall die Bibel zu und ruft: „So, Mädels, für heute soll's genügen!"

Philomena, die soeben die Gemeindeküche betritt, um den Vorrat an Abendmahlswein aufzufüllen, gewahrt von nebenan aus der Winterkirche ein mehrstimmiges Murmeln. „Große Göttin, allmächtige, die du die Erde aus den Wassern geboren hast..." Sie öffnet die Durchreiche zur Winterkirche. „...herrliche Königin, Ausgang und Eingang..." und sieht die drei Matronen sich an den Händen halten und ihr merkwürdiges Gebet mit einem „Amen" beenden. Philomena zieht sich eilends zurück. Sie schließt die Durchreiche wieder vorsichtig.

Die drei Matronen erheben sich umständlich und verwenden eine geraume Zeit darauf, ihre Bibeln zu verpacken. Hella wickelt ihre in ein weißes Filztuch und stülpt einen goldenen Sack darüber. Herta wickelt ihr Buch in ein schwarzlila Baumwolltuch, das an altes Durchschlagpapier erinnert, und lässt es in einen braunen Nylonbeutel gleiten. Hulda umhüllt ihre Bibel mit einem riesigen Klöppelspitzentuch und steckt sie dann in eine weiße Plastiktüte. Der Kleber und die Scheren, das Papier und diese Bibeln verschwinden in ihren ledernen Handtaschen, die sich untereinander gleichen und als Schmuck einen Streifen geflochtenen Leders tragen.

Im Rausgehen treiben die drei Matronen in ihren schwerfälligen Schuhen eine Menge kleiner Schnipsel auf dem Boden vor sich her.

Philomena verlässt die Küche, um in der Sakristei wie zufällig auf die drei Damen zu stoßen.

XXIV

Zuerst schiebt sich Herta Grimmler schwerfällig und doch willensstark durch die Tür. Sie ist eine hochgewachsene, herbe Frau. In einem alten Gemeindeblatt war ihr zusammen mit den anderen zweien zum Neunzigsten gratuliert worden. Dahinter erscheint Hulda Bethge, die Sanfte, die niedlich wie ein junges Mädchen ist. Sie geht am Arm einer beleibten Dame mit gütigem Rundgesicht, die wohl Hella Wobering sein muss. Laut Gemeindeblatt ist sie schon seit fast siebzig Jahren im Gemeindekirchenrat. Die drei bleiben nebeneinander vor Philomena stehen, beeindruckend und furchteinflößend wie ein Klagechor.

„Mädchen, was wollen Sie hier?“, ruft Herta. „Geben Sie zu, dass Sie uns belauscht haben!“

Philomena überhört das und schafft es, die drei milde anzulächeln. So eine Jugend im Pfarrhaus zahlt sich aus. Sie reicht den Damen nacheinander die Hand, „Philomena, Assistentin des Pfarrers.“

„So so, Assistentin“, sagt Herta streng, „meinen Sie, unser Herr Pfarrer hat das nötig?“

Die beiden anderen kichern albern.

„Wir könnten eine Assistentin jut jebrauchen“, sagt Hella.

„Die uns die Bibeln einpackt“, ergänzt Hulda.

„Wir brauchen niemanden“, bellt Herta.

„Doch, doch, wir hätten jern ejne, die uns den Kaffee und Kuchen hinstellt. Das hat früher immer die Frau Patschinski gemacht“, sagt Hella.

„Traut sie sich nun nicht mehr“, fügt Herta hinzu.

„Ich kann für Sie Kaffee und Kuchen bereitstellen“, sagt Philomena.

„Machen Sie das“, befiehlt Herta. „Wir treffen uns an dieser Stelle an jedem Tag um drei. Es muss nicht immer Kuchen sein, uns reichen auch Kekse, oder, Mädels?“ Die beiden anderen nicken.

Wie eigenartig, dass sie sich so oft treffen, denkt Philomena, was ist das wohl für ein Geheimnis, über dem sie da brüten, und ist es überhaupt eins? Und wenn es eins ist, warum treffen sie sich dann nicht an einem weitaus geheimeren Ort?

„Wir lieben diese Kirche“, sagt Hulda plötzlich, als könne sie Gedanken lesen, „sie spendet uns eine Fülle an Inspiration.“. Herta blickt sie böse an.

„Frau Wobering“, deklamiert Philomena, sich auf ihre Mission besinnend, „bitte kommen Sie am Montag in drei Wochen in den Gemeindekirchenrat! Diese Gemeinde existiert schon fast gar nicht mehr, und ich will sie retten.“

„Die Rettung vor diesem Pfarrer Strada, ist es das, was Sie meijnen?“, fragt Hella.

„Dieser Strada ist es nicht wert, gerettet zu werden“, schnauzt Herta.

„Hella, geh da nicht hin, es ist dem Strada nur um sich selbst zu tun!“, insistiert Hulda.

Hella zögert. Sie winkt Philomena mit den Augen, und die schöpft Hoffnung, dass Hella unabhängig von den zweien später noch irgendetwas mit ihr verabreden wird.

„Hella, du vergisst, der hat dich nicht zu deinem Neunzigsten besucht!“, sagt Herta.

„Der hat schon ewig keinen Fuß mehr in unseren Frauenbibelkreis gesetzt“, ergänzt Hulda.

„Der meidet uns“, schnarrt Herta.

„Ick leje kejnerlej jesteigerten Wert darauf, dass der noch mal hier rejnspaziert“, sagt Hella.

Die drei lachen verschwörerisch.

„Das wäre sehr albern“, fährt Hella fort, „den müssten wir ja auf den Schoß nehmen.“

„Da würde der sich aber in die Nesseln setzen“, sagt Herta. Ein spitzes, lang anhaltendes Lachen füllt die Sakristei.

Die drei alten Damen haken einander unter und setzen sich in Bewegung. Unter Lachen und weiteren Kommentaren über den Pfarrer entfernen sie sich und lassen Philomena links liegen. Sie sind wie ein sechsbeiniges Tier in langsamer Bewegung, ein erstaunlicher Koloss, der trotz seiner Masse eine Art gefunden hat, den Hohlweg vom Pfarrhof zur Straße entlangzurollen, ohne dabei auseinanderzufallen. In der Ferne entwickelt ihre gemeinsame Bewegung etwas von einer Welle, die auf eine, nur ihnen gewisse, glorreiche Zukunft zurollt. „Legendäres Gehen“, schießt es Philomena durch den Kopf und „sie sind ein Monument in Bewegung.“

XXV

Im Traum wandelt Philomena durch einen Pfarrgarten, der an den Rändern eigenartig schimmert. In seinem tiefen Innern trifft sie auf einen Teich, dessen Oberfläche so glatt ist, dass sie das dunkelgrüne Dickicht dahinter und den hohen, tiefblauen Himmel in wunderbarer Klarheit spiegelt. Philomena scheint dieser Spiegel so perfekt, dass sie drauf und dran ist ist, ihre nackten Zehen auf seine Oberfläche zu setzen, um auf ihm zu laufen. Sie weiß nicht, ob sie sich in Babamotz oder in Brixdorf befindet, denn die Leute, die sich rund um den Teich versammeln, sind ihr gänzlich unbekannt. Doch die Atmosphäre ist angenehm und heilsam, und es liegt ein Klingen heller Glocken in der Luft.

Aus dem Dickicht im Hintergrund löst sich eine Reihe von Frauen, die einander an den Händen halten. In gleichmäßiger Formation schreiten sie auf Philomena zu, ohne ihr dabei wirklich näher zu kommen. In ihrer Mitte geht Brigitta mit einer Art handgesticktem Heiligenschein, daneben Hella, vom Strahlenkranz ihres blütenweißen Haars umflort und Marie Ana mit einem goldenen Schild vor der Brust, auf das sie mit der flachen Hand tief und hallend einen eindringlichen Takt schlägt.

Philomena will durch den See zu ihnen rüberschwimmen, um sie zu all dem zu befragen, da bemerkt sie, wie sich unter den Leuten ringsumher eine stärker werdende Unruhe breitmacht. Eine Gruppe gefährlicher Biker reitet mit aufjaulenden Motorrädern ein, johlt und grölt, zermalmt Brotdosen und Picknickkörbe, nimmt kleinen Kindern ihre Schnuller weg und sorgt für allgemeinen Aufruhr. Dann stürzen sich die Randalierer plautzend in den See. Ihre dicken, tätowierten Körper in den schwarzen Ledermonturen werfen auf der Wasseroberfläche fette Blasen. Ein Raunen und Fauchen geht durch die Menge. Als die Biker wieder auftauchen, lächeln sie allgemein milde. Wie ein Lauffeuer verbreitet sich die Gewissheit, dass sie nun von Grund auf geläutert sind und sich in balsamisch wohltätige Menschen verwandelt haben. Sie lächeln schüchtern in die Gegend und fallen mit den Umstehenden in herzerwärmende Umarmungen.

Im Aufwachen realisiert Philomena kristallen und klar, dass das wundertätige Wasser, das aus diesem See verdampft, sich als Wolken weithin verbreiten wird, um überall auf der Welt als ein Nektar reiner Güte herabzuregnen. Mensch und Tier werden dieses Wasser trinken, Pflanzen wird es ernähren und über diese ins Blut von Menschen gelangen. Mit jeder Faser ihres Seins ist sich Philomena gewiss, dass sich auf diese Weise die Wundertätigkeit des kleinen Teiches über die ganze Welt verbreiten wird, um die Menschen friedlich und glücklich zu stimmen.

XXVI

Auf dem Pfarrhof lastet ein tiefer Himmel, der an den Enden des Horizonts festgeknotet scheint. Die Luft ist schwül. Philomena hebt den Arm, wie um ein Loch hineinzubohren. Der Tümpel im Pfarrhof ist eine einzige moderige Pfütze und gar nicht magisch wie in ihrem Traum. An den schwarzen Rändern haben Schnecken ihre regenbogenschillernden Spuren gemalt.

Da springt ein rotes Bündel buschigen Fells auf sie zu, nimmt sie mit grünem Glitzern in Augenschein. Es ist die Pfarrhauskatze Bastet. Sie neigt sich zum Tümpel, mit schneller rosa Zunge trinkt sie daraus.

„Frau Gutendorff, endlich!“, knödelt eine männliche Stimme in einem eigenartig gelangweilten Singsang, „Struppiges Gelände, nicht wahr, da kann man sich schnell verirren. Es freut mich, dass ich Sie nun kennenlernen darf.“ Ein schniefender Fettberg mit Glatze baut sich vor ihr auf. Hinter ihm ragt wie eine Lanze Frau Patschinski und deklamiert: „Superintendent Baader hat ein Hühnchen mit Ihnen zu rupfen.“

„Schescheschẹ“, macht der Sup.

Die Katze Bastet bäumt sich auf und faucht.

Die kleinen kalten Augen des Sup bohren sich in Philomena durch die Gläser einer dicken Brille.

„Bruder Gutendorff aus Babamotz. Sehen Sie, ich bin im Bilde! Sie sind die Tochter, nicht wahr?“

„Es wäre besser, Sie hätten sich dem Sup längst vorgestellt“, zischt Frau Patschinski, „Sie können hier nicht einfach in die Gemeinde kommen, ohne seine Erlaubnis erwirkt zu haben.“ Und sie nagelt diesen Satz wie ein unsichtbares Banner an den viel zu tiefen Himmel.

Der Sup hebt die Hände wie ein Schlangendompteur: „Philomena, Sie müssen wissen, Sie handeln hier völlig unbedarft, wären Sie nicht des lieben Bruder Matthäus‘ Tochter, ich würde Sie auf der Stelle verklagen lassen.“

Ein gruseligerer Mensch als dieser Sup war Philomena noch nicht vorgekommen. Sie gräbt in ihrem Innern nach Erwiderungen, doch da ist nichts.

„Philomena“, fährt er fort, „für Ihre ehrenamtliche Arbeit sind wir Ihnen herzlich dankbar. Aber ich rate Ihnen, stecken Sie Ihre Nase nicht in Dinge, die Sie als Laiin nicht betreffen!“ Philomena glühen die Ohren. „Sie räumen da eigenmächtig das Kirchenbüro auf, nehmen Einblick in vertrauliche Akten...“

„Frau Patschinski!“, sagt Philomena atemlos. „Frau Patschinski und ich haben da aufgeräumt und ich bin überzeugt, das war eine gute Tat!“

Giftig blickt der Sup in Frau Patschinski hinein.

„Das ging nicht mehr anders, Herr Baader, Sie wissen, wie es dort vorher ausgesehen hat!“

Der Sup bläst den Brustkorb auf, um an Körpergröße zu gewinnen. Sein falber Atem sticht in Philomenas Nase „Wir alle sind überzeugt, dass Sie nur das Beste wollen, Philomena! Aber sehen Sie, diesem Pfarrer zu helfen, das schadet der gesamten Gemeinde. Und was Sie Falsches machen, schadet dem Ansehen Ihres Vaters!“

Der Sup könnte recht haben, rein faktisch und vorläufig jedenfalls. Rein menschlich aber ist er es und nochmals er, der jetzt mit einer Pinzette aus dieser Szenerie entfernt gehört.

Die Katze Bastet, die Philomena die ganze Zeit um die Beine gestrichen war, löst sich nun von ihr, um hinter der grauen Hose des Sup zu verschwinden. Sie macht dort zu Philomenas Freude einen großen gelben Haufen, ist dabei, ihn zu verscharren. Doch als der falsche Singsang des Sup wieder einsetzt, flüchtet sie sich hinter Philomenas Fuß.

„Sie wissen, dies hier ist keine persönliche Fehde. Es geht mir ausschließlich um das Wohl unserer kleinen Gemeinde“, sagt er.

Philomena wird schlecht, doch sie nimmt alle Kraft zusammen und ruft: „Sie wollen mit Pfarrer Strada auch diese Pfarrstelle eliminieren und das gesamte Gelände verkaufen! Das ist es, was ich gehört habe.“

„Pfui, pfui, pfui, wer sagt denn sowas, Philomena! Geben Sie nichts auf Gerüchte, das rate ich Ihnen! Sie wenden sich in Zukunft immer zuerst an mich, versprechen Sie mir das?“

Philomena ist so benommen, dass sie beinahe anfängt zu nicken, da schlägt die Katze mit dem Schwanz an ihr Bein, raspelt und stellt ihr Haar auf.

„Eine Laiin wie Sie lassen wir nicht von der, äh, alleine“, sagt der Sup. „Bruder Stradas Vergehen brauchen Sie nicht in Ordnung zu bringen, darum kümmern wir uns von der Kirchenleitung.“

„Der Pfarrer Strada ist ein guter Pfarrer", hört Philomena sich sagen, „beziehungsweise war er es und er wird es auch wieder sein."

„Ich glaube nicht, dass er dazu noch Zeit haben wird. Ich werde ihn degra..., äh, vorzeitig in den Ruhestand versetzen", sagt der Sup und schwillt vor Stolz.

„Das können Sie nicht, wo doch die Gemeinde hinter ihm steht!"

„Hehaa, haha, die Gemeinde! Wenn Sie wüssten, wie sehr man mich von allen Seiten bettelt, diesen Pfarrer zu entfernen!" Der Sup scheint sich in seinem unechten Lachen äußerst zu gefallen.

Philomena hätte gern weitere Argumente für den Pfarrer vorgebracht, aber ihr fällt nichts ein angesichts von dessen desolatem Sein.

„Und nehmen Sie sich in Acht", fährt der Sup fort und seine Stimme schnellt unangenehm in die Höhe, „helfen Sie hier besser nicht den Falschen! Melden sie mir alle Schritte, die Sie tun! Denn ohne meinen Sanktus werden Sie sich hier nicht halten!"

Nun endlich wälzt der Sup schmatzend seinen Absatz in dem schönen Haufen Katzenkot, den Bastet für ihn vorbereitet hat, und Philomena denkt nicht dran, ihn darauf aufmerksam zu machen noch ihm jemals irgendwas zu melden. Sollte doch die Patschinski Meldung tun, soviel sie wollte. Und wer weiß, denkt Philomena, vielleicht kriege ich die ja auch noch dazu, auf der richtigen Seite zu kämpfen.

„Frau Gutendorff hat eine Gemeindekirchenratssitzung geplant, Herr Baader", schießt Frau Patschinski mit spitzer Stimme aus dem Hinterhalt.

„Es wird niemand kommen, selbst Sie haben ja abgesagt“, spricht Philomena.

„Sehen Sie, so ist es richtig!“ Der Sup vertieft sich gründlich in Bastets gelben Katzenhaufen und tritt dann seiner Sekundantin auf den taubenblauen Schuh. Ein süßlich stechender Geruch steigt auf.

„Sie wollen sich doch wohl nicht in eine Notlage bringen, rechtlicher Art“, sagt er, „Sie wissen, dass nur ich und höchstens noch die Frau Patschinski einberufend wirksam sind.“

„Und Pfarrer Strada, oder nicht?“, ruft Philomena.

„Nur solange, bis er weg ist, und das ist bald. Glauben Sie mir: Ihr Aufwand lohnt sich nicht!“

Frau Patschinskis stechend blauer Blick und der schwarzkalte des Superintendenten halten Philomena fest im Griff.

Warum hatte es diese so lauter wirkende Frau nötig, diesen Terrier von einem Sup auf sie zu hetzen? Sie hätte sie für unabhängiger gehalten.

Die beiden gehen ohne Gruß.

Philomena schüttelt ein Würgreiz.

Sie versenkt ihren Blick in den der Katze und beschließt, diesem widerlichen Sup und allen seinen Sekundanten keinen Fußbreit Land zu überlassen.

XXVII

Nach dem Gespräch mit dem Sup und Frau Patschinski war Philomena rastlos im Regen durch den verwilderten Pfarrgarten gestrichen. Sie war an dessen Ende auf eine Pforte gestoßen, von der ein Weg durch die Kleingartenanlage an Brigittas Garten vorbei direkt zum Gelände des Pinkhouse führte. Sie schaute den beleuchteten, pulsierenden Betonkörper hinauf und empfand Wehmut. Dort ganz oben hinter dem Fenster am Zipfel des Blocks hatte sie mit Rentz geschlafen, dort hatte sie gelitten, hatte ein riesiges rotes Zelt zusammengenäht, dort hatte er ihre Nachrichten nicht beantwortet und sie dann später seine nicht mehr, als sie von Iris erfuhr. Dort hatte er sie aufgesucht, um sie zu einem Gipsabdruck zu überreden, nackt, und sie hatte nein gesagt. Dort hatte sie für immer alles, jeden weiteren Kuss, jede bis in die Lenden elektrisierende Berührung, jeden waidwunden, jeden noch so lodernden Blick abgesagt.

Rentz würde nicht zu einem zweiten Domian werden, um ihr Herz zu zertrümmern. Rentz wusste nicht, wo sie war. Rentz würde sie jetzt nicht mehr finden.

Langsam hatte sie das Gefühl, dass sie genug Schritte gemacht hatte, um das schleimige Gift des Sup von sich abzustreifen und genug Schritte durch das hohe Gras des Pfarrhofs, um auch an Rentz nun endlich nicht mehr denken zu müssen. Sie fühlte sich geläutert und frei.

Sie stieg die Wendeltreppe hinauf in ihr Turmzimmer, der moderige Geruch des Verweserhauses warf sich über sie. Überall knarzte und krachte es, undichte Fenster schlug der Wind in die Rahmen. Staub lag auf dem Treppengeländer und den Treppenstufen, überall in einer feinen Schicht. Schritt um Schritt wischten ihre Schuhspitzen einen Pfad von hellerem Rot in den Linoleumbelag. Und sie stutzte, denn barfüßige Abdrücke einer erwachsenen Spezies, menschliche Zehen und Ballen hatten sich rechts neben dem Treppengeländer eilig nach oben geflüchtet. War das ein Obdachloser? Sollte sie vielleicht doch besser anfangen, ihr Zimmer abzuschließen?

Ein fremder Geruch beherrschte ihr Zimmer, ein lieblicher Geruch, ganz und gar kein Clochardgestank. Die Kerzen auf dem Boden um ihr Bett waren angezündet, ihre Flammen in Bewegung. Und in der Mitte des zerwühlten Bettes wölbt sich ein weißes Laken, und es hebt und senkt sich. Philomena umkreist es, setzt sich auf einen Hocker am Fuße des Bettes und zündet sich eine Zigarette an. Es muss ein Mann sein, dessen Körper da unter dem Laken pulsiert. Und gegen Ende der Zigarette weiß sie auch genau, wer es ist.

Wäre sie Pfarrer Strada, würde sie sich jetzt mit dem Zelt für ein paar Tage an einen brandenburgischen See verziehen. Aber sie ist Philomena und sie will ihn sehen, den, der da unter dem Laken atmet.

Sie kniet sich neben das Bett und schiebt langsam das weiße Tuch von den Füßen nach oben. Wundervoll golden behaarte Beine kommen zum Vorschein, auf den Füßen zeigen sich zwei rote Male. Sie wischt sie mit dem Finger und leckt daran. Es sind Marmeladekreise.

Ihr Herz klopft, sie schiebt das Betttuch weiter nach oben. Die schmalen Lenden sind in ein blau besticktes Brottuch eingerollt. Frech, das war Philomenas Lieblingstuch.

Sie streift es zur Seite, senkt ihren Kopf in das Gebüsch dieses duftenden männlichen Schoßes. Sie verschlingt mit großem Appetit sein Glied, das verboten nach Filzstift riecht und schillert.

Sie legt ihre Rechte auf seiner Hüfte ab, fühlt, wie sie in heller Erregung pulsiert. Mit ihrer Linken streift sie den Oberkörper frei. Unterhalb der Rippen findet sie ein weiteres Marmelademal, das sie wegleckt von seiner warmen Haut, genau wie die zwei Male an den aufwärts gedrehten Händen.

Sie rollt das Laken fast vollständig nach oben, bis nur noch sein Gesicht bedeckt bleibt. Sie küsst die Vertiefung hinter seinen Ohren, eine wunderbare Stelle voll sinnlichen Dufts, reißt sich los und erhebt sich, stellt sich mit dem Rücken an die Wand.

Der Mann, der Rentz ist, erhebt sich mit einem Sprung und ist mit einem weiteren neben ihr. Er fasst sie beim Handgelenk, zieht sie durch das Zimmer und drückt sie sanft auf einen Stuhl. Er kniet vor ihr nieder, nimmt beide Füße in seine Hände und streift ihr die Schuhe und Socken ab. Er bettet ihre Füße in seinen Schoß und beginnt, sie mit einem triefenden Lappen zu waschen. Philomena schließt die Augen und genießt das Abrinnen des Wassers auf ihrer Haut. Ein nackter Mann, der ihre Füße wäscht, von ihr aus kann gleich danach das Weltenende kommen. Seine tausend Finger nesteln an ihrer Bluse, befreien sie von ihrer Hose, seine kräftigen Arme tragen sie auf das Bett. Seine Lippen liebkosen sie zärtlich am Nacken. Nur einmal, nur jetzt, sagt sie zu sich selbst und taucht in den heißen Strom, der zwischen ihnen beiden mit ungekannter Macht dahinrauscht.

XXVIII

Am nächsten Tag, Philomena fegt gerade ihr Turmzimmer aus und lüftet die kompromittierten Laken, da bekommt sie einen Anruf von Rentz.

„Bin ich da richtig bei des Heilands Großmutters Tochter?", fragt er, und ihm ist die unterdrückte Aufregung anzumerken.

„Ist da dieser grottengefährliche Jesus?", fragt Philomena, der ebenfalls das Blut in den Kopf schießt und deren Lenden in Brand stehen.

„Das ist er, hier ist der Jesus-Rentz, den du gestern Nacht vernascht hast." Rentz Stimme ist ein wenig höher als gewöhnlich, und er kann sich nur schwer fangen.

„Ich hätte gerne ein paar mehr Waffen gegen dich", seufzt Philomena und hält sich mit von der Kraftanstrengung weiß gewordenen Fingernägeln am Fensterbrett fest.

„Ich hänge in durchaus vollkommen friedlicher Absicht an diesem Telefon. Ich meine, jetzt ist der Zeitpunkt gekommen, genau der Richtige für dein Hauptbahnhofprojekt!"

„Hauptbahnhofprojekt? Meinst du die Blätter, die ich dir damals gezeigt habe? Was stand da nochmal drauf?"

„Ich weiß es noch, es ist großartig. Ich habe die Blätter, und es wird Zeit, dass das uraufgeführt wird. Es gibt da eine Ausschreibung für Kunst am Bau im Hauptbahnhof, ich selber hab' dafür auch schon was auf der Pfanne." Rentz klingt jetzt wie ein aufgeregter kleiner Schuljunge, und in Philomenas Vorstellung hüpft er vor ihr herum, als wolle er ihr auf den Arm springen.

„Was reichst du ein?", fragt Philomena, um wieder zur Sache zu kommen und sich nicht allzusehr von ihm einnehmen zu lassen.

„Na, du weißt schon, Türme für den Bahnhofsvorplatz,..., diesmal aber aus feiner Drachenplane in der Ästhetik der Fassade und vom Kompressor aufgeblasen, du glaubst es nicht, die werden tanzen..., ist schon länger fertig, der Entwurf, hab mich mit dem Material nur gerade eben umentschieden. Aber das ist im Grunde Pille-Palle im Vergleich zu deinem Hauptbahnhofplan. Den musst du auf jeden Fall einreichen, der hat Größe!"

Hatte Rentz eine andere Philomena kennengelernt als die, die sie kannte? Sie kannte die Philomena mit den vielen Zetteln, den vielen Ideen, die niemals zur Umsetzung kamen, welche kannte er?

„Meinst du, die würden da Konzeptkunst nehmen?", fragt Philomena in den Äther.

„Würden sie. Ist denen sogar lieber, wenn's nichts Dauerhaftes ist. Dann stößt sich nicht immer einer irgendwo die Birne an irgendeiner überdimensionierten Skulptur. Übrigens: Es gibt 30000 Euro Honorar für den ersten Preis. Davon kannst du mich dann auf ein Eis einladen."

„Ich und der erste Preis? Hast du übrigens gewusst, dass dieser Meyer- Geiwinkel, dein Schwiegerpapa, die Idee vor etlichen Jahren schon einmal gesehen hat? Damals war er bei uns Gastprofessor für Aktzeichnen an der Akademie. Als ich dem das mit dem Hauptbahnhof gezeigt habe, hat er auf meinen Busen geglotzt und „Bullshit!" geraunzt.

„Ich werde ihm die Sache schon beibringen. Der weiss, dass er sich damit Lorbeeren holt. Der sehnt sich danach, dass er seinen Ruf als altbackener Skulpturenhengst, der nur Sachen gut findet, die wie aus den 50ern aussehen, endlich los wird, denn dann kann keiner mehr sagen, dass er zu Unrecht da herumsitzt in allen diesen Kommissionen."

Philomena überlegt einen Moment. „Ich will das nicht auf diese Weise schaffen und schon gar nicht mit Hilfe von diesem Meyer-Geiwinkel."

„Philomena, ich will, dass du das schafftst. Die Meyer- Geiwinkels sind nur eine Krücke." Rentz scheint sich durch das Telefon bis weit zu ihr herüberzulehnen, so dass ihr ist, als ob sein Atem ihren Nacken kühlt.

„Moment mal, Rentz, du und Iris, seid ihr nicht immer noch durch irgendsoeinen goldenen Ring verschmiedet? Bist du nicht erst recht mit diesem ganzen Meyer-Geiwinkel-Clan vermählt? Zimmern die nicht die ganze Zeit an deiner Karriere?"

„Das ist die letzte Sache, die ich mit ihnen mache", ruft Rentz eifrig, „Versprochen! Danach sage ich Iris, dass es vorbei ist."

Philomena bleibt ob so viel Berechnung die Stimme weg.

Dann sagt sie tonlos: „Ich kann das nicht, ich hab' das mal gehabt, und sowas will ich nicht nochmal. Komm wieder, wenn die Meyers und die Geiwinkels und all das goldene Nachtgeschirr aus Deinem Leben verschwunden sind!"

Rentz seufzt: „Philomena, wenn das so einfach wäre..."

Aber da hat Philomena schon aufgelegt.

Sie weint in das Bettzeug, in das sie soeben noch mit Rentz verwickelt gewesen war. Sie zittert vor Sehnsucht nach seinem Körper. Die Schüssel mit dem nassen Lappen steht noch da, sie legt ihn sich erst auf die Brust, dann auf die Stirn und genießt, wie ihre Tränen mit seiner Feuchte verschmelzen.

XXIX

Zum Glück gab es Marie Ana. Sie war in ihr Turmzimmer zum Tee gekommen. Philomena hatte ihr alles erzählt, auch, dass sie Rentz nicht hatte widerstehen können. Dass sie aber glücklicherweise der Versuchung widerstanden hatte, sich durch ihn und den Meyer-Geiwinkel-Clan zu Berühmtheit und Ansehen verhelfen zu lassen.

Marie Ana, die wie eine Königin auf Philomenas altem Rohrsessel thront, ruft: „Echt ehrenhaft, du Märtyrerin, dafür verdienst du einen Orden! Unsere Sache hast du damit aber nicht vorangebracht. Du musst Presse akquirieren, Aufmerksamkeit, den Big Bang fabrizieren, damit alle einmal aufwachen und du mit deiner Kunst die Welt hübsch neu sortierst!"

Typisch Marie Ana, bei ihr musste immer alles laut und fett sein. Philo hatte diesen Zirkus namens Kunstwelt satt. Sie war froh, dass sie hier in der Emigration war und sich darauf konzentrieren konnte, eine Kirchengemeinde zu retten, wenn sie damit bisher auch noch nicht allzu weit gekommen war.

Als sie Marie Ana von Stradas Totalverweigerung, seinem nach wie vor im Bett befindlichen Regierungssitz und Baaders Drohung gegen Strada und sich selbst berichtet, geht Marie Ana an die Decke.

„Du musst auch endlich mal an dich denken, Philomena! Du hast ein Werk, du hast den Menschen was zu sagen und stattdessen kämpfst du hier dafür, dass dieser patriarchale Vollversager wieder über einen Gott predigen kann, der von Frauen überhaupt nichts hält!“

Marie Ana hatte einen wunden Punkt getroffen. Und doch hatte sie nicht Recht. Wie sollte sie ihr das, was sie hier tat, begreiflich machen?

„Alle großen Propheten waren unendliche Egomanen“, fährt Marie Ana fort, „denk endlich mehr an dich, dann kannst du auch besser anderen helfen. Im Moment denken alle aus diesem Gemeindekirchenrat, dass du die Botschafterin von diesem Strada bist, und als solche interessierst du sie nicht. Steh für dich und sprich für dich!“

„Überhaupt zu sprechen, ist nicht immer einfach“, sagt Philomena und denkt dabei an einen immer wiederkehrenden Albtraum, in dem sie etwas sagen will und nie ein Wort herausbekommt.

„Du schaffst es, du kannst das“, schmettert Marie Ana, „ich stehe vollends hinter dir! Du bist eine Prophetin, du selbst bist unsere Zukunft. Das sind wir Künstlerinnen nun mal. Nun stell dich auf den Felsen und predige!“

„Ich glaube, sowas bin ich nicht “, sagt Philomena leise, „ich glaube, ich bin eher die, die Dinge einrührt und andere für sich handeln lässt.“

„Dann rühr was ein und sei so stark!“

„Du bist stark, Marie Ana, warum rührst du nichts ein?“

„Ich bin der heilige Berg“, ruft Marie Ana mit donnernder Stimme und springt auf den Rohrsessel, der gefährlich wankt. „Wasser fließt von mir herab in die Wüste und macht sie fruchtbar.“ Marie Ana beugt sich mit weit ausgebreiteten Armen nach vorne und lacht diabolisch. Philomena weiß nicht, ob sie richtig gehört hat.

„Weißt du, ich bin ihnen zu krass“, fährt Marie Ana fort, springt vom Sessel und schreitet mit wichtigen Schritten durch‘s Zimmer. „Ich bräuchte einen Dolmetscher. Du könntest meine Dolmetscherin sein. Du hast dieses bescheidene, unscheinbare Wesen, mit dem du einer großen Sache zum Sieg verhelfen kannst.“

„Mein Platz ist jetzt hier, Marie Ana. Kunst wächst auch im Unscheinbaren. Und ich habe dem Strada versprochen, dass ich diese Gemeinde rette, wir haben einen Deal.“

„Retten? Diese Gemeinde stirbt mit oder ohne dich. Du musst nach etwas Größerem Ausschau halten, nach etwas Globalem, nach etwas, was der Menschheit dient! Was ist überhaupt mit deinem Zelt?“

„Ich werd‘ den richtigen Zeitpunkt für mein Zelt schon noch finden. Diese Frauen, die ich da getroffen habe, weißt du, die vom Gemeindekirchenrat, die haben es faustdick hinter den Ohren.“

„Glaubst du!“, ruft Marie Ana. „Solche Frauen in der Kirche, das sind doch Sklavinnen! Die brauchen immer einen Mann, den sie vor sich hertragen können, wie die heilige Hostie beim Hochamt. Und du bist jetzt eine von ihnen. Du hältst dich auch hinter einem Mann versteckt und führst ihm seine Geschäfte, und der wird dann die Lorbeeren ernten.“

„Mir geht es nicht um Lorbeeren, mir geht es um die Sache.“

„Die Sache, das bist du. Du bist für viele Frauen ein Vorbild, wir Künstlerinnen sind exemplarisch. Wir leiden nicht nur stellvertretend für die Menschheit, sondern wir siegen auch für sie. Warum schickst du immer diesen Strada vor? Der ist eine Lusche. Warum hast du dir eine solche Pappfigur erwählt? Doch sicher, damit du über sie hinweglatschen und endlich deinen großen Coup landen kannst?!"

Es hatte keinen Zweck, mit Marie Ana zu diskutieren. Sie bewohnte eine andere Realität. Philo räumt das Teegeschirr ab und trägt es zu ihrem Abwaschtisch nahe der Tür.

Marie Ana baut sich neben ihr auf. Sie war trotz ihrer moderaten Körpergröße immer irgendwie riesig. Wenn sie einen Raum betrat, schauten die Leute sich nach ihr um.

„Du solltest auch mit Rentz mutig sein, warum sollte der nicht nach seinem eigenen Herzen handeln und den Clan für dich verlassen?"

„Er ist ein Karrieremensch, weißt du, deswegen."

„Was man sich vorstellen kann, wird auch geschehen. Vertraue einfach in dich als magisch-wunderbare Frau, als eine Frau, die es draufhat, sechs Rentze zu verführen! Im Pinkhouse munkelt man, er habe eine ganze Armee von sich in Arbeit. Mit einer ganzen Armee will er dich erobern, solchen Respekt hat er vor dir! Weil du es wert bist, weil du einfach wundervoll bist!"

„Das kann ich manchmal nur schwer glauben."

„Du kannst es lernen!"

„Danke, Marie Ana, danke, dass du so denkst", sagt Philo und ist bis in die Schuhsohlen gerührt.

Sie nehmen einander in die Arme und es ist, als wüchsen sie in diesem Moment zu einem einzigen riesigen Berg zusammen.

XXX

Rentz hält schwarzes Mollton in den Händen, die Jesusrentze und die brennbaren Rentze hat er in die dunklere Hälfte seines Ateliers geschoben. Dann lässt er das Ganze hinter einem schwarzen Vorhang verschwinden. Ihm ist elend zumute. Er läuft wie ein Affe im Käfig auf und ab. Das Atelier ist jetzt irgendwie zu klein, nachdem die leidenden Rentze die Hälfte davon beansprucht haben. Er geht ins Werkzeugkabuff, nimmt die Kiste mit den Legosteinen, baut eine Schalform für ein schmales, hohes Turmmodell. Er lässt Wasser in einen Eimer, streut Gips ein. Gleich wird Iris kommen, um die Hauptbahnhofbewerbung mit ihm durchzugehen, und Meyer-Geiwinkel wird heute zum Abendessen bei ihnen am Tisch sitzen, und er wird Beton sehen wollen.

Am liebsten würde Rentz sich jetzt selber kopfüber in diesen Gipseimer stecken, zwei Strohhalme in die Nase, alles trocknen lassen und sich dann beim Candlelightdinner mit seinem schönen Betonkopf Meyer-Geiwinkel gegenübersetzen. Es bliebe völlig geheim, ob er grinst und was er denkt, und Meyer-Geiwinkel würde das gar nicht auffallen, denn so war es sowieso immer schon zwischen ihnen gewesen.

Gott, warum hatte er sich bloss all die Jahre auf diese Türme festnageln lassen, und wie kam er da jetzt wieder raus?

Er zurrt den Quirl in seiner Bohrmaschine fest.

Die Tür geht auf, Iris kommt rein. Sie setzt sich auf das Sofa mit dem Rücken zum schwarzen Vorhang, legt einen Packen Papiere vor sich auf den Tisch.

„Einen Moment noch!", ruft Rentz. Die Bohrmaschine surrt laut. Er starrt auf den Quirl, der in der grauweißen Masse rührt und irgendetwas wie „Iris, Iris, Iris" jault.

Vor neun Jahren hatte er sie kennen gelernt. Er war an der Dresdener Akademie im zweiten Meisterschülerjahr. Sein Leben lang war es sein sehnlichster Wunsch, als Künstler so richtig Furore zu machen. Nachdem er in den Anfangsjahren fleißig Akt gezeichnet hatte, war ihm klar geworden, dass man damit heute nichts mehr reißen konnte. Jedenfalls nicht so, wie er es angegangen ist. Als er zum Meisterschülerstudium sein eigenes Atelier bekam, diese hohe, neobarocke Halle mit Blick zur Elbe, brütete er angestrengt nach etwas Eigenem, womit er sie würde füllen können. Es kam darauf an, der Welt etwas zu zeigen, das sie noch nicht gesehen hatte, und es mit seinem eigenen Namenszug zu versehen. So dachte er damals. Es war klar, die Welt übersah ihn. Wie konnte er sie zwingen, ihn wahrzunehmen? Als er nun so Tag für Tag in seinem riesigen Atelier mit Blick zur Elbe aus- und einging, machte sich in ihm die Gewissheit breit, dass dieser Ausblick, dieser starke Strom lebendigen Wassers, ein größeres Kunstwerk war, als alles, was er jemals zu schaffen in der Lage sein würde. Und das Atelier blieb leer. „Das war dein ehrlichster Moment", hatte Bootzen, sein Professor, später einmal darüber gesagt, als er an einem Klassenabend schon ziemlich angetrunken war. Rentz stieß also eines Abends wieder diese gigantische, höchst elegante Tür seines Ateliers auf und wußte mit einem Mal endlich, was er machen wollte.

In den folgenden Tagen schleppte er Türen aus Sperrmüllcontainern an und baute Türstöcke, damit sie einen stehenden Rahmen hatten und begehbar waren.

Er schnitt in neosozialistischer Manier Reliefs dahinein, hoffte, Bootzen würde locker bleiben, wenn er sah, dass er dessen Stil imitierte. Dann rollte er die Oberfläche mit Ölfarbe ab, so dass es aussah, als ob er darauf Holzdrucke gemacht hätte.

Man sah Rentz auf diesen Türen als kleinen Jungen wiederum durch eine Tür in ein blendendes Licht treten. In die Rückseite dieser Türskulpturen schnitt er die Welt des Erfolges, zu der es ihn mehr als irgendwoanders hinzog: chinesische Sammler, Schweizer Galeristinnen, Sotheby's, dann Jeff Koons, Picasso, Mao, Michael Jackson, dazwischen Lenin, Stalin und Alice Schwarzer, damit die Botschaft nicht zu offensichtlich war, schließlich wünschten die meisten Leute immer noch, Kunst möge ein Geheimnis tragen.

Bootzen war bereit, ihn zu fördern. Rentz war sich bis heute nicht sicher, ob er es tat, weil er seine Türen mochte, oder weil Rentz ihn regelmäßig auf die Elbterrassen zum Mittagessen begleitete, wo es seine Aufgabe war, ihn mit ein paar Witzchen aufzuheitern, um seine chronisch miese Morgenlaune zu neutralisieren.

Bootzen schickte ihn in ein Stipendiumsbewerbungsverfahren dem Meyer-Geiwinkel vorsaß, mit dem Versprechen für sein Weiterkommen zu sorgen. Während Rentz schweißgebadet eine seiner Türen vor der Kommission aufstellt, sie mit hastigen Gesten von ihrem Seidenpapierbeschlag befreit, geht Meyer-Geiwinkel aus dem Raum, um zu telefonieren. Er war erledigt, das wusste Rentz, und so war es auch. Jahre später findet er heraus, dass Meyer-G. der Stil, dieser realistisch sozialistische Anhauch, zu sehr an seine eigene Malerei erinnert hatte. Er hatte sich bloßgestellt gefühlt, insbesondere, weil er sich in dem Mao auf einer der Rückseiten wiederzuerkennen glaubte.

Rentz arbeitet hart daran, mit Meyer-Geiwinkel näher bekannt zu werden, umsomehr, als er erfährt, dass Adrian, dessen Sohn aus erster Ehe, die Galerie Montz und Willfahrt in Berlin-Mitte gehört. Die machte aus Scheiße Gold und verstand es, jeden auch noch so mittelmäßigen Künstler als Genie zu präsentieren.

Doch weder Adrian Willfahrt noch Meyer-Geywinkel kriegte er durch beredtes NichtÜberSeineEigeneKunstReden weichgekocht. Sie interessierten sich nicht für ihn und ließen ihn auf diversen Vernissagen schlichtweg links liegen.

Ein Jahr später und ein paar Türen weiter wendete sich das Blatt dann endlich. Es war auf der Kunstaktion eines Studienkollegen, der einen alten Fabrikschornstein in Dresden-Plauen zu seinem eigenen Turm erklärte. Nichts Spektakuläres, eher eine Untergrundaktion, von den Künstlerkollegen beachtet und von der Presse ignoriert. In einem heruntergekommenen

Fabrikhof brennt ein großes Feuer. In einer Gruppe pluderhosiger Hippies steht eine für ihr junges Alter eindeutig zu seriös gekleidete Frau mit glattem, blondem Nackenzopf. „Iris“, hört er die Hippies rufen, „kommt auch dein Alter?“ Als Iris lächelnd auf eine Antwort verzichtet, ruft ein anderer etwas wie „Ist eine Meyer- Geywinkel zu sein noch Profession oder schon Mission?“ Auf dieses Reizwort hin springt Rentz auf und setzt sich dann auch gleich wieder völlig lässig auf einen umgedrehten Bierkasten, sein Gesicht von Iris abgewandt und dringend bemüht, seine überirdische Sexiness zu dicken Qualmschwaden werden zu lassen, die als Rauchzeichen in ihre Richtung aufsteigen. Frauen wollen wählen, Frauen wollen ans Regal gehen und etwas herausnehmen, hatte Bootzen einmal zu ihm gesagt. Und richtig, als die Hippiewolke sich auflöst, kommt Iris herüber und setzt sich wie beiläufig direkt neben ihn.

Ob er auch Künstler sei, und was er so mache, fragt sie. Er schaut den Fabrikschornstein hinauf und sagt: Türme, aber eigene. Er liest an ihren Augen ab, dass er richtig liegt. Er weiß, dass Iris weiß, wie Kunst geht, und so tasten sie sich diesen Abend an sein zukünftiges Werk heran.

Sie erzählt, sie habe als Kind kurz nach der Wende mit ihren Freundinnen gerne auf einem dieser Grenzwachtürme gespielt, im Norden Berlins, Betonguss. Sie bedauere, dass diese so schnell abgerissen worden sind. Er erzählt ihr von riesenhaften Türmen, gigantisch, die für ihn eine große Bedeutung haben. Sie einigen sich darauf, dass sie aus Beton sein müssen.

Iris verspricht, ihn in seinem Atelier zu besuchen.

Noch in derselben Nacht baut er hastig etliche Modelle von Türmen. Weil die aber alle irgendwie nach Wachtürmen an der DDR-Grenze aussehen, klingelt er zwei Architekturstudenten aus dem Bett, die er aus dem Bärenzwinger kennt, und sie bauen gemeinsam zwei Dutzend Turmmodelle, Leuchttürme, Wassertürme, Dampfkühltürme, simulieren unterschiedliche Materialien, damit Iris eine Auswahl haben würde. Um eine Braut zu erringen, musst du manchmal den Berg kopfunter besteigen, hatte Bootzen gesagt. Als die Architekturstudenten in der Morgendämmerung nachhause wanken (echte Kumpels, die nichts weiter als einen Kasten Bier und Karten für ihre lokale Lieblingsband hatten haben wollen), schmiert er noch Kehricht und Bleistiftraspel auf die Modelle und pustet den Staub vom Fensterbrett darüber.

Iris kommt am nächsten Tag. Sie umkreist die Modelle, neigt sich ehrfürchtig über jedes einzelne von ihnen und sagt eine Menge kluger Dinge.

Er schämt sich ein bisschen und ist froh, dass sie die Modelle nicht in die Hand nimmt, denn sie könnten vom Kleber noch feucht sein.

Sie reden über massiven Beton und gehen von da an öfter miteinander aus.

Kurz nachdem sie der Familie die Verlobung bekannt geben, bietet Adrian Willfahrt dem zukünftigen Mann seiner geliebten Schwester eine Ausstellung in seiner vor Gold und Geld nur so blitzenden Galerie an. Wenig später beginnt Adrian sogar, Rentz‘ Betontürme vorzufinanzieren und schafft es, nicht wenige davon nach Modellen zu verkaufen. Rentz bereist merkwürdige private Skulpturenparks in Europa und Amerika und organisiert dort den Guss seiner zementenen Phallogramme, immer darauf bedacht, dass sie zwei Meter höher als das größte der anwesenden Kunstwerke werden würden. Und weil seine Türme nun mehr und mehr gefragt sind, fängt er selber an, zu glauben, dass sie gut sind.

Unter dem Druck seines großen Erfolges gibt auch der alte Meyer-Geiwinkel nach, gibt kund, er liebe Kunst, die frei ist von Sentimentalitäten, die virile Kraft zeige statt Emotionen. Und mit der Zeit behauptet er sogar, er sei ein richtiger Fan der Rentzschen Türme. Und dabei wissen Rentz und er, dass er mit keiner Kunst, die nicht der seinen ähnelt, irgendetwas anfangen kann. Doch beide tun jetzt, als ob das nicht so wäre.. Zum Glück hat Meyer- Geiwinkel zur Korrektur dieses kleinen Charakterfehlers seinen Sohn Adrian, der ihn bei Familiendinners über respektable Trends in der Kunstwelt auf dem Laufenden hält.

Iris öffnet die graue Merkmappe. Rentz legt sich rücklings über zwei Stühle.

„Rentz, dein Isidorturm für den Hauptbahnhof", sagt sie und schiebt die Mappe über den niedrigen Glastisch zu ihm rüber.

„Isidor, keine Hymne, kein Pamphlet", sagt Rentz mokant und heftet seinen Blick stier an die Decke.

„Rentz, das genau hat dir doch neulich noch gefallen."

Rentz denkt, dass das wohl äußerst lange her sein muss. Solange, wie er Philomena kennt.

„Ich habe alles über den Neuplatonismus im 5. Jahrhundert recherchiert und hier ist dein Text dazu", sagt Iris mit jener Entschlossenheit, die er einmal sehr geliebt hat. “Sieh ihn durch bitte, Vater sagt, er muss die Unterlagen für den Hauptbahnhof bis übermorgen haben.“

Rentz steht auf und kühlt seine Stirn am Fenster.

„Rentz, du hörst mir nicht zu..., Rentz, ich habe sehr wohl bemerkt, dass du etwas vor mir verbirgst.“

Rentz sagt nichts. Es entsteht ein weitgespanntes Schweigen, ein beredtes Nichts, als ob Iris die Pausentaste eines staubigen Kassettenrecorders gedrückt hält.

„Rentz, solange bis das da hinter dem Vorhang ausgegoren und präsentabel ist, müssen wir den Affen füttern. Wir müssen die Sachen bringen, mit denen man dich kennt!“

„Iris, ich kann das nicht, diese Türme, die sind zum Erbrechen. Meinst du wirklich, dass ich damit die Welt retten kann?“

„Rentz, das ist Quatsch jetzt.“

„Das ist genau das, worum es mir geht.“

„Komm Rentz, was ist los?“

Rentz wendet sich dem Raum zu und geht hinter ihrer Couch auf und ab.

„Weißt du noch, als in Dresden damals die Flut war, das war noch, bevor wir uns kennengelernt haben. Der Dresdner Hauptbahnhof war auf Notlicht geschaltet,“

Würde sie anbeißen? Rentz erzählt ihr die ganze Idee, die nicht seine eigene ist, die, er weiß es, allein Philomena gehört.

„Das ist gut Rentz, das ist sehr guut! Das sollten wir Vater und Adrian heute Abend präsentieren.“

Und Iris steht auf, umarmt ihn und küsst seinen Nacken.

XXXI

Philomena schaute von der Orgelempore in den Körper der leeren Kirche, ein dreifaches Grau hatte sich des Kirchenschiffs bemächtigt wie ein unerklärlicher Nebel und verkochte die sich ineinander verschlingenden Blumenornamente an den Balustraden der Emporen zu einem unbekömmlichen Gebräu.

Heute war der Tag der von ihr anberaumten Gemeindekirchenratssitzung. Und da alle scheinbar für alle Zeiten abgesagt hatten, musste sie zu ungewöhnlichen Maßnahmen greifen.

Sie hatte beschlossen, ihr Zelt aus roten Frauenkleidern aufzuhängen, ohne den Superintendenten, den Strada oder sonst noch irgendjemanden zu fragen. Strada würde das Knarzen im Gebälk hören, wenn sie das Zelt nach oben zöge, denn seine Schlafzimmerresidenz war eine Verlängerung des Dachbodens über der Kirche. Er würde herbeigelockt, und so wären sie schon mal zwei für die Sitzung. Die anderen hoffte Philomena nach dem Vermasselprinzip zu ködern, das hier scheinbar unumschränkt herrschte: Alles, was sie anpackte, verkehrte sich in sein Gegenteil. Wenn sie nun also ihr Zelt aufhängte, dürfte das eine Menge Leute auf den Plan rufen, denen das gegen den Strich ging. Frau Patschinski und der Sup fielen ihr ein. Nun, hoffentlich nicht ausgerechnet diese beiden. Obwohl, mit der Patschinski würde man reden können, da war noch nicht alles verloren. Schließlich schien ihr an der Gemeinde wirklich etwas zu liegen. Diesen widerlichen Sup aber wollte sie hier nie wiedersehen, wenn das irgend möglich war. Logisch war es nicht, denn das Machtvakuum, dieses Geschehensnix in Brix war eine geradezu ideale Bühne für ihn und sein Gehabe. Nun, sie würde selber eine Macht werden müssen und dieses Vakuum mit Sinn erfüllen. Ihr schauderte ein bisschen davor, doch ihr Zelt erschien ihr ein erster Schritt, eine Kathedrale in der Kathedrale.

Sie knotete einige Enden ihres Zeltes an die vier von der Decke herunterhängenden Drähte.

Es gab in dieser Kirche die Tradition, ein kleines hölzernes Jesusbaby an Himmelfahrt bis unter das Dach der Kirche zu ziehen, wo es in einem Loch verschwand. Das hatte ihr Frau Patschinski erzählt - Philomena hatte das Jesusbaby im Dachstuhl unter Zeitungen versteckt gefunden. Sie war gerührt über diesen Schatz, diese volkstümliche kleine Skulptur, mit Gold und patiniertem Inkarnat, und vielen kleinen Holzwurmlöchern. Jetzt konnte sie dessen Drähte nutzen, um ihrem Zelt einen guten Halt zu verschaffen. Sie zog die Stoffbahnen am Boden in die Breite. Es war ein Spaß, in dieser Kirche ungestört zu walten.

Philomena hauchte einer Leiste Scheinwerfer mittels der Schätze aus ihrer Werkzeugkiste neues Leben ein, und plötzlich leuchteten die Stoffe ihres Zeltes geheimnisvoll in Pink und Rot wie ein Berg Brillanten. Sie zog an den Strippen des aufgefahrenen Jesusbabies, und ihr Zelt hob sich bis knapp über ihren Kopf, ohne sich jedoch richtig zu wölben.

Und da, ganz wie sie vermutet hatte, gab es plötzlich Geräusche in der Sakristei, ein Schlüsselklappern, dann ein Klackern in der Winterkirche. Philomena geht hinüber und öffnet die hohe Tür. Frau Patschinski im blauen Kostüm, sitzt kerzengerade am großen Tisch der Winterkirche und schlägt das Protokollbuch auf. Sie grüßt mit einem beiläufigen Kopfnicken und unter kurzem Heben der Augenbrauen, verschränkt ihre Arme und hüllt sich in Schweigen.

Philomena setzt sich ihr gegenüber. Es verstreicht eine Reihe sprachloser Momente. Frau Patschinskis Stift kratzt über die Seiten des Protokollbuchs. Philomena überlegt, ob sie der Patschinski anbieten solle, langsamer oder gleichmäßiger oder einfach nur unauffälliger zu schweigen? Oder war nicht ihrer beider Schweigen ohnehin schon so beredt und vielsagend, dass Frau Patschinski kaum würde widerstehen können, es mitzustenografieren?

„Der Superintendent weiß Bescheid", hebt Frau Patschinksi unvermittelt an, „ich habe ihn eingeladen. Im Moment hat er noch einen Termin, aber danach wird er kommen, um die Sitzung zu leiten."

„Der Sup und die Sitzung", ächzt Philomena, „eine Sitzung ohne Kirchenälteste?"

„Der Sup hat beschlossen, Sie zum Mitglied zu berufen. Außerdem hat er die Damen May und Wobering telefonisch vorgeladen."

Philomena hatte sofort vor Augen, wie der Sup Brigitta und selbst die 90-Jährige Hella Wobering am

Telefon das Fürchten gelehrt hatte. Aber das Gute war wohl, sie würden kommen.

„Und was ist mit Pfarrer Strada? Der hat doch den Vorsitz."

Etwas klappert in der Küche, vielleicht der Wind. Nicht unwahrscheinlich auch, dass es der Pfarrer selbst ist, der da herumschleicht.

„Dessen direkte Absetzung wäre wünschenswert. Sie kann heute im Gemeindekirchenrat beschlossen werden, auch in seiner Abwesenheit."

Ein Stöhnen kommt aus der Teeküche. Philomena steckt den Kopf in die Durchreiche. Die riesige Tür des Wandschrankes steht weit offen. Darunter sieht sie zwei ausgetretene Schuhe zucken.

Was soll das, warum versteckt sich Pfarrer Strada? Warum tritt er nicht hier vor sie und alle hin, um sich und seine Stelle zu verteidigen? Philomena geht durch die Sakristei in die Teeküche, doch diese ist inzwischen leer.

XXXII

Aus Richtung der Hauptkirche nähert sich ein schweres Schlurfen, rhythmisch durch ein Klackern pointiert. Es klingt, als ob etwas Großes, nicht unbedingt Menschliches heranwalzt.

Die Tür knallt auf, Hella steht im Rahmen, gestützt von einem schwarzen Gehstock. Schweigsam, wie ein Rachemonument fixiert sie nacheinander die vier Ecken des Raumes. Über die Schulter hängt ihr die dunkelrote Handtasche mit dem gedrehten Lederstreifen, in der sie immer ihre Bibel trägt.

Behäbigen Schrittes schlurft sie herein, doch ihr beschwerlicher Körper ist eher ein Panzer, der einen höchstlebendigen Kern bewehrt. Ihr schleppender Auftritt ist zugleich energiegeladen, als trüge sie den Mantel eines pulsierenden Sternensystems.

Frau Patschinski springt auf und macht sich daran, eiligen Schrittes die gegenüberliegende Fensterfront zu vermessen. Dann hält sie inne, schlägt sich das Protokollbuch vor die Brust, verkreuzt die Arme darüber und ruft: „Guten Abend, Frau Wobering, wie schön, dass Sie es hierher zu uns geschafft haben!"

„Was is denn dat für ejn drolliger Theatervorhang da in der Kirche?", sagt Hella statt eines Grußes. „Werden wir uns heute Abend noch ejne Vorstellung zu Jemüte führen?“

„Das wird sich zeigen. Ich bin selber ganz und gar gespannt“, sagt Philomena und hilft Hella aus dem Mantel.

„Hat das Stück schon ejnen Namen? Ist es ein Drama, ejne Farce?“, fragt Hella.

„Der Arbeitstitel lautet ‚Wie retten wir unsere Gemeinde?‘“, sagt Philomena mit einem Augenzwinkern.

„Was macht Ihre Gesundheit?“, schmettert da die Frau Patschinski.

Hella setzt sich und knallt ihre Krücke quer über den Tisch, „Sie brauchen nicht so laut reden, ick höre noch janz jut!“

Frau Patschinskis Körper zittert vor Erregung, dann dreht sie sich abrupt zur Tür und verlässt soldatischen Schrittes den Raum.

Philomena stapelt Holzscheite neben den Kamin. „Was ist denn das mit Ihnen beiden?“, fragt sie möglichst beiläufig.

„Sie werden es nicht glauben, aber sie wollte uns den Schlüssel für die Winterkirche abkassieren. ‚Ejnmal im Monat Bibelkrejs - dat langt‘, hat sie jesagt! Sie würde von jetzt an selber aufschließen und die Treffen leiten, für uns biblische Kommentare vorberejten und uns mit Kuchen versorgen.“

„Und, sind Sie sich einig geworden?“

„‚Bekehren Sie wen auch immer‘, haben wir ihr jesagt, und ‚Halten Sie sich auch wohl gnädigst von unserem Bibelkrejse fern!‘ Da hat sie jesagt, man werde ja sehen.“

Philomena sucht im Gesangbuchregal nach Streichhölzern und schüttelt unmerklich den Kopf.

„Na, hören Sie, mejne Liebe“, lacht Hella. „Dachten Sie etwa, die Patschinski wird mit uns altem Ejsen ejn Tänzchen wagen?“ Sie haut mit der flachen Hand auf den Tisch, „Mit uns altjedienten Trümmerfrauen?!“

„Heute Abend sollten wir aber miteinander reden“.

„Dat brauch ik nich. Ik bin nur hier, um unserem Herrn Pfarrer die Hammelbejne langzuziehen.“ Es hüstelt in der Teeküche. Hella scheint das nicht zu hören.

Philomena geht in die Küche, das Teesieb über dem Wasserhahn wackelt noch, aber Pfarrer Strada ist nicht zu sehen. Sie stellt Tassen und Teller in die Durchreiche und geht zurück in die Winterkirche.

„Die zwej anderen Mädels haben jesagt: ‚Jeh nicht, Hella!‘, aber ick hab‘ mich auf dem Heimweg vom Bibelkrejs abjesejlt. Ik wollte Sie nicht allejne lassen, wenn dieser Superndent heute Abend kommt und in sejner unanjenehmen Art hier sein Revier markiert“. Hella kichert verschwörerisch.

„Wie geht es Ihnen Dreien, sind alle gesund?“

„Jesund wie drej starke Ejchen. Wir mögen es nur nicht, wenn man uns den Ausblick versaut.“

„Die alte Blutbuche im Pfarrgarten?“

„Die und die janze Wildnis dahinter, das will der Sup ja alles planieren. Wir drej wollen übrigens auch den Pfarrer jar nicht ausjetauscht haben. Der wird schon wieder anfangen zu arbeiten, wenn es für ihn an der Zejt ist. Wir wollen alles genauso, wie es immer gewesen ist. Wissen Sie, die richtige Umgebung is janz wat Wichtijet für unseren klejnen Bibelkreis.“

Es knallt, die Sakristeitür geht auf. Frau Patschinski schreitet zum Tisch, mit großen Schritten und leichtem Straucheln. „Da hängt Wäsche zum Trocknen in der Kirche, ist die von Ihnen, Philomena?“

„Die ist von ganz verschiedenen Frauen, aber wenn ich eine von denen treffe, kann ich ja mal Bescheid sagen.“

„Wollen Sie mich jetzt alle beide verschaukeln?“, fragt Frau Patschinski in scharfem Ton.

„Wir sollen alle nicht nur Jesus lieben, sondern uns selbst und die janze Welt“, skandiert Hella.

Frau Patschinski legt die Fingerspitzen auf den Tisch und atmet unter gepresstem Pfeifen aus. Dann setzt sie sich und spannt ein liniertes Blatt auf ein schwarzes Klemmbrett. Sie lässt den Stift wie ein Insekt in der Luft vibrieren, schaut Hella in die Augen, schaut auf die Uhr und knallt die Utensilien auf den Tisch.

Da geht die Tür auf.

XXXIII

Brigitta betritt die Winterkirche. Sie schüttelt die hochtoupierte Strähnchenfrisur, strahlt voller Energie und lächelt in die Runde.

„Hallo meine lieben Damen, packen wir heute Abend die Kleiderpakete für Timbuktu? Hoffentlich nimmt man es uns nicht übel, dass alles in Rot ist. Übrigens, dieses pink-schwarz getigerte Oberteil da auf dem Haufen, darf ich das haben?"

Philomena lacht und geht zu Brigitta, um ihr den bronzefarbenen Mantel abzunehmen. „Wenn Sie erlauben, das ist ein Zelt. Ich freue mich, dass Sie gekommen sind."

„Eine Frau in Not macht die Hilfe zum Gebot", sagt Brigitta und setzt sich sehr aufrecht in einen der Lehnsessel am Tisch. Sie scheint sich weder an der frostigen Atmosphäre noch an der Ernsthaftigkeit des Themas dieser Tagung zu stören. In ihrem sonnenbeschienenen Lächeln und ihrer selbstgenügsamen Art sieht sie aus, als ob sie ihre eigene Umgebung stets mit sich trägt.

„Wollen wir noch länger auf den Pfarrer warten?", fragt Philomena in die Runde und lässt sich am anderen Ende des Tisches gegenüber von Frau Patschinski nieder.

Alle schütteln entschieden die Köpfe.

„Dann lassen Sie uns anfangen!"

„Nicht ohne den Superintendenten", mahnt Frau Patschinski.

„Was schlagen Sie zur Rettung der Gemeinde vor?" fragt Philomena und versucht, möglichst allen nacheinander in die Augen zu blicken. Das sind gute Frauen, die hier beieinander sitzen. Philomena will sie für die Rettung der Brixdorfer Gemeinde und des Pfarrgeländes gewinnen.

„Wir haben lange kein Gemeindefest mehr gehabt", sagt Brigitta.

Dem Rumoren rund um den Tisch ist anzumerken, dass dieser Gedanke allgemein auf Zustimmung trifft. Auch schlüpft in diesem Moment die rote Pfarrhauskatze in den Raum und beginnt, nach unsichtbaren Mäusen zu jagen. Obwohl Philomena wenig abergläubisch ist, wäre sie momentan bereit, dies als positives Orakel zu deuten.

„Wir sollten nichts beschließen, bevor der Superintendent nicht da ist. Er leitet heute die Sitzung", sagt mit metallener Stimme Frau Patschinski.

Philomena weiß, was das bedeutet. Ihr steht ein Tribunal vor Augen, das einen abwesenden Pfarrer Strada den Kopf kosten wird, was der Anfang für die gänzliche Abwicklung der Gemeinde wäre.

„Und Pfarrer Strada!", ruft sie deshalb ganz unvermittelt in die Runde.

„Pfarrer Strada hat unsere Gemeinde ruiniert", sagt Frau Patschinski, „deshalb geht es jetzt hauptsächlich darum, dass er aus dem Verkehr gezogen wird."

„Dieser Pfarrer ist von Jrund auf gut“, lässt Hella sich vernehmen, „was man vom Superndenten nicht sagen kann. Ick habe da von ejner Fehde zwischen den bejden jehört, die bald zehn Jahre zurückreicht. Auf irjendsoejner Konventsrüstzeit soll unser hübscher Pfarrer die Frau vom Superndenten über die Jebühr beeindruckt haben. Es war wohl nichts zwischen den bejden, aber das soll dem Sup den Rest jejeben haben. Sejtdem ist er auf Indizienjagd.“

Frau Patschinski strafft sich und knallt den Stift auf das vor ihr liegende Protokollbuch. „Sollte das so sein, dann geht das nur den Superintendenten und den Pfarrer etwas an.“

„Ick finde auch, wir sollten jar nichts unternehmen, das zejtigt immer die richtigen Erjebnisse“, sagt Hella und gähnt. Als alle sie verwundert anstarren ob dieses Kurswechsels, fügt sie hinzu: „Das ist die Wejsheit des Alters, jlauben Sie mir!“

Philomena ist kurz davor aufzuspringen. „Wir sollten uns alle hinter Pfarrer Strada stellen, dann kann der Sup gar nichts machen und wir behalten das Heft in der Hand. Bitte bedenken Sie: Uns wird hier eine ganze Gemeinde genommen und das Pfarrgelände noch dazu!“

„Wer sagt denn das?“, Frau Patschinski streicht ein violettes Platzdeckchen neben dem Protokollbuch glatt. „Ich sage Ihnen, der Superintendent wird den Pfarrer auswechseln und zwei halbe Stellen für Brixdorf einrichten, eine für den neuen Pfarrer und die andere für mich, dann werde ich endlich wieder für meine Arbeit bezahlt.“

„Das habe ich aus dem Konsistorium aber ganz anders läuten gehört", meldet sich überraschend Brigitta zu Wort, die bisher den Eindruck gemacht hatte, als werde sie zu den politischen Fragen des Abends schweigen. „Ich habe dort eine Freundin aus Konfirmandenzeiten und die sagt, der Sup arbeitet daran, das gesamte Gelände hier zu verkaufen und die Gemeinde an Niederholz anzuschließen. Die Kirche darf er nicht verkaufen, das ist hierzulande nicht erlaubt, aber es wird nur noch seltenst einen Gottesdienst bei uns geben. Jetzt geht es dem Sup bloß noch darum, dass es nicht so aussieht, als sei das alles auf seinen Mist gewachsen. Er will breite Zustimmung dafür einfahren und er hat Befürworter im Konsistorium, die ihm dabei helfen."

„Das sind alles Gerüchte, Scharfmacherei", sagt Frau Patschinski. „Wenn Ihre Freundin ihre Stellung behalten will, sollte sie lieber nicht so eine Plaudertasche sein. Ich jedenfalls halte mich an das, was der Sup mir gesagt hat."

„In jedem Fall sind wir selbst die Frau", sagt Philomena, „wir müssen als eine starke Einheit dastehen und dem Sup ein Gegenkonzept präsentieren."

„Da hat sie recht, meine Lieben", sagt Brigitta, „denn wenn das, was ich gehört habe, wahr ist, sollten wir handeln, ehe es zu spät ist."

XXXIV

Philomena tritt hinaus auf den Gang. Sie hat etwas poltern gehört und will nachsehen, ob sie nicht doch noch Pfarrer Strada dazu bringen kann, an der Sitzung teilzunehmen. Irgendwie fühlt sie sich jetzt dem Sup schon sehr viel weniger ausgeliefert. Da sind Frauen in der unterkühlten Winterkirche, die wird er nicht so leicht übergehen können, denn sie sind eine Institution. An diesen Frauen wird er abprallen wie an einer steilen Klippe. Gemeindekirchenräte kann man innerhalb der kirchendemokratie nicht ignorieren, spricht sich Philomena selber Mut zu, denn diese Kircheneigene Demokratie hatte sogar der DDR-Diktatur trotzen können. Sie würden gemeinsam den Sup überstimmen. Sie mussten nur noch Frau Patschinski auf ihre Seite ziehen.

Philomena geht in die Teeküche, um ein paar Kekse ausfindig zu machen und stößt in der Tiefe eines dunkelgrünen Wandschrankes auf eine Flasche Sanddornlikör, die ihr für diese Situation höchst passend erscheint und die sie zusammen mit ein paar Gläsern zu den Keksen auf das Tablett stellt.

Als sie wieder die Winterkirche betritt, zuckt sie zusammen. Marie Ana sitzt an der Fensterseite des Tisches mit ihrem Laptop vor sich wie eine eingeladene

Expertin in einer wichtigen Konferenz. Auf ihrem Schoß schnurrt die Katze Bastet und Brigitta, Frau Patschinski und Hella haben sich um sie herum gruppiert und werden vom Bildschirm geradezu eingesogen.

„Hi Philo", ruft ihr Marie Ana entgegen, „dein Zelt da draußen, falls das diesmal ein Busen sein soll, ist er noch ein bisschen flach, er braucht irgendwie noch Futter!"

Grundgütige Göttin, hoffentlich würde ihr Marie Ana nicht den Abend zerstören in ihrer unverwechselbar kompromisslosen Art. Und überhaupt, was machte sie hier?

„Kommen Sie her, Philomena, das müssen Sie sehen", ruft Brigitta.

Philomena geht zögernd zu den anderen hin. Kann es sein, dass Marie Ana ihrem Gemeindekirchenrat das Menstruationsvideo zeigt?

„Das hier ist wirklich einzigartig", gluckst Brigitta und legt einen Arm um Philomenas Schultern, um den anderen freundschaftlich auf Marie Anas Stuhllehne abzustützen.

„Mein Video von der Monatsflutung, Philo, weißt ja schon Bescheid", sagt Marie Ana und klickt den Play-Button.

Philomena schaut auf Frau Patschinski und hat das Gefühl, dass diese mit sich uneins ist, was sie von Marie Ana und ihrer Vorführung halten soll.

Auf dem Bildschirm ragt Marie Ana auf, in silbernem kurzem Kleid und hohen weißen Stiefeln, ihre knallrote Perücke leuchtet im Scheinwerferlicht. Ihr rechtes Bein wippt in den Rhythmen zweier hinter ihr klampfender Frauen und eines Mannes mit Saxophon. Da rinnt plötzlich Blut an ihren Beinen hinab, Blut, das rot und phosphoreszierend brodelt. Es wird zum Strom und schwappt vorne aus der Bildfläche heraus, drei nackt vor der Bühne tanzende Männer werden ganz und gar von ihm davongespült. Marie Anas Gesicht ist jetzt übergroß, ihre Zunge leckt das Blut von den Männerkörpern. Philomena bekommt eine Gänsehaut.

Dann reiten Marie Ana und ihre Band auf diesem roten Strom auf riesigen aufblasbaren Tampons durch ein hektisches, taghelles Berlin und winken staatstragend nach allen Seiten. Marie Ana spießt ihren Tampon auf dem Fernsehturm auf, wobei er sich blutrot färbt, um dann auf ihm die Straßen der Stadt entlangzusurfen auf mehrspurigen Autostraßen, Fahrradwegen und Kanälen. Nach allen Seiten verspritzt sie reichlich rote Farbe. Autoinsassen müssen sich die Augen und die Scheiben wischen und werden Zeugen, wie aus dem Blut von überall her hippieske Blumen sprießen. Die Menschheit ist beglückt und rockt im Rhythmus von Maria Ana, die inzwischen am Reichstag abgestiegen ist und der Kanzlerin und anderen Politikern die Hände reicht, wonach deren Handflächen sich blutrot färben. Angela Merkel lacht und schüttelt den Kopf, die Politiker versuchen hektisch, sich mit Feuchttüchern das Blut von ihren teuren Anzügen abzuputzen. Nur einer von ihnen leckt hingebungsvoll an seinen roten Fingern.

Marie Ana steht nun auf dem mit Menschen überfüllten Pariser Platz, hinter ihr das Brandenburger Tor, und hakelt rechts und links Menschen verschiedener Hautfarbe und Herkunft unter, darunter einige in weißer Ganzkörperkombi, die aussehen wie wandelnde

Tampons. Sie tanzen ekstatisch einen Kreistanz, und mit jeder Einstellung werden es mehr. Alle hüpfen im Takt und haken sich unter, bis der ganze Platz schäumt und vibriert.

„Nochmal, unbedingt nochmal“, sagt Brigitta und Marie Ana spielt das Video auf allgemeinen Wunsch noch etliche Male. Außer Frau Patschinski duzen sich alle nach dem vierten Video. Philomena hat das Gefühl, dass es Zeit ist, den Kamin anzuheizen.

XXXV

Ein langgezogener Sonnenuntergang greift sehnsüchtig nach den Frauen im Saal und bleibt doch wie ein verrätseltes Muster an den gelblich getönten Reliefglasscheiben hängen. Frau Patschinski ist die erste, die sich aus der Garbe von Frauen, die sich über Marie Anas Laptop neigen, herauslöst und ihren Platz an der Schmalseite des Tisches wieder einnimmt. Ihr Stift kratzt eifrig über die Seiten des Protokollbuchs, bis sie innehält, Marie Ana scharf ansieht und sie fragt, ob sie die Kantorin aus Niederholz sei, die Pfarrer Strada seit langem schon habe einladen wollen. Marie Ana grinst breit, wechselt einen Blick mit Philomena, die ihr zunickt und senkt dann ihren Blick derartig tief in den der Frau Patschinski hinein, dass diese auf weitere Fragen verzichtet.

Ein eindringliches Klingeln erbricht die Stille. Frau Patschinski schnellt in die Höhe, ruft: „Der Sup, der Sup!“ und reißt in der Ecke neben den Garderobenhaken den Hörer von einem altmodischen Wandtelefon. Sie kommt kaum zum Sprechen, denn der Sup umspinnt sie mit einem dicken Wust an Text.

Ein fahles Gefühl gefälschter Botschaften breitet sich vom Telefon her im ganzen Raum aus, und die Luft scheint plötzlich auf zehn Grad heruntergekühlt.

Philomena, die Holz in den Kamin stapelt, muss die Worte nicht verstehen, um zu wissen, dass der Sup am anderen Ende der Leitung ihnen die soeben erst zag angewärmte Herzlichkeit vergällen will.

Marie Ana scheint nichts davon zu bemerken. Sie plappert munter von ihrer Idee eines Telepathietelefons, das immer an neuralgischen Stellen der Kommunikation wie von selber zu bimmeln anfängt. Das sei leicht zu realisieren. Sie bräuchte dazu nur den Ton dieses altmodischen Telefons dort zum Beispiel und könne den dann in eine App einbauen, die sich mit dem Puls verbände. Ob jemand mal dem Sup sagen könne, er solle noch einmal anrufen und es möglichst lange klingeln lassen, denn sie brauche jetzt diesen Ton.

Brigitta lacht mit wogendem Busen und schüttelt den Kopf. Sie rückt ihren Stuhl in Richtung Kamin und holt ein lehmfarbenes Leintuch aus ihrer Handtasche um es in einen Stickrahmen zu spannen. Man erkennt eine Maria mit Heiligenschein, die ein Jesuskind trägt und umrankt ist von einem dunkelbunten Blumengebinde. Brigitta lässt einen goldenen Faden geräuschvoll durch den Stoff gleiten.

Philomena überkommt der Gedanke, dass es in Brigittas Gegenwart ein grandioses Gefühl ist, eine Frau zu sein, und dass es schwer zu sagen ist, warum. Sie kniet sich neben den rustikalen Kamin, der offenbar seit Ewigkeiten nicht geheizt worden ist und schiebt Fetzen eines veralteten Gemeindeblattes unter die Holzscheite in dem Backsteingewölbe. Wie stand doch die wundersame Großzügigkeit und Leere dieses Raumes im Kon-trast zu der Fülle in den Herzen der anwesenden Frauen. Philomena fühlt sich an einen fernen Bahnhofswartesaal der Donaumonarchie erinnert. Man wartet, Ereignisse dräuen herauf, und ihr langgezogenes Nochnichteintreffen lastet lüstern auf den Gemütern wie Tropfen milden Honigtaus.

Doch worauf genau warteten hier eigentlich alle? Irgendwie auf Pfarrer Strada und irgendwie auch auf den Sup. Aber doch gleichzeitig auch auf etwas Größeres, dieser Gedanke zumindest blitzte in Philomena für einen Moment auf. Es wäre das Beste, wenn sie dem Superintendenten schon etwas vorzusetzen hätten. Wenn sie das Heft hier selber in der Hand behielten, damit er ihnen nicht hineinregierte.

Mit „Dahin werden wir heute abend ganz sicher noch kommen“ und „Gewiss, Herr Superintendent“ versucht Frau Patschinski soeben, das Gespräch zu beenden, doch der Sup ist es nicht gewohnt, irgendjemand anderen seine Telefongespräche beenden zu lassen. Im vielfältigen Knistern der Holzscheite, die Philomena jetzt in Brand steckt, geht sein Lamento nach und nach unter.

Dicke Rauchschwaden steigen vom Feuer auf. Frau Patschinski wedelt mit den Armen und weist mitsamt Telefon und Hörer in Richtung Fenster. Der Raum füllt sich mit Qualm und in den Augen der Anwesenden stehen Tränen. Marie Ana reißt einen der Fensterflügel auf, worauf sich der Qualm sogleich verzieht und der Kamin seinen Zug in Richtung Schornstein findet.

Auch Hella und Marie Ana nehmen jetzt in den Lehnstühlen beim Feuer Platz, die Philomena für alle zurechtgeschoben hat. Die beiden älteren Damen husten noch ein wenig, scheinen aber sonst mit dieser neuen Situation ganz zufrieden.

Philomena reicht den Sanddornlikör, den sie in der Teeküche gefunden hat, und selbst Frau Patschinski, die als einzige wieder kerzengerade am Tisch im Rücken der Frauen Platz genommen hat, sagt nicht nein, kippt den Likör in einem Zug herunter und verliest dann aus dem blauen Buch der Losungen: „Bin ich nur ein Gott, der nahe ist, spricht der Herr, und nicht auch ein Gott, der ferne ist? Jeremia 23 Vers 23."

„Herrgöttin nochmal!", ruft Marie Ana. „Warum wollen in dieser Kirche bloß immer alle so dringend einem Herren dienen, kann mir das jemand mal erklären?!"

Frau Patschinski kräuselt die Stirn. Dann sagt sie geduldig, ganz als ob sie ein Kind aus ihrer Christenlehregruppe vor sich hätte: „Der Herr steht für das Gute, und wir alle sollen dem Guten dienen".

„Dieser Herr führt sich von Seite Eins bis Tausendundsieben wie ein neurotischer Egoholic auf. Wir Frauen können uns mit ihm überhaupt nicht identifizieren."

Sollte Philomena einschreiten und Marie Ana stecken, dass dies hier kein Punkplenum im Pinkhouse war, sondern eine ernsthafte Gemeindekirchenratssitzung, zu der sie eigentlich gar nicht eingeladen war?

„Wie erklären Sie sich dann, Frau Kantorin, dass in unserer Kirche mehrheitlich Frauen in den Gemeinden aktiv sind?", fragt Frau Patschinski kühl.

Sie hielt Marie Ana anscheinend immer noch für die neue Kantorin aus der Nachbargemeinde. Philomena beschließt, es Marie Ana zu überlassen, dies richtig zu stellen. Doch Marie Ana, die, lässig nach hinten gelehnt, die Füße auf einem zweiten Lehnstuhl lagert und sich ihre Fingernägel mit einem Zahnstocher reinigt, denkt nicht daran und proklamiert: „Frauen sind unter der Fuchtel von Vater, Sohn und heiligem Geist zu einer grauen Masse von Claqueurinnen verkommen.“

„Unserem Glauben fehlt die heilige Gottesmutter!“, murmelt Brigitta, deren inzwischen roter Faden im Gegenlicht des Feuers merkwürdig flimmert.

„Wo es einen Gottvater gibt, da muss irgendwo auch eine Gottmutter sein, allein schon rein biologisch“, ruft Marie Ana.

„Hatten Sie eine gute Mutter?“, fragt Hella plötzlich und unvermittelt.

„Oh ja“, prustet Marie Ana, „Wir verstehen uns grandios. Sie ist eine wahre Hippiegottmutter und war es schon in den Achtzigern, noch in der DDR, noch bevor sie mich bekommen hat. Sie lebte in Pradelwitz, einem Chemiefaserkaff 100 Kilometer westlich von Berlin und musste im Schichtdienst als Aufspulerin arbeiten, weil man ihr keinen besseren Job gönnen wollte, denn sie war Friedensaktivistin und noch dazu Feministin.

Im Sommer ‘83 trampte sie in kleinen Polski Fiats und Karpatenschrecks über Polen und die Sowjetunion bis nach Rumänien an die Schwarzmeerküste, was so etwas wie die Sozialistische Riviera war. Besonders langsam kam sie in Rumänien voran, weil dort Bäuerinnen und Roma, Greise und Teenager, ja sogar Tiere in Begleitung ihrer Besitzer trampten. Sie hatte Kaffee und Zigaretten vorrätig, um sie in Lebensmittel oder auch mal eine Dusche einzutauschen, denn die für Rumänien üblichen Coupons wollte dort sowieso keiner haben. Doch die Mühen der Gebirge hatten sich gelohnt. Meine Mutter stand, die Arme weit zum Flug gebreitet, das erste Mal an einem südlichen Meer. Es hatte die Farbe von Blue Curacao und einen Strand aus zuckerweißem Sand. Der einzige Makel war, dass ihre Vorräte an Tauschgut vollkommen aufgebraucht waren und sich in ihren Essensvorräten nur noch Haferflocken und ein Glas Mayonnaise fanden. Nachdem sie eine Nacht unter einer Zeltplane am Strand verbracht hatte, ging sie zu einem Motel, das eine gelbe Rose im Emblem trug, und vor dem sie im Vorbeigehen am Tag zuvor den Blick eines Jungen aufgefangen hatte, der ihr ein gutes Herz zu haben schien.

Sie sah den jungen Kellner schön wie ein Kormoran zwischen den Tischen auf der Veranda auf und ab gleiten und wartete im Schatten eines Pflaumenbaumes, dass er auf sie aufmerksam würde. Sie bat darum, duschen und ihre Flaschen mit Trinkwasser auffüllen zu dürfen, hielt die Hände über den Kopf, um einen Regen anzudeuten und dann an den Mund um ihren Durst zu zeigen. Dann wies sie ihr leeres Portemonnaie vor, um sich dafür zu entschuldigen, dass sie nicht würde zahlen können. Er hieß sie zu warten und verschwand in den hinteren Räumen, um sicherzugehen, dass der Chef nicht im Hause war. Dann zeigte er ihr die Gemeinschaftsduschen, und als sie rosig und frisch wieder nach draußen trat, forderte er sie schüchtern dazu auf, sich doch an einen der Tische zu setzen.

Er machte ihr begreiflich, dass sie alles essen dürfe, was auf der Karte stand. Um ihr zu erklären, was die Küche hergab, muhte er wie eine Kuh und zeigte mit verschämtem Lachen auf unbekömmliche tierische

Körperteile an sich selbst. Auch formte er mit den Händen Kartoffelknollen in der Luft und biss mit angedeuteten Hasenzähnen in eine unsichtbare Möhre. Wenig später stellten sie fest, dass sie beide genug Russisch und ein paar Brocken Englisch konnten, um von den Umstehenden nicht mehr als fröhliches Mimentheater aufgefasst zu werden, dem man stehend Beifall klatschen musste. Später am Abend erfuhren sie auch des anderen Namen: Dana und Nicoara. Während sie dies einander sagten, standen sie mit den Füßen in der warmen Brandung, und es war klar, dass diese Namen nicht allein für sie, sondern auch für den weit über ihnen gespannten Sternenhimmel von Bedeutung waren.

Selbstverständlich bot Nicoara ihr seinen Schlafplatz im bis obenhin mit Rosen, Leoparden und Pinups austapezierten Mitarbeiterkabuff an, das unter der Haupttreppe im Foyer lag. Er setzte sich mit einem Stuhl vor die Tür, damit niemand Danas Schlaf stören würde. Aber Dana schien dieser Abstand zu ihm zu groß, und sie zog ihn zu sich in den fensterlosen Raum, in dem man nur geradeso gebeugt stehen konnte. Sie schoben die Schlafcouch direkt unter die Tür, um vor Überraschungen sicher zu sein, und im riesenhohen Feuer einer dieser Nächte bin ich empfangen worden.

Meine Mutter merkte es, als sie das Motelessen nicht mehr vertrug und sich in einen der ausgetrockneten Blumenkübel übergab und sie merkte es, weil sich die Anhänglichkeit, die sie für Nicoara empfand, mit einem Mal ins Unendliche steigerte. Sie trampten nach Mangalia, um dort im Kreiskrankenhaus unter Zuhilfenahme zweier Flaschen Tuica schon nach wenigen

Stunden zu erfahren, dass ich im Leib meiner Mutter schwamm.

Nicoara, rumänisch orthodox von Geburt an, kreuzverliebt und gut erzogen, überredete Dana, gleich am nächsten Tag zu heiraten. Er hoffte auch, so vielleicht der Armee zu entkommen, in die er zu Sommerende einberufen worden war. Sie heirateten mit Wildblüten im Haar in der Sankt Georgskirche in Mangalia. Die Schwiegereltern kamen zwar, aber blieben merkwürdig zurückhaltend, sahen durch die Braut hindurch.

Nicoara wurde trotzdem eingezogen zu einem mehr als einjährigen Dienst- ein junger Rekrut, feingliedrig, schwarzlockig und mit starker Brille, für das Spielen des Pianofortes soviel mehr geeignet als für das Herumspielen mit Knarren.

Dana ging mit mir im Bauch zurück nach Pradelwitz. Die Betriebsleitung rügte sie für ihr Fernbleiben, für ihre Ehe mit einem Ausländer und mischte sich auch sonst impertinent in ihre Angelegenheiten ein. Sie ging nicht wieder zurück in die Fabrik, weil sie wusste, dass der Lärm in der Werkhalle meinen feinen Babyöhrchen nicht guttun konnte und dass die Schichtarbeit eine zu harte Belastung für sie als Schwangere gewesen wäre. Sie handelte intuitiv. Um zu Geld zu kommen, färbte sie Unterhemden schwarz und bunt, batikte und bedruckte sie in der Siebdruckwerkstatt einer Freundin mit dem Peace-Emblem und hielt durch den Verkauf dieser Ware sich und mich in ihrem Bauch über Wasser. Beim Nähen sang sie Beatlessongs und Kirchenlieder und obwohl Nicoara weit weg war und die Briefe ewig brauchten und manchmal auf Umwegen über die Securitate und die Stasi gänzlich verschwanden, und obwohl sie oft genug hungern musste, wenn sie eine Pause in der Hemdenproduktion hatte, weil nicht genug Unterwäsche zum Färben im örtlichen Kaufhaus aufzutreiben gewesen war, war sie doch glücklich, denn sie freute sich auf mich und fühlte sich gut aufgehoben im Kreise ihrer Paradiesvogelfreunde.

Bei der Entbindung standen uns die fast 80jährige Hebamme Alma zur Seite und Danas beste Freundinnen, die es sich nicht nehmen ließen, mich mit Tambourinen, Trommeln und einem endlosen Singsang von der Art „Unsre Göttin geht mit uns, Ahahamen" zu begrüßen.

Alma holte einfach nur eine Schüssel warmen Wassers und half mir mit ihren guten Händen in diese Welt.

Schon bald nach der Geburt schlich sich eine Frau vom Jugendamt ans Wochenbett meiner Mutter und fing an, sie zu agitieren: Sie solle arbeiten gehen, am besten wieder in Schichten, und mich in die Wochenkrippe geben. Da sie verheiratet sei, hätte sie kein Anrecht auf ein Babyjahr. Es gäbe Pulvermilch, und die sozialistischen Einrichtungen würden zweifelsohne am besten für ihr Baby sorgen. Und schließlich wolle meine Mutter ja auch wohl nicht als asozial auffallen.

Ich schrie die Frau in Grund und Boden, hat meine Mutter mir später erzählt und auch, dass sie es sowieso niemals übers Herz gebracht hätte, unseren gemeinsamen Honeymoon abzusagen.

Wir beide lebten in einer kleinen Wohnung über der Bäckerei Wolfe. Es roch nach Mehl und Hefe, die Wohnung war verstiegen und winzig und war doch schon zu dieser Zeit das lebendige Zentrum einer friedensbewegten Frauengemeinschaft. Dana trug mich im

Tragetuch, die Frauen hatten durch ein Buch aus dem Westen, das sie unter der Hand weiterreichten, erfahren, dass das ein Baby glücklich macht.

Dana konnte nicht mehr färben, weil sie mich ja stillte, auf dem Marktplatz stillte, in der Bananenschlange stillte, auf den Behördenfluren. Die Farbdämpfe hätten mit ihrem Gift womöglich ihre Milch verdorben. In der Schwangerschaft hatte sie, um mich in ihrem Bauch zu schützen, bei offenem Fenster oder im Freien gearbeitet, aber jetzt wollte sie ihrer zarten Kleinen diese Zugluft nicht zumuten. Um überhaupt etwas zu Essen kaufen zu können, musste sie sich was einfallen lassen. Eines Tages nahm sie deshalb ein fein gemaltes, naives Babyporträt von der Wand über ihrem Bett - ein Familienerbstück aus dem 19. Jahrhundert - und ging damit zur Berglehne mit ihren schicken Einfamilienhäusern, um es als Pfand gegen den Verleih einer größeren Summe Geldes anzubieten. Eine ortsansässige Ärztin nahm das Bild und lieh ihr 3400 Mark.

Das Bild kam prompt retour, denn diesmal stand die Stasi auf der Matte. Pfandleihe sei im Sozialismus nicht üblich. Ausserdem solle sie wissen, dass sie gut beobachtet sei, ihre Aktivitäten im Friedenskreis seien bekannt, wenn sie jetzt noch aus dem Beruf aussteige, und sei es auch nur für ein Jahr, würde sie große Schwierigkeiten bekommen. Dana nahm das Bild zurück und verscheuchte die Stasi von ihrer Schwelle, indem sie eine Kolik vortäuschte. Danach streute die Stasi Gerüchte in der Friedensgruppe, dass Dana eine Schlampe sei und nicht wisse, von wem ihr Kind stamme. Doch meine Mutter blieb davon unbeeindruckt.

Sie schlang das Tragetuch um ihren Leib, setzte mich hinein und ging mit mir von Tür zu Tür. Die Freundinnen vom Friedenskreis, Kirchenleute und junge Feministinnen gaben ihr hier einen Zehner und da einen Zwanziger aus Schubladen und Florenacremedosen, Reste ihres Monatswirtschaftsgelds. Mein heiliges Babylachen tat sein Übriges und gewann die Herzen aller.

Ihre eigene Mutter allerdings sagte: Ich musste auch so hart arbeiten und arbeite noch immer hart, und zu meiner Zeit gab es noch nicht einmal Kinderkrippen, warum solltest du nicht schaffen, was andere Frauen auch geschafft haben? Die Tanten sagten, dass jeder seines Glückes Schmied sei. Aber meiner Mutter gelang es, mit ihrer Liebe zu mir diese Kette von Missgunst zu durchbrechen. Sie war nicht nur eine der ersten Mütter, die etwas anders machte in ihrer Generation, sie brach auch den Fluch der weiblichen Linie, das Missgönnen von Mutter zu Tochter, denn sie und ich sind, wie ihr ja wisst, noch heute die dicksten Freundinnen. Dass sie mich offen auf dem Marktplatz stillte und allen einen dicken Finger zeigte, die meinten, sie solle lieber in die Produktion gehen, trug auch noch andere Früchte: Anfang der 90er Jahre errichtete ein Bildhauer aus ihrem Kreis ein Monument aus Bronze vor der örtlichen Einkaufspassage: es stellt eine Frau dar, die im Stehen ihr Baby stillt, während sich um ihren Körper ein Tragetuch bauscht.

Wollt ihr wissen, wo mein Vater Nicoara blieb? Er hatte es geschafft, die schreckliche Armeezeit zu überstehen und sogar einen Monat früher aus der Wehrpflicht entlassen zu werden, weil er nicht halb so gut wie ein Maulwurf sah. Wir zogen nach Berlin, wo er ein Klavierstudium begann und Mutter anfing, in einem evangelischen Kindergarten zu arbeiten. Es gab viel Musik bei uns zuhause und wieder einen großen Freundeskreis, und was ich vor allem lernte, war, auf meine innere Stimme zu hören und auf die von Autoritäten zu scheißen. Meine Eltern haben auch nie vergessen, mir täglich zu sagen, wie wunderbar ich bin, wie sehr sie mich lieben und was für ein großes Geschenk ich ihnen durch mich selber bereite."

Hella schweigt begeistert, funkelnd. Philomena würde gerne ihr Geheimnis erfahren, doch Hella hütet es wie eine Glucke. Philomena wundert sich, dass sie nicht aus der Reserve zu locken ist. Während der Likör den anderen Frauen die Zunge gelöst hat, scheint er bei Hellas Schweigen zu vertiefen.

XXXVI

Brigitta, die soeben das Sticktuch vom Rahmen nimmt und es mit weichen Händen auf ihrem Schoß glatt streicht, konnte einen glauben machen, dass alle diese weiblichen Tätigkeiten wie Sticken, Waschen und Kochen von staatstragender Konsequenz waren und vor allem anderen Vorrang hatten. Und das war womöglich der Grund, warum es sich in ihrer Gegenwart so herrlich war, eine Frau zu sein. Brigitta trug eine unsichtbare Krone auf dem Haupt. Sie war ein Mensch, der sich selber liebte, eine wahre Sonne, und das Universum liebte sie dafür zurück. Soeben beginnt sie zu erzählen, wie unglaublich frisch sich ihr verstorbener Mann gehalten habe, seit sie an der Madonna sticke und dass sie deswegen auch gar nicht damit einzuhalten wage. Sie sticke nun schon seit dem Tag, an dem Pfarrer Strada zur Aussegnung erschienen war, um doch tatsächlich dabei das Aussegnen vergessen zu haben.

Sie hält ihr Sticktuch vor sich in die Höhe, damit es alle sehen können. Aus der Mitte tritt die Gottesmutter nach vorn mit dem Jesusbaby auf dem Arm. Ein bunter Wirbel aus Blüten, Früchten und Vögeln umgibt sie, grelle Farben bersten wie die Wellen bei hohem Seegang und tönen in unerhörter Herrlichkeit, um an anderen Stellen wieder zurückgenommen und geheimnisvoll zu leuchten. Es ist eine vielstimmige Symphonie von Farben, ein Aus- und Einatmen in einem unendlichen Kreis.

Das ist das Antibauhaus, findet Philomena, denn sie hatte dessen Farbenlehre schon an der Akademie für weitaus überschätzt gehalten. Sie war ihr wie ein Kompendium der männlichen Angst vor Farben und Gefühlen vorgekommen. Dass Frauen nachweislich viel feinere Rezeptoren für die Wahrnehmung von Farben besaßen und darüber hinaus auch äußerst souverän im Ausdruck von Gefühlen waren, konnte man hier an Brigittas Werk, das soeben an Philomena weitergereicht wurde, deutlich nachvollziehen. Sie hatte melancholische Farbklänge, in denen das Gelb fast völlig weggelassen war, gegen solche in fröhlichem Dur gestellt, hatte gedämpfte Klänge mit strahlenden kontrastiert und Gold- und Silberfäden so verwendet, dass man glaubte, eine alchimistische Geheimrezeptur zu lesen. Niemals verwendete sie einfache Komplementärkontraste. Sie vermied diese geradezu, umtänzelte sie mit Variationen, die ganz in der Nähe des erwarteten Tones lagen, und Philomena kam es vor, als hielte sie Diamanten in den Händen, die durch die Strahlen einer untergründigen Sonne leuchteten. Sie fühlte sich an osteuropäische Volkstrachten erinnert, denn auch deren Muster und Farben verletzten in äußerst selbstbewusster Art den sogenannten guten Geschmack.

Und auch diese schemenhaften Vögel, Blumen und Früchte, die die Madonna umrankten, schienen mehr zu sagen, als sie von ihrer Logik her bedeuten konnten. So wie die alten Ägypter in Zeichen schrieben, schien es Philomena für einen Moment sehr wahrscheinlich, dass Brigittas Blumen und Schleifen eine Reihe von Kryptogrammen waren, vielleicht gar der Schriftcode einer geheimen matriarchalen Religion.

Schon in ihrer Kindheit hatte Philomena die wendischen Volkstrachten für ihr Geheimnis geliebt. Da waren diese ausladenden Hauben, die der Trägerin majestätische Größe verliehen. Die Frauen stickten lange und hartnäckig daran, um am Ende mit diesen Trachten aus ihrem harten Alltag herauszutreten und sich selber ein mythisches Ich zu verleihen. Mit diesen Riesenhauben und den ausladenden Kleidern voll magischer Nachrichten rückten sie sich selber in die Nähe der alten Göttinnen! Sie reinszenierten deren Leben in einfachen Ritualen neu, indem sie beispielsweise zu Ostern das Wasser des Lebens ins Dorf trugen, und erlangten dadurch die Achtung zurück, die ihnen als lebensspendenden Frauen gebührt.

„Die Würde dieser janzen Trachten, ich mejne der bunten weiten Röcke und der Hauben haben sich doch inzwischen christliche Priester einverleibt. Zwecks Aneigung der Macht des weiblichen Schoßes“, sagt Hella und Philomena merkt auf- wie kann Hella so scharfsinnig sein mit ihren vollen Neunzig? Und wieso kann sie Gedanken lesen? Oder hatte Philomena die ganze Zeit laut nachgedacht? Wahrscheinlich, denn man nickt ihr allseits freudig zu.

Nur Frau Patschinskis Stirn ist gekräuselt, ihr Lächeln wirkt leicht angekränkelt. Um ebenfalls einen Blick auf das Sticktuch zu werfen, tritt sie hinter dem Tagungstisch hervor. Doch auf halbem Weg zum Kamin macht sie kehrt, als hätte sie zuviel gesehen. Sie setzt sich, krallt sich mit weiß werdenden Fingerspitzen an die Tischkante, schnellt unvermittelt in die Höhe und entschwindet forschen Schrittes in Richtung Sakristei. Kurz darauf schlägt sie mit einem lauten Knall die Flügel der Saaltür auf und zerrt einen altmodischen Staubsauger in der Größe einer ausgewachsenen Dogge über die Schwelle. Kurz darauf schlägt sie mit einem lauten Knall die Flügel der Saaltür auf und zerrt einen altmodischen Staubsauger in der Größe einer ausgewachsenen Dogge über die Schwelle. Zittrig stöpselt sie ihn ein. Die Deckenbeleuchtung flackert nervös und erlischt. Frau Patschinski wankt in die Sakristei und macht sich am Sicherungskasten zu schaffen, doch es gelingt ihr nicht, den Schaden zu beheben. Ihren nächsten Auftritt in der jetzt nur noch vom Kaminfeuer beleuchteten Winterkirche hat sie mit einer weiteren Flasche des orangefarbenen Likörs, den sie, wie sich herausstellt, im letzten Herbst höchst eigenhändig auf Sanddorn angesetzt hatte. Das Feuer knistert mächtig, die Flammen tanzen hoch und werfen wilde Schatten in den Raum.

„Statt zu tagen, werden wir jetzt nachten“, sagt Marie Ana und schiebt Frau Patschinski, die sich soeben durch das Halbdunkel wieder zum Tagungstisch hindurchschleichen will, einen Sessel nahe dem Kamin zu. Sie drückt sie sanft hinein und fragt sie: „Nun, was war das mit dem Saugen?“

Frau Patschinski lässt eine Menge Luft zwischen ihren Zähnen entweichen und beginnt, leise zu erzählen: „Als meine Mutter vor drei Jahren starb... Nun, Sie beide haben Sie gekannt...“ Sie blickt in Richtung Hellas und Brigittas, die ihr weise zunicken. „Nachdem sie also von uns gegangen war, da habe ich erstmal klar Schiff machen wollen bei uns im Haus. Weg mit dem Nippes aus der dunklen Schrankwand, raus mit den durchgewetzten Sesseln. Ich wollte nicht immerzu an ihre Abwesenheit erinnert werden. Ich wollte das Wohnzimmer, in dem sie zuletzt gelegen hatte, wieder freundlich haben und es von all den vielen kleinen Dingen befreien, die sie in den Jahrzehnten dort so angesammelt hatte. Es war eine wahre Menagerie: Glasfigürchen, Porzellanbabies, Seidenblumen, verschiedenste Tiere aus Holz, die ganze Schrankwand war eine Arche der leblosen Dinge. Das Ausräumen ging mir gut von der Hand. Ich hatte schon fast alles verpackt, hatte Trödel-Grantner, sie wissen schon, der vorne keine Zähne hat, zum Abholen der Dinge bestellt. Ich freute mich auf ein zusätzliches Zimmer. Doch irgendetwas hielt mich davon ab, Grantner zu bitten, auch noch die Schrankwand abzubauen. Es war die sorbische Trachtenpuppe, die rechts über dem Fernseherfach dort verblieben war und von der ich wusste, dass meine Mutter sie sehr gemocht hatte. Noch in den letzten Tagen im Krankenhaus hatte sie mich angewiesen, dass ich die Rosenblätter zu Füßen der Puppe erneuern solle, wie auch die Milch in der kleinen schwarzen Schale daneben, und dass ich damit auch nicht aufhören möge, wenn sie dann bald von mir gegangen sein wird.

In der Nacht, nachdem Grantner bis auf die Schrankwand und die Trachtenpuppe alles abgeholt hatte, träumte ich von meiner Mutter und von mir und dass zwei Kinder bei uns wohnten, die irgendwie zu mir gehörten. Ich war davon durchdrungen, dass ich in

Kürze sterben würde und ich sorgte mich darum, wie sehr das meine lieben Kleinen und die Mutter schmerzen würde und kochte ihnen deshalb eine Unzahl ihrer Lieblingsessen: Kohlrouladen mit Stampfkartoffeln, Spaghetti, Königsberger Klopse und so weiter. Ich fror sie ein und versprach ihnen allen dreien, dass sie nichts vermissen würden. Und ich war selber so schrecklich traurig über meinen bevorstehenden Tod, denn ich wollte ganz und gar nicht sterben. Meine Mutter streichelte mir mit ihrer runzligen Hand über den Kopf und legte sie dann auf meinen vor Schmerz und Traurigkeit zitternden Nacken und das tat gut. Mit diesen verwirrenden Bildern wachte ich auf und ging an die Schrankwand zu der Puppe. Mich durchströmte eine unbändige Freude darüber, dass ich sie nicht verkauft hatte. Ich hatte sie noch nicht einmal von ihrem Platz gerührt. Ich wusste plötzlich ganz entgegen meinem Glauben, dass diese Puppe uns beschützt hatte. Sie war die Herrscherin in Begleitung ihrer wilden Tiere. Ich konnte die Menagerie nicht mehr zurückholen, also habe ich Zoozeitschriften ausgeweidet, um die vielen Glas- und Holztiere zu ersetzen und die Bilder meiner Ahnen aus den Fotoalben gelöst, um sie in die leeren Fächer der Schrankwand zu stellen. Ich habe Topfrosen gekauft und mit vielen Kerzen so gut es ging die sakrale Atmosphäre wiederhergestellt, die dieses Zimmer vorher dominiert hatte. Gleich neben der Trachtenpuppe steht jetzt ein Foto meiner Mutter, auf dem sie wie eine junge Schauspielerin strahlt und ich habe das Gefühl, wir leben jetzt wieder im Einvernehmen."

Irmgard Patschinski streicht sich eine Träne von der Wange. Die Runde um den Kamin nickt ihr wohlwollend zu. Sie selber scheint wie in Trance. Nach einer Weile erhebt sie sich jedoch, um sich wieder an den Tisch zu ihrem Protokollbuch zu setzen. Marie Ana folgt ihr und setzt sich dazu. Als Frau Patschinski mit der Rückseite ihres Kulis leise auf das Protokollbuch klopft, antwortet Marie Ana mit einem glockenzarten Klopfen gegen eine Tasse voller Teelöffel, dann gegen zwei Likörgläser. Mit den Füßen fängt sie an, einen Karton mit Liederbüchern zu betrommeln. Philomena gesellt sich hinzu und bringt mit feuchten Fingerspitzen die restlichen Likörgläser zum Klingen. Marie Ana gurrt in dunklem Moll. Ein treibender, erdiger Song beginnt sich zu formen. In dem Moment, als Frau Patschinski ihren Rhythmus aufgeben will, rockt Marie Ana auf sie zu, ermutigt sie mit schwingendem Haupthaar wie eine Gauklerin ihr Publikum, und Frau Patschinski nimmt tatsächlich ihren Stift wieder zur Hand, um damit gegen das schwarze Protokollbuch zu schlagen, das sie jetzt vor sich in die Höhe hält.

Auch Hella klatscht den Rhythmus mit und schlägt im Offbeat mit ihrem Krückstock gegen ein metallenes Stuhlbein. Brigitta rockt ihren Lehnstuhl und entlockt ihm diverse Quietschtöne. Und würde Frau Patschinski das Protokollbuch jetzt nicht so fest in ihren Händen haben und es leidenschaftlich mit zwei Stiften gleichzeitig bearbeiten, wäre Philomena verführt, es an sich zu nehmen und für diesen Abend die Überschrift „Tausendundeine Nachtsitzung“ einzutragen.

XXXVII

Vier helle Fenstervierecke fahren die Wände der Teeküche entlang, was Pfarrer Strada, der den Frauen nebenan den ganzen Abend hindurch gelauscht hat, zusammenzucken lässt. Ist das der Pandämon, waren das soeben die Scheinwerfer seines Autos? Nahte nun tatsächlich der Zerstörer dieser trauten kleinen Gemeinde? Ich sollte die Frauen warnen, denkt der Pfarrer, und: Oh Mein Gott, mein Kopf wird fallen.

Auch Frau Patschinski hat das Auto des Superintendenten an dessen Art erkannt, mit ruppig gedrosseltem Motor einzuparken. Sie klatscht in die Hände. „Kommen Sie, kommen Sie zum Tagungstisch, denn so wird der Superintendent uns nicht ernstnehmen!"

Die Frauen gehorchen ihr. Philomena fröstelt es ob des abrupten Endes dieser so wunderbar weiblichen Nachtsitzung. Wahrscheinlich hatte Marie Ana recht und die Kirche täte gut daran, sehr viel weiblicher zu werden. Sollte sie doch einfach dazu stehen, dass sie schon fast nur noch aus weiblichen Mitgliedern bestand. Warum nicht ein Matriarchat ausrufen? Warum nicht die Vorzeichen umkehren und die friedliebenden Visionen der Frauen Wirklichkeit werden lassen?

Unterdessen hat Superintendent Baader den Wandelgang vor der Winterkirche durchmessen und betritt mit raumgreifender Geste den Saal. „Warum so okkult, meine Damen, so im Dustern lässt es sich doch nicht tagen!“

Frau Patschinski stürzt in die Sakristei zum Sicherungskasten, und nach kurzer Zeit flackert das Oberlicht wieder auf.

Der Sup reicht in gespielt jovialer Geste allen Frauen nacheinander die Hand, und Philomenas nimmt er sogar in beide Hände.

„Frau Gutendorff, wie löblich, ich sehe was, was Sie nicht sehen, da in der Kirche. Sie arbeiten schon am nächsten Gottesdienst, ein Tanz mit roten Tüchern und Tam Tam? Worum soll‘s denn genau gehen?“

„Wir denken über ein Gemeindefest nach, es soll etwas sehr Weibliches werden.“

„So etwas Ähnliches wie der Frauenweltgebetstag? Philomena, Sie sind ein Juwel“, sagt der Sup und setzt-sich an das Kopfende des Tagungstisches. „Nun schön, meine Damen, schenken Sie mir doch ein Lächeln, ich beiße Sie nicht!“

Niemand kommt seiner Aufforderung nach. Frau Patschinski reißt das Protokollbuch auf und bricht das tiefgekühlte Schweigen, „Herr Baader, soll ich die junge Frau Kantorin aus Niederholz als Gast eintragen?“

„Ehä, meine liebe Patschinski, ich sehe hier gar keine Kantorin, wen meinen Sie?“

Frau Patschinski blickt konsterniert in Richtung Marie Ana, die sich lässig zurücklehnt und ihre kastanienbraune Haarpracht schüttelt.

„Das ist meine Musikerfreundin Marie Ana aus dem Pinkhouse“, ruft Philomena. Frau Patschinski bekommt ein sehr längliches Gesicht.

„Aber das macht doch nichts“, flötet der Sup, „alle Freunde unserer lieben kleinen Gemeinde sind herzlich willkommen. Wissen Sie, wir haben hier nämlich zufällig das Problem, dass dieser Gemeindekirchenrat nicht stimmfähig ist. Eigentlich ist man hier zu sechst, zusammen mit dem Pfarrer Strada.“ Er schaut langsam in die Runde, um die Wirkung seiner Worte abzuschätzen. „Jaha, ich kann sehen, dass Sie sich fragen: Wo sind die anderen zwei?“

„Herr Thoralf, der von der Autowerkstatt Kippes“, sekundiert Frau Patschinski und blättert eifrig im Protokollbuch, „und der Herr Standernich, Gott hab ihn selig..., verstorben vor fast genau zwei Jahren!“

„Für den der gute Strada seit damals keinen Ersatz gefunden hat...“, sagt der Sup. Philomena meint, ein Rascheln in der Teeküche gehört zu haben.

„...weil er die Gemeinde nicht hinter sich hat“, sekundiert Frau Patschinski.

Philomena kann es nicht fassen, dass die beiden wieder wie eh und je unisono sind.

Und sie wundert sich, dass ihr Frau Patschinski über diese zwei Mitglieder zuvor kein Sterbenswörtchen erzählt hat.

„Mit Bruder Strada fehlen uns also drei von sechs Mitgliedern“, fährt der Sup fort. „Ich übernehme daher an seiner Statt die Leitung der Sitzung und berufe Sie, Frau Gutendorff, in den Gemeindekirchenrat.“

„Philomena, sind Sie überhaupt schon Mitglied dieser Gemeinde?“, fragt Frau Patschinski. Philomena schüttelt erstaunt den Kopf.

„Frau Patschinski, da sind wir jetzt ausnahmsweise mal nicht kleinlich“, sagt der Sup, „das können wir immer noch rückwirkend regeln.“

Marie Ana holt gerade Luft, neigt sich nach vorne und will vermutlich zu einer Schimpftirade auf das scheißgroßschnäuzige Kirchenpatriarchat anheben, als Philomena sie unter dem Tisch an der Hand zieht, um sie zurückzuhalten. Doch Marie Ana zieht ihre Hand weg, grinst frech und sagt: „Hey, Herr Sup, und was ist mit meiner Berufung?“

Alle sind baff über so viel Dreistigkeit.

„Sind Sie christlich?“

Marie Ana zieht eine Schnute und verschränkt die Arme. „Ehm äh, ja, zufälligerweise ja.“

„Von mir aus berufen wir Sie alle beide, so kommen wir auch wieder auf die vollständige Zahl der Ältesten. Also, meine Damen, heben Sie die Hand, wenn Sie mit der Berufung dieser zwei neuen Mitglieder einverstanden sind!“

Brigitta, Hella und Frau Patschinski heben die Hände, letztere ohne von ihrem Protokollbuch aufzusehen.

„So, dann kommen wir mal zu Punkt Eins: die Abwahl Stradas.“

„Nejiin!“ Ein Jaulen und Rumpeln kommt aus der Küche.

Brigitta springt auf und eilt in die Teeküche, kommt aber mit einem Kopfschütteln in den Saal zurück.

Frau Patschinski, die eifrig mitgeschrieben hat, fragt nach weiteren Tagesordnungspunkten.

„Nun, das werden Sie nicht gerne hören“, sagt der Sup, „aber ich habe mit dem Konsistorium gesprochen, und die sagen, es lohnt sich nicht, diese Pfarrstelle neu zu besetzen.“

Schweigen waltet daraufhin im Raum.

„Wissen Sie, Herr Baader“, sagt Brigitta und lehnt sich weit nach vorn, „ich habe da ein Ohr am Konsistorium, und so habe ich gehört, dass Sie denen seit Jahren die Türen einrennen, um unsere kleine Gemeinde mit der in Niederholz in einen Topf zu tun.“

„Das ist nicht schön gesagt, Frau May, aber Sie haben recht. Dieser Gemeinde geht es am besten, wenn sie von der großen Nachbargemeinde mitverwaltet wird.“

„Was wird dann aus unserem Kirchgarten, dem Pfarrhaus, den Nebengelassen?“, ruft Frau Patschinski aufgeschreckt.

„Das ist gut, dass Sie diese Frage stellen, wie Sie wissen, ist diese Gemeinde hier hochverschuldet, und das auch und besonders dank Ihres Pfarrers Strada.“

„Sie meinen, wir müssen verkaufen?“

Der Superintendent hebt beide Hände und die Schultern als schraube er zwei Halterungen in die jetzt irgendwie sehr tiefliegende Saaldecke. „Wenn Sie‘s so nennen wollen“.

„Herr Superintendent!“, Frau Patschinski ringt nach Luft, „vom Verkauf unserer Gemeinde war bisher nie die Rede!“

„Und wir brauchen auch keinen neuen Pfarrer“, sagt Hella entschlossen.

„Tja, wenn Sie als Gemeindekirchenrat mit ihrem Privatvermögen selber für das haften wollen, was Ihr Pfarrer Strada hier in den letzten Jahren verzapft hat, dann bitte!“ Der Sup lehnt sich zurück, verschränkt die Arme und schaut bockig wie ein Schuljunge in die Runde.

„Das kann nicht sein!“, ruft Philomena. Irgendwie hatte sie ihren Vater mal über einen ähnlichen Fall reden hören. „Der Geimeindekirchenrat ist nur haftbar, wenn er grob und wissentlich fahrlässig gehandelt hat!“

„Meinen Sie nicht, dass ich auch das beweisen kann?“

Es entsteht eine kalte Pause. Man hört, wie in der Teeküche ein Fenster geöffnet wird. Auch Pfarrer Strada muss offenbar dringend Luft holen.

„Tut mir leid, wenn ich Sie enttäuschen muss“, fidelt der Sup.

Frau Patschinskis Stirn zieht sich in zwei tiefe senkrechte Falten. Sie streckt das Kreuz durch und lehnt sich nach vorne. „Herr Superintendent Baader, es täte mir sehr leid, wenn ich dem Konsistorium zu Protokoll geben müsste, dass Sie den Pfarrer Strada systematisch zersetzt haben über all die Jahre.“

„Aha, ha ha!“ Der Sup lacht das falscheste Lachen, das Philomena je gehört hat. „Selbst wenn es so wäre, glauben Sie, dass es irgendjemanden im Konsistorium interessiert, wer mit wem irgendwann mal ein Techtelmechtel gehabt hat?“

„Sie geben also zu, dass es Ihnen genug Stachel im Fleische war, wie er mit Ihrer Frau damals in Rehheide hinter jeder Ecke und in jedem Winkel im Gleichklang gesungen und gelacht hat!“

Der Superintendent wird rot. „Was Sie da beobachtet haben wollen..., es ehrt Sie, Ihre Phantasie. Aber für mein Dafürhalten ist es besser, wenn Sie ebendiese ausschließlich bei Ihrer Arbeit mit den Kindern sprießen lassen!“

„Wissen Sie, ich habe den Verdacht, dass es nicht der Tod seiner Mutter ist, der den Strada fertig gemacht hat, sondern Sie ganz allein!“

„Oho, aha, jetzt gehen Sie zu weit, meine liebe Irmgard! Und ich dachte immer, Sie wüssten, wo Ihr Platz sei.“

„Denken Sie, ich habe diese Drohbriefe an den Strada nicht gelesen, die Sie immerzu verschickt haben?!“

„Sie lesen Briefe, die nicht an Sie gerichtet sind? Pfui, pfui, pfui, aber meine liebe Schwester Patschinski!“

„In diesen Briefen standen hanebüchene Beschuldigungen, völlig aus der Luft gegriffen, und Ihnen fiel immer wieder etwas Neues ein. Erst dachte ich, der Strada habe wirklich schlecht über Sie geredet beim Konvent, oder er habe wirklich das seelsorgerliche Geheimnis nach einem Gespräch mit Hulda Bethge verletzt und sich Ihrer Sekretärin gegenüber despektierlich über sie geäußert. Doch jetzt geht's mir auf: Bis der Pfarrer anfing, wirklich nachlässig zu werden, weil er wusste, gegen Sie kann er nicht gewinnen, da haben Sie dafür gesorgt, dass er so wird, wie er jetzt ist!“

Der Sup scheint ausnahmsweise einmal nach Worten zu ringen. Er wippt auf seinem Stuhl und schlenkert mit den Armen, als habe sein Boot die Ruder verloren.

Frau Patschinski, die sich weit über den Tisch gelehnt hatte, fällt nun zurück in ihren Stuhl und sagt zu den Frauen: „Ich hätte mit dem Strada reden sollen, aber wir redeten ja nicht miteinander, wissen Sie. Ich hatte immerzu das Gefühl, dass es da was zu klären gibt, aber je mehr ich versuchte, an ihn heranzukommen, desto mehr hat er mich abgewiesen.“

„Er hat Sie abblitzen lassen?“, sagt der Sup gespielt mokant. Offenbar hatte er sich wieder gefasst. „Dieser Weiberheld, dieses Muttersöhnchen wollte nicht mit einer 30 Jahre älteren Mami wie Ihnen das Tanzparkett pflügen?!“

Die Durchreiche von der Teeküche geht plötzlich auf und Pfarrer Strada streckt den Kopf herein. „Herr Superintendent, ich bin durchaus bereit, einige Schulden zu begleichen, äh, ich meine, Schuld auch einzugestehen, aber nicht die, die Unversehrtheit des Herzens einer Dame wie der Frau Patschinski nicht heilig gehalten zu haben!“

Alle waren baff, Pfarrer Strada sah aus wie ein Gespenst aus dem Dachstuhl in seinem weißen Nachtrock und ein bisschen auch wie Don Quichote. Doch noch verblüffender war, dass er Frau Patschinski verteidigte.

„Hey Sup“, lässt sich Marie Ana lautstark vernehmen, „was werfen Sie in die Waagschale?“ Alle Köpfe wenden sich ihr zu. „Nehmen wir mal an, dass wir hier irgendwie so eine christliche Großveranstaltung auf die Beine stellen, zu der 3000 Leute kommen, was würden Sie da sagen?“

Philomena stockt kurzzeitig der Atem. Auch den anderen bleiben die Münder offen stehen.

„Frau Marie Ana, lassen Sie gut sein, hier kommen zu Weihnachten nicht mal 500“, sagt tonlos Frau Patschinski.

„Hey, aber mal gesetzt den Fall, wir kriegen das hin, dass das ganze Haus hier rockt und so richtig überquillt und man im Garten lieber stehen als sitzen will, um nicht von den Menschenmassen erdrückt zu werden, und vor der Kirche muss weiträumig der Verkehr abgesperrt werden, weil einfach solche Massen auch manchmal große Staus verursachen..."

Marie Ana war wohl ihr eigenes Video zu Kopf gestiegen, Philomena beschließt, die Zügel in die Hand zu nehmen. „Herr Superintendent, verzeihen Sie, aber was verlangen Sie von uns, damit diese Gemeinde autonom bleiben kann und Pfarrer Strada im Amt bleibt?"

„Nichts, haha, einfach nichts. Sie können nichts mehr tun, es ist zu spät für Sie!"

„Sie können ohne unsere Hilfe den Pfarrer Strada nicht abwählen", mahnt Frau Patschinski.

„Ha, ha, aber liebe Irmgard, seien Sie getrost, ich finde auch noch andere Mittel, den Strada gebührend zu degradieren".

Pfarrer Strada knallt geräuschvoll das Fenster zur Durchreiche zu.

„Haben Sie mal sein Büro gesehen", fährt der Sup fort, „jaha, Sie haben es gesehen, denn Sie haben ja selbst Fotos davon gemacht und mir Beweismaterial en masse geliefert. Damit kann ich ihn dreimal wegen seines Messisyndroms und vielfachen Dienstverstoßes, schlicht wegen Dienstunfähigkeit aus dem Verkehr ziehen lassen. Dauert nur etwas länger, als wenn Sie ihn heute abwählen würden."

„Herr Sup, oder sind Sie der Sub? Sie schreiben sich doch bestimmt mit B?", lacht Marie Ana laut und kehlig. „Das können Sie als Sportsmann nicht bringen, das wissen Sie. So hinterfotzig sind selbst Sie nicht, Sie sind ein netter Mann, dem an dem Wohlergehen so einer kleinen Gemeinde sehr viel liegt."

„Recht so, das denke ich auch", sagt Frau Patschinski, „denn noch Jahrzehnte später würde man im Brixer

Dorf nicht gut über Sie reden und eigentlich im ganzen Kirchenkreis, das würde schließlich allen Ihren wahren Charakter offenbaren."

Sie hatte den Sup getroffen, irgendwie mit ihrem Pfeil an der richtigen Stelle erwischt. Er drehte sich, wand sich mit gehobenen Schultern auf seinem Stuhl, schaute wie ein gekränktes Kind nacheinander Allen glasig in die Augen. Auf seinen guten Ruf war er bedacht, um seinen Ruf war es ihm so sehr zu tun, dass er eine jahrelange Geduld aufgebracht hatte, um die Sache so aussehen zu lassen, als würde sich die Gemeinde höchsteigenhändig ihres Pfarrers entledigen und als sei er ihr dabei nur widerwillig zur Hilfe gewesen.

„Ja, wissen Sie", nölt der Sup in seinem antimelodischen Singsang, „für einen guten Spaß bin ich durchaus zu haben. Machen Sie Ihr Gemeindefest, stellen Sie was auf die Beine, und wenn es dann hier rappelvoll ist und die Leute wirklich richtig gut dabei sind und dann auch noch der Strada funktioniert, dann haben Sie gewonnen. Haha, meinen Sie dass Sie das draufhaben?"

„Klar doch", ruft Maria Ana im Chor mit Pfarrer Stradas Stimme, die durch die angelehnte Durchreiche dringt. Marie Ana ruft das aus Spielwut, das weiß Philomena und Pfarrer Strada aus purer Verzweiflung und vielleicht auch aus Dankbarkeit, dass die Frauen ihn so in Schutz genommen haben. Die anderen blicken einander verunsichert an. Der Sup steht auf, tritt hinter Philomena, legt ihr die Hände auf die Schultern und sagt, als würde Schmalz aus ihm heraustropfen: „Frau Gutendorff, Sie zweifeln?"

Philomena schüttelt seine Hände ab, die dabei sind, sich fast schon zu einem Würgegriff zu verengen, steht auf und schaut dem Sup fest in die kleinen schwarzen Augen.

„Herr Baader, lassen Sie uns einfach machen!"

„Nun gut, ha ha, ich lass mich überraschen. Aber jetzt muss ich mich beeilen, meine Frau denkt sonst noch, dass wir hier alle miteinander unschicklich geworden sind."

Niemand macht ihm die Freude, über diesen flachen Witz zu lachen.

XXXVIII

Erleichterung macht sich breit, als der Sup durch die Tür verschwunden ist. Er hatte noch gefragt, ob er jemanden mitnehmen kann, aber die Frauen hatten einhellig abgelehnt.

Brigitta packt unter Gähnen ihre Sachen und wirkt, als hätte sie die halbe Nacht nichts als langweilige Beschlüsse durchgewinkt. Hella schaut glasig vor sich hin und scheint in Tagträumen gefangen. Marie Ana scrollt sich auf ihrem iPhone durch Facebook, so als ob sie das alles nichts anginge, Frau Patschinski räumt die Schreibutensilien vor sich zusammen und lüftet den Raum in soldatischer Manier, als habe der Tag soeben erst begonnen.

„Was haltet ihr davon, wenn wir unser Fest so richtig weiblich werden lassen, ‚Maria - die geheime Göttin der Bibel' und solche Sachen?", wirft Philomena in die Runde.

„Ich bin dabei. Frauen an die Macht. Ich trete mit meiner Band auf", ruft Marie Ana und streckt die Faust in die Luft.

Frau Patschinski hätte an dieser Stelle rot anlaufen müssen, aber sie sagt : „Was auch immer, Frau Kantorin-Freundin-von-Philomena, Hauptsache, es zieht Kundschaft an. Werden Sie von einer Frauenfeuerwehr rotes Blut verspritzen lassen? Schön und gut, Sie wissen schon, was Wirkung hat. Was ich machen kann, ist die Logistik. Setzen wir mal den Fall, dass mehrere tausend Leute kommen, dann brauchen wir zusätzliche Toiletten, ein paar extra Wasserhähne auf der Rückseite des Verweserhauses, reichlich Sitzgelegenheiten für drinnen und draußen und natürlich ein Catering. Ich würde von den Zahlen ausgehen, die wir dem Sup genannt haben und alles in größeren Mengen auf Rechnung bestellen und dann auf Spenden hoffen. Hier heißt es sowieso: Man stirbt nur einmal für dieses Brix. Philomena, machen Sie die Pressearbeit?“

Die Verblüffung über Frau Patschinskis Rede ist allgemein groß, während Philomena zustimmend nickt.

„Hup, huuup“, trötet Marie Ana durch eine aus ihren Handflächen bestehende Trompete. Sie springt auf und schwenkt die Arme wie eine Polizistin, die auf einer großen Kreuzung den Verkehr regelt. „Ich bin auch mit dabei, hab da schon so nen richtigen Kracher im Kopf.“

Frau Patschinski reißt eine Seite aus dem Protokollbuch, stenografiert etwas und sagt: „Wir sollten uns regelmäßig kurzschließen, wir haben drei Wochen, ich bin dafür, dass wir uns allabendlich zu einer Lagebesprechung treffen.“

Alle sind einverstanden, selbst Hella fragt nicht, was das Wort ‚Briefing‘ bedeutet.

Brigitta, die strahlt, wie ein Apfelbaum zur Erntezeit, sagt: „Mädels, ich habe ein gutes Gefühl. Kann euch bloß nicht soviel helfen, denn wir sitzen ja immer noch

Totenwache“, dann wendet sie sich zur Tür, in der Kurt leicht gekrümmt lehnt und auf sie wartet wie ein ergebener Hausdiener. Als Brigitta merkt, wie unzufrieden die Frauen mit ihrem plötzlichen Rückzug sind, fügt sie hinzu: „Macht euch keine Sorgen, ich lass mir schon noch was einfallen für unser Mittsommernachtsfestival unter Freundinnen. Was haltet ihr von einer friedfertigen Kräutermischung zum Räuchern, zum Beispiel Lavendel-Salbei?“

Philomena lässt enttäuscht die Schultern hängen. Aber was kann sie einer solchen Frau schon sagen? Und obwohl sie jetzt gerne à la Marie Ana eine feurige Rede geschwungen hätte, die Brigitta als Kämpferin in ihren Kreis zurückholt, sagt sie nur „Gern, Brigitta, was auch immer, wir kommen hier schon zurecht.“

„Ich bring uns die Göttin mit“, sagt Brigitta und tippt stolz auf ihr Stickzeug, das oben aus der Tasche lugt und schaut bedeutungsvoll drein. Philomena hätte gerne mehr von ihr gesehen als eine Stickdecke und Lavendel-Salbei-Rauch, aber sie musste wohl einfach Vertrauen haben in Brigitta und die Möglichkeiten dieses Festes. Vielleicht konnte man hundert Leute aussehen lassen wie 3000, mit Spiegeln, oder den Sup betrunken machen. Oder in ganz Berlin das Fest plakatieren. Doch mit welchem Budget?

„Herr Wöllert“, Frau Patschinski ist mit zackigen Schritten schnell bei Kurt und fasst ihn bei der Schulter, „können Sie vielleicht mit meinem Wagen unsere Hella hier nachhause fahren?“

Sie sieht sich nach Hella um und ihr spitzer Schrei zersplittert die Luft. Hella sitzt mit halboffenen Augen, den Kopf vornübergekippt bewegungslos auf ihrem

Stuhl. Als Philomena hinzuspringt, um ihre Hand zu nehmen, rutscht diese nach unten und baumelt da, wie eine vergessene Requisite. Philomena reißt sich ein Haar aus, um es ihr vor die Nase zu halten, doch ihre eigene Hand zittert so sehr, dass sie nicht weiß, ob sich das Haar von Hellas Atem oder von ihrer eigenen inneren Unruhe bewegt.

Frau Patschinski steht bereits am Hausapparat und telefoniert mit dem medizinischen Notdienst. Als sie auflegt, bellt sie in den Saal: „Stabile Seitenlage, zack zack!“.

Kurt fasst Hella unter die Arme und will sie anheben, aber Hella hängt da wie ein Sack Zement und bewegt sich keinen Zentimeter. Frau Patschinski und Philomena greifen von beiden Seiten unter die Sitzfläche des Lehnstuhls, Marie Ana fasst Hellas Beine und Brigitta streicht ihr über den Kopf, doch Hella lässt sich kein noch so kleines Stück bewegen, so als wäre sie wie ein Baum hier angewachsen.

Kurze Zeit später stürzen zwei Sanitäter mit einer Trage herein, Bastet miaut aufgeregt, dann schmiegt sie sich an Philomenas Beine und zittert. Die Sanitäter ordnen an, zur Seite zu treten, was man allgemein befolgt, doch auch sie bemühen sich vergeblich. Nach und nach packen auch Brigitta, Kurt und Philomena wieder mit an und dann auch Frau Patschinski und Marie Ana, doch Hellas Gewicht ist wie eine ungekannte Übermacht. „Das gibt’s doch nicht“ und „Was ist denn hier los“, stöhnen die Sanitäter. Ihre Gesichter schwellen rot an, ihr Unvermögen ist ihnen sichtlich peinlich. Gerade, als sich alle eine Verschnaufpause gönnen, läuft die Katze Bastet in drei Achten unter

Hellas Stuhl hindurch und als alle wieder anfassen, ist Hella mit einem Mal federleicht. Hatte man nach dieser Pause den richtigen Winkel gefunden? Stand man einander einfach nicht mehr im Wege? Oder hatte Bastet einen unsichtbaren Knoten gelöst und war somit Magie am Werke? Niemand wollte sich darüber Gedanken machen, denn jetzt galt es, gemeinsam und mit der Hilfe einer jeden Hand Hella auf der Trage durch die Sakristei und den Altarraum zum Krankenwagen zu bugsieren. Unterwegs verheddert sich einer der Sanitäter in Philomenas Zelt und rutscht ein wenig, aber die anderen halten die Trage fest in ihren Händen. Im Krankenwagen schließen die Sanitäter Hella an diverse Geräte an, Hella schlägt die Augen auf. Ein spontaner Blutdruckabfall, sagen die Sanitäter, womöglich habe die alte Dame ihre Tabletten versehentlich doppelt genommen. Man werde sie mitnehmen, um auf Nummer Sicher zu gehen.

Alle winken dem Krankenwagen nach, als ob es nach einem gelungenen Heiligabend gelte, eine liebe Verwandte zu verabschieden. Frau Patschinski tupft sich mit einem Stofftaschentuch eine Träne aus dem Augenwinkel.

Brigitta und Kurt verabschieden sich. Frau Patschinski beginnt auf dem Rückweg zur Winterkirche, mit Philomena über das Rausschrauben der Kirchenbänke zu reden. Sie tauschen mit ihren iPhones alle nötigen Kontakte und Philomena ist froh, eine solche Frau an ihrer Seite zu haben.

Als sie in die Winterkirche zurückkehren, sitzt Marie Ana dort, die Beine auf dem Tisch und beugt sich über ihr iPhone. Sie tippt eifrig und schüttelt sich dabei vor Lachen.

Philomena sieht Hellas rote Tasche mit dem geflochtenen Streifen über einem Stuhl hängen. Eine große Bibel lugt daraus hervor, gespickt mit vielerlei Papierschnipseln. Philomena blättert darin, liest sich fest und muss ebenfalls lachen. Das alte Testament wimmelt nur so von den Auftritten der weisen Aschera und im neuen Testament ist Maria auf sehr vielen Seiten mit magischem und heilsamem Wirken befasst. Sie heilt die Gläubigen, setzt die Geschundenen nachts wieder zusammen und ihr wird mit Blumen gehuldigt, die sie an die Traurigen weiterverschenkt. Ihr großer Mantel bläst sich in Gefahrensituationen zu einem schützenden Zelt auf, in das sich die Gläubigen flüchten können. Nach Jesu Tod weint sie Tränen, die, als sie auf die Erde fallen, zu Blumen werden und Jesus wieder zum Leben erwecken.

Auch ist es nicht mehr Gottvater, der im Himmel waltet, sondern eine Gottmutter, mit ihrem Sohn und der heiligen Geistin. Teilweise fließt Maria mit dieser Gottmutter in eins, dann wieder handelt sie irdisch und als unabhängige Person.

„Marie Ana", ruft Philo, „das musst du lesen, das wird dir gefallen!"

Marie Ana kichert und ist zu sehr mit ihrem Telefon beschäftigt, um zu antworten.

Als Frau Patschinski, die gerade das Geschirr vom Tisch auf einem Tablett zusammenräumt, einen Blick in die Bibel werfen will, klappt Philomena sie schnell zu, in der Annahme, dass dies zu starker Tobak für sie sei, und legt das heilige Buch in die Durchreiche. Sie lenkt Frau Patschinski mit ein, zwei Fragen zu ökologischen Trocken-klos ab, und als sie sich einen Moment später wieder zur Durchreiche wendet, ist, wie erhofft, die Bibel fort.

Als Philomena gerade nach dem Tablett greifen will, kommt ihr Frau Patschinski mit: „Das mache ich schon“ zuvor und verschwindet in der Küche. Sie schien um ein Dreifaches gewachsen zu sein, und Philomena kommt der Gedanke, dass dieses unmögliche Gemeindefest, das sie soeben in Gedanken Matrifest getauft hat, genau von dem richtigen Format war, um Frau Patschinskis Elan zu genügen. Und auch sie selbst fühlt sich gestärkt durch die neue Koalition gegen den Sup, bei der nur noch Pfarrer Strada fehlt. Wie würde er die redigierte Bibel aufnehmen, die er offensichtlich von der Durchreiche gestohlen hatte, um sie sogleich oben in seinem muffigen Schlafzimmer zu lesen?

Als Philomena sich zu Marie Ana wendet, kommt diese ihr auf halbem Weg entgegen und fängt an, ihr von ihrem Handybildschirm eine Art Zeitungsartikel vorzulesen.

„Die Brixdorfer Evangelische Kirchengemeinde, eben noch eine vor sich hindümpelnde Stadtgemeinde im Südosten Berlins, kaum noch aktionsfähig durch die übliche Überalterung, Überschuldung und überarbeitungsbedingte Krankheit des Pfarrers, hat seit kurzem einen unerhörten Zulauf, denn sie zelebriert ein neues Matriarchat. ‚Wir haben die Mutter Gottes entdeckt, die große Göttin, unser aller große Mutter!‘, sagt eine der Aktivistinnen. Der Kirchraum ist ein einziges großes Zelt, es wird getanzt, gelacht und musiziert. Der Pfarrer predigt die Liebe einer göttlichen Mutter. Er bekommt Beifall, die Atmosphäre erinnert an Woodstock, ein generationenübergreifendes Woodstock, ein wahres Arkadien.

‚Was ist, wenn die Party vorbei ist?!', frage ich eine der jungen Frauen.

‚Das ist keine Party, das ist der Anfang vom Paradies', sagt sie, und..."

„Hör mal, Marie Ana,...", unterbricht Philomena sie. Ein Blick zur Durchreiche, die verschlossen ist, sagt ihr, dass Frau Patschinski wohl glücklicherweise nichts gehört haben wird. „Sag nicht, das ist... ist dieser Artikel von dir?"

„Absolut, Philo, absolut", sagt Marie Ana etwas zu laut, „und schon 27mal geteilt und 85mal geliket und das nach nur 10 Minuten und mitten in der Nacht. Ich sage dir, tagsüber geht das ab mit uns wie Schmidts Katze!"

„Du hast das bereits gepostet?"

„Aber ja, was denn sonst!"

„Marie Ana, da stehen Dinge drin, so als ob sie schon längst passiert sind, und die kriegen wir auch nie im Leben so passiert!"

„Wer sagt denn das? Unser matriarchales Fest wird ein echter Gigaschlager, das will ich dir hier schon mal schwören".

„Das mit dem Matrifest war nur so ein Gedanke, du machst daraus eine Tatsache und eine gewesene noch dazu!"

Marie Ana fasst ihre Freundin um beide Schultern „Cool, cool, Philo. MATRIFEST! Das bringt uns mediale Aufmerksamkeit. Wirst sehen, wir brauchen nur ‚Fortsetzung folgt am 21. Juni' zu posten und alles wird gut!"

„Unglaublich, du bist unglaublich! Denkst du, diese Welt braucht noch mehr Fakes?!"

Philomena verlässt Türen knallend den Raum. Sie hatte auf einmal das Gefühl, zu einer Marionette auf sie zurollender Ereignisse zu werden. Sie musste dringend raus.

XXXIX

Philomena steht alleine in der hohen Halle der Hauptkirche. Sie schaltet die rot- und pinkfarbenen Scheinwerfer aus und genießt es zu sehen, wie sich die Kirchenkuppel langsam mit der graugelben Vorahnung einer mächtigen Morgensonne füllt. Sie steht vor ihrem durchhängenden Zelt. Durchaus kein Grund, selber so durchzuhängen, denkt sie. Das war ein erfolgreicher Abend, sie hatten dem Sup Paroli geboten. Es würde ein Matrifest geben und zwar vermutlich das erste auf diesem Planeten, außer denen, die es wahrscheinlich zu vorgeschichtlichen Zeiten reichlich gegeben hatte. Ihr Zelt könnte ein gutes Kultzelt ergeben mit Hellas Bibel darin auf einem Tischchen und Frau Patschinskis rosafarbenen Keramikschalen obendrauf, die, mit Milch befüllt, zu einer tropfenden Skulptur würden.

Während Philomena sich in derlei Gedanken verliert, dringen von draußen helle Stimmen an ihr Ohr. Sind das Frau Patschinski und Marie Ana? Unwahrscheinlich, denn die sind gerade gegangen, Arm in Arm und unter lautstarkem Gelächter. Merkwürdiger Likör. Nein, es klingt nach einer angetrunkenen Herde. Philomena ist es, als ob Kuhglocken dazwischen läuten. Die Tür geht auf und vor ihr stehen Valli mit Kürbisbasecap und zerwuscheltem Haar, dahinter Viky mit spiegelnder Sonnenbrille auf der Stirn, wie als brauche sie in diesem morgendlichen Zwielicht zwei Ersatzaugen und neben ihr die Galeristin, die sich ihre Stöckelschuhe mit einem Kleenex abputzt.

„Wow Philomena, volle Fuffzehn!“, ruft Valli und lässt ihr Gesicht ganz dicht vor dem Philomenas schweben. „Ich hab‘s den Mädels doch gesagt: Unsere Philo, die rockt heut‘ noch! Die hat da unten bei ihrem Kirchturm Diskolicht. Und da sind wir eben mal vorbeigeschneit.“

Valli mag Philomena glauben, dass sie einfach so vorbeigeschneit war, ohne größeren Grund, aber nicht der Galeristin, deren Helmfrisur trotz der fortgeschrittenen Stunde immer noch perfekt sitzt und auch nicht Viky, die sich jetzt ihre Fingernägel besieht und ausschaut, als ob sie Philomena etwas übel nähme. Valli haut Philo hart auf die Schulter und wirft den Kopf in Richtung Zelt „Wow, voll der Kunstclub, deine Kirche, es lebe die Großpinkisation!“ Sie fällt Philo um den Hals und reißt sie dabei fast mit sich zu Boden.

Sie setzten sich in die vordere Stuhlreihe vor den Kirchenbänken und schauen auf Philomenas Zelt, das im Lichte der nun erstarkten Morgensonne vor sich hinzulodern beginnt. Valli reicht Philo ein halbvolles Bier und macht für sich selber ein neues auf. „Tring“ tönen Philos und Vallis Flaschen aneinander. Philo nimmt Valli wortlos das frische Bier aus der Hand und steckt ihr das halbe zu.

„Was gibt’s denn zu feiern?“, fragt Philo.

Valli gibt Philo einen lauten Knutscher auf die Wange.

„Eher nichts“, sagt die Galeristin, „die Neue Nationalgalerie hat die Göttinnenserie von den beiden hier abgelehnt, hicks.“

„Die stellen nur Leute aus, die schon voll fett im Geschäft sind oder wenigstens tot“, sagt Valli.

„Na, so ähnlich“, sagt die Galeristin. „Und meine Galerie ist zu klein, um alle diese schönen Viky- und Valli-Göttinnen zu zeigen“.

Philomena schwante jetzt, warum sie gekommen waren. Gerade als sie ihre Gedanken dazu sammeln will, hebt die Galeristin an, ihr von einem finnischen Künstlerpaar in ihrer Galerie zu erzählen, das einen Gipfel der Mikronationen auf einer kleinen Ostseeinsel ausgerichtet hat. Künstliche Kleinstaaten haben Abgeordnete geschickt, ein Schreichor hat deren Namen skandiert, nie gehörte Nationalhymnen ertönten - alles in allem ein Publikumserfolg. Und obwohl so etwas nichts als koste und sich auch sonst nicht rechne, habe sie dafür eine CoFinanzierung mit den skandinavischen Botschaften auf die Beine gestellt, und das Ganze habe ihrer Galerie viel Lob eingebracht. Überhaupt rackere sie sich ab, arbeite unglaublich idealistisch und dann kriege sie „Kommerzziege!“ auf die Jalousien gesprayt. Sie habe später noch Erde dieser Staaten von den jeweiligen Vertretern signieren lassen und die ganz gut an ihre Sammlerklientel verkauft.

„Das kannste eben voll doch, da haben die Sprayer recht“, kommentiert Valli und Viky schaut sie mit Pinzettenaugen an.

„Du, Philo“, Valli haut Philomena den Ellenbogen in die Seite und verschüttet dabei etwas Bier über beider

Knie, „haste nich irgend ne Idee, wie wir die Göttinnen jetzt doch noch fett rausbringen könnten?“

Da war die Katze aus dem Sack. Philomena sog in einem tiefen Zug die Morgensonne in sich ein. Es war doch verrückt, wie ihr Zelt immer noch genau die richtigen Geister für das Matrifest anlockte. Matrifest, was für eine Handelsmarke, dabei wusste niemand bisher genau, was daraus werden würde.

„Ich sehe da vor meinem inneren Auge ein Göttinnenpantheon in einer großen Kirchenkuppel, so wie der hier“, hebt Philomena an. „Man steigt auf Gerüstplattformen in Spiralen hinauf und in dieser Schnecke sind eure Göttinnen ausgestellt, sakral und punktuell aus dem Halbdunkel heraus beleuchtet, vielleicht von samtenen Vorhängen gerahmt. Oben steht man in diesem Rondell mit den Fenstern da“, Philo zeigt zur Kirchenkuppel, „und da können die Leute dann alle einmal in den grellbunten Berliner Himmel schauen, und das ganz allein durch euch und eure Vision.“

„Was, wir sollen HIER ausstellen?“, fragt die Galeristin. „Nee sorry, Philomena, aber wir müssen schon was mit Prestige auftun, so wie den Berliner Dom zum Beispiel, aber da glaube ich nicht, dass ich den kriegen kann.“

„Eröffnung in drei Wochen zu Mittsommernacht! Das wird euer großer Coup!“, sagt Philomena.

Die Galeristin schaut nun beharrlich in die Kirchenkuppel und erklärt ihr in einem längeren Vortrag, dass da wo Geld und Ruhm sei, sich immer noch mehr Geld und Ruhm ansammle, und sich dort, wo man ablose, so wie offensichtlich hier, der Krater der allgemeinen Geringschätzung immer noch mehr vertiefe.

Philomena würde jetzt gern den Frisurenhelm der Galeristin zu sich herüber drehen, um ihr zu sagen: „Sei wenigstens einmal im Leben richtig Avantgarde!"

Vikys und Vallies Göttinnen würden so schön Publicity eintragen, würden das Fest wunderbar rahmen und diesen Kirchenraum in etwas matriarchal Sakrales, in etwas wirklich Neues verwandeln.

Doch natürlich ist an Frisurenhelmen zu drehen verboten, und die Galeristin beginnt mit Blick zur Tür zu klagen, dass einige ihrer Konzeptkünstler zur Zeit sehr mau im Bringen von Konzepten waren. Philomena zuckt zusammen und sitzt plötzlich kerzengerade auf ihrem Stuhl. Das war ihre Chance.

„Brad Snijder, Burnout?"

„Woher wissen Sie das?"

Philomena hatte lange genug im Pinkhouse gewohnt, um so etwas zu wissen. Philomena kriegte mit einem Mal richtig Lust, der Galeristin ein paar von der Sorte Ideen unterzujubeln, die sie logistisch und finanziell nie hätte alleine stemmen können. „Kennen Sie die Weidendammer Brücke auf der Friedrichstraße? Brad Snijder lässt sie mit lauter kleinen Ästen vom Berliner Baumverschnitt befüllen. Das lässt alte Zeiten wieder auferstehen, als es in Berlin noch Holzmärkte gab, und es verwandelt die Brücke in eine neuartige, ökologische Skulptur."

Die Galeristin sieht nun endlich mit offenem Mund zu ihr und scheint durchaus beeindruckt. „Was ist mit Urs Herzrahmen?", legt Philomena nach, „mit seinen als Kunst daherkommenden Sozialprojekten?"

„Philo, stell dir vor", prustet Valli, „der ist voll und ganz mit Schwanz und allem in soner Spirischickse drin, ist jetzt mit der auf Selbstentdeckungskurs in Nepal, unterrichtet Waisenkinder und postet immer so Dinger wie: ‚Künstler, Kill dein heiß gekochtes Ego!' oder ‚Lasst uns Waisenknaben werden!'

„Das ist der Karriereabwärtssturz", kommentiert Viky trocken.

„Ich sag dir, voll blutiges Gebiss und ab die Treppe runter", meckert Valli.

„Meine lieben Zwillingstürme", ruft die Galeristin, „bei mir in der Galerie gibt es keinen einzigen Künstler, der durchhängt, sonst wären sie nicht bei mir in der Galerie. Sie lassen sich halt nur Zeit und Brad Snijder ist ein Genie, der wird schon noch rechtzeitig mit irgendwas kommen". Sie steht auf und Philomena stellt sich neben sie. „Urs auch? Wie wäre es, wenn er in Hohenschönhausen Wäscheseile von Hochhausfenster zu Hochhausfenster spannen würde, sodass die Leute Wäsche und Nachrichten untereinander austauschen könnten, um endlich einmal miteinander in Kontakt zu treten?" Die Galeristin lächelt cyberhaft und ihr knallroter Mund schwebt ein Stück vor ihrem eigentlichen Gesicht.

„Oder lassen Sie ihn dort doch 33 Nomadenjurten bauen", sagt Philomena, „aus Recyclingmaterial, die als verschiedenste Vereinsräume für die Plattenbaubewohner dienen!"

Die Galeristin setzt sich wieder. „Philomena, wollen Sie... ähm. Wissen Sie, wer mir wirklich Sorgen macht? Das ist Giorgio Mammone..."

„Hat nen Haschmich", fällt ihr Valli ins Wort, „hält seine Mutter für Madonna, die Sängerin allerdings, und beschuldigt sie in öffentlichen Briefen, ihn nicht gesäugt zu haben."

„Mit Medikamenten kriegen sie das alles in den Griff", fügt die Galeristin rasch hinzu, „muss nur erstmal auf Kur. Ist aber zur Documenta eingeladen, wir müssen nächste Woche das Projekt einreichen. Die haben drauf bestanden, dass er was für die Königsgalerie-Einkaufspassagen konzipiert."

„Vielleicht endlos Glasmurmeln auf dem Boden zwischen Nagelstudio, Friseur und Seifenladen und in allen von denen erzählt ein Lookalike von ihm Geschichten über Giorgios Kindheitstraumata."

„Das klingt gut, vielleicht wird er's akzeptieren. Verflixt, Philomena, Sie kriegen bei mir einen Beratervertrag! Pro umgesetzter Idee pauschal 2000 Euro und 25 Prozent der eventuellen Gewinne."

Philomena war dagegen, Teil von einem System zu sein, in dem Künstler, die einen Markennamen haben, andere, unbekannte Künstler ausbeuten. Aber hier ging es um größere Dinge. „Stellen Sie das Göttinnenpantheon hier zu unserem Matrifest aus, und wir können darüber reden."

„Also, ich fänd' das voll fett hier", tönt Valli „und übelst nekro mit dem Friedhof gleich um die Ecke."

„Matrifest? Matriarchat, Folklore? Ich muss es mir überlegen", sagt die Galeristin.

Viky steht geräuschvoll auf und postiert sich im Türrahmen. „Patrizia, da gibt es nichts zu überlegen. Ein Matrifest, Philomena! Meinst Du einen Tisch voll streng gläubiger Greisinnen, allesamt mit verstorbenen Ehemännern? Und die sitzen da rum und mümmeln Kuchen? Philomena, das ist absurd!"

Philomena ist kurz in diesem schlimmsten aller möglichen Szenarien für ihr Matrifest gefangen, und es fehlen ihr die Worte. Die Chance war vertan. Die Galeristin putzt sich den Rock ab und wendet sich zum Gehen. Valli steht mit gekräuselter Stirn vor Philomena und knutscht ihr heftig die Stirn „Das wird schon, mach weiter und wir werden sehen!"

Viky und die Galeristin verschwinden nach draußen.

XL

Als der Pfarrer auf den Treppen zu seiner Wohnung die Bibel von Hella Wobering aufschlägt, die ihm Philomena in die Durchreiche gelegt hat, traut er seinen Augen nicht: eine derartige Bibel, bis in die letzte Ecke bekritzelt, beklebt, redigiert, einen solchen Angriff auf die Heilige Schrift hat er noch niemals in den Händen gehabt. Der Pfarrer zittert. Es ist das Verbotene, das Anrüchige, das ihn hier verführt, verführen will, er wird sehen, ob er sich verführen lässt. Unglaublich, dieses Patchwork aus feinen Papieren, in die die großen, steilen Krakel der alten Dame sich tief eingraben.

Noch auf den oberen Stufen der Treppe liest er sich so fest, dass er gar nicht mehr aufblicken kann und mit der Stirn gegen seine nur angelehnte Wohnungstür knallt. Er geht in die Knie und liest mit angehaltenem Atem. Zum ersten Mal seit langem lichtet sich der dicke Filz, der über seinem Leben klebt. Er kann gar nicht mehr aufhören, diese neuartige Bibel in alle Richtungen zu beblättern und zu wenden.

Vorn auf den Innenumschlagseiten steht das Glaubensbekenntnis: ‚Ich glaube an Gott die Mutter, die Allmächtige, die Schöpferin des Himmels und der Erde und an ihren eingeborenen Sohn, unsern Herrn,

Jesus Christus'. Wie fühlt er sich doch selber in diesem Moment dem Herren Jesus Christus gleich, denn er ist durchaus willig, mit seinem ganzen Leib und Sein in den Schoß dieser allmächtigen Mutter einzukehren.

Und erklärt nicht eine göttliche Mutter die Schöpfung viel besser durch ihre ganz archaische Allmacht, die sie am Anfang eines jeden Lebens trägt? Denn sie ist sehr wohl allmächtig, die Mutter, die das Leben geben und es auch wieder nehmen, die Brust gewähren oder sie verweigern kann.

Wie der Gekreuzigte nach der Abnahme vom Kreuz hatte er viele Monate, wenn nicht gar Jahre, kalt und bläulich bis in die Zehenspitzen auf den zerknautschten Laken seines Totenbettes gelegen. Geronnenes Blut war ihm von unter seiner Dornenkrone ausgeflossen und hatte sich über das Gesicht verteilt. Heißes Blut im Herzen, das gezwungen war zu stocken, denn er hatte kapituliert. Doch jetzt wollte er heimkehren zu jener großen Mutter, die ihn in ihrem Schoße wiegt, um ihn mit ihren lebensspendenden Tränen zu benetzen. Sie lässt ihn wiederauferstehen! Denn sie ist allmächtig: Eine große, nährende Wesenheit, die ihn mit ihrer Liebe umfängt. Das ergibt - Heiliger Vater, Heilige Mutter, wie war das möglich?! - tatsächlich eine Menge mehr Sinn, als er je in seinen vergangenen 35 Lebensjahren empfunden hatte. Endlich war es egal, wie sehr ihm sein eigener Vater und seine eigene Mutter abhandengekommen waren und wie sehr ihn Mutter Kirche in Form von Superintendent Baader peinigte. Diese göttliche Mutter hielt ihn in ihren Armen und ermöglichte ihm eine immerwährende Wiedergeburt!

„Liebet euch selbst und seid euch selbst und einander gute Eltern!“, schrieb da eine Gesandte Pawla, ‚So ihr keine gute Mutter gekannt habet, wird Euch die Große Göttin eine gute Mutter sein. Denn als Allmutter ist sie beständig für euch da. Da ist ihr Schoß, der euch immer noch trägt, ihre gütige Brust, die euch immer noch nährt. Mit ihrer Stimme, ihrer Klugheit, ihren liebevollen Worten ist sie täglich für euch da, gerade wenn euch der leibliche Vater und die leibliche Mutter abhandengekommen sind.‘

Sakramentum, das war genau nach seinem Geschmack, doch jetzt war es Zeit sich zu duschen, die Haare und den Bart gründlich zu seifen, um die Tage der Verzweiflung und den kalten Schweiß, den sie mit sich brachten, endlich abzuwaschen. Es war auch Zeit, den Nachtrock abzulegen, er mochte gar nicht daran denken, seit wie vielen Tagen er den nun schon trug. Irgendwelche frische Unterwäsche würde sich noch finden, saubere Socken aber nicht und auch sonst nicht Hemden, Hosen, Schlips und was man noch so braucht. Eine Wäsche ansetzen konnte er immer noch später, dafür war jetzt keine Zeit. Frisch geduscht und mit geputzten Zähnen lässt es sich vorläufig genug poliert dem neuen Leben entgegen blinken. Und da hängt ja auch der seidene Morgenmantel von Vater! Den hatte er mal aus Indonesien mitgebracht, der war sauber, weil ungenutzt. Und er stand ihm gut!

Pfarrer Strada steigt gemessen die Stiege von seiner Wohnung hinab, um sich im Pfarrbüro an seinen wunderbar leeren Schreibtisch zu setzen. Die Sonne dringt bunt durch die Reliefglasfenster. Bastets rot schimmernde Pfote hämmert gegen eines der Teilfensterchen.

Sie drückt es auf und bringt sattes Grüngold von draußen herein und das Geräusch eines kapriziösen Frühlingsregens. Seine nackten Füße in den Badelatschen sind kalt, doch Benjamin Strada bemerkt das kaum und beginnt, heftig einen Stapel Papier zu bekratzen.

Bastet streicht ihm um die Beine und bringt Wärme in sein Arbeitszimmer, das sich jetzt eher wie ein Atelier anfühlt, wie ein sakraler Schöpfungsort. Er schreibt den ganzen Vormittag hindurch an einer matrifeminisierten Predigt und gönnt sich nur ab und zu eine Pause, um einen Schluck Wasser zu genießen. War das da Philomena im Türrahmen? Sicher war sie es, und nun ist sie schon wieder weg. Und ja, er weiß es, auch sie ist eine dieser weisen Eminenzen, von denen es in Hellas Bibel nur so wimmelt, eine dieser Bienenköniginnen, die honighaftes Wohlbefinden bis in jedes Herz verströmen. Dieser Konvent der Frauen hatte ihn soeben gegen die Inquisitionsgelüste des Superintendenten geschützt. Die Frauen sind nicht eingeknickt angesichts von dessen miesen Tricks, nein, sie haben stark gestanden gegen Baader und wurden im Verlauf des Abends immer stärker: Er selbst war Zeuge. Was für eine Nacht! Und jetzt lag dieses Ach-Werk da in seinen Händen, diese neue thealogische Weltenerklärung. Konnte er sich ihr entziehen? Er konnte nicht. Es war kristallen und klar, dass diese neue Bibel von ihm das Predigen verlangte. Dass er seinen Platz in diesem Brixdorf hier und jetzt verteidigen würde, denn die Welt sollte ihn hören!

XLI

Philomena linste im Verlaufe des Tages noch mehrmals durch den Türspalt zu Pfarrer Strada hinein, der sich nun scheinbar nicht mehr versteckte und dessen nackte Beine unter dem Morgenmantel ihr durchaus aufgefallen waren, ja, ihr sogar für einen Moment das Gefühl gaben, sie müsse erblinden, hätte sie ein weiteres Mal hingeschaut. Sie stutzte. Hieß das, Rentz hatte seine Macht über sie verloren? Ja, sie hatte an Rentz und Domian und an all die anderen, die aus dunkler Vergangenheit ihr Herz beschwerten, schon seit geraumer Zeit nicht mehr gedacht, und das lag an den Frauen und an Brix. Und im Moment lag es auch an diesen schockierend schönen Beinen, deren Bild ihr Inneres in Unordnung brachte. Sie versuchte, sich zu fassen und legte sich noch einmal all die Punkte vor, die sie bei ihrer Unterredung mit Pfarrer Strada zur Sprache bringen würde:

a) Die Ausrichtung eines Gemeindefests mit matriarchalem Charakter. Man würde alle finanziellen Reserven der Gemeinde dafür einschmelzen müssen, denn es würde etwas Großes werden oder konnte nur etwas Großes oder gar nichts werden, und dazu brauchte sie die Unterschrift des Pfarrers.

b) Derselbige würde für die Predigt zuständig sein und für das Händeschütteln mit den alten Damen, denn das Befremden der Leute über dieses aufregend Neue würde gemildert werden, wenn er die Kerngemeinde ein wenig unter seine Fittiche nahm. ... und nicht zuletzt sollte sich der Pfarrer endlich einmal etwas anziehen, denn ihr schien, er würde ganz Brix aus der Fassung bringen mit der Ausstellung seiner neuen männlichen Sirenenhaftigkeit.

Philomena klopft an die Tür des Pfarrbüros. Nach ein paar Atemzügen öffnet ihr Benjamin Strada und schließt die Tür hinter ihr ab. Auch so ein Novum, das man nicht genug würdigen kann.

„Konspirativ, nicht wahr?“, flüstert er ihr augenzwinkernd zu und geht im drachenverzierten Morgenmantel voran. Als er sich auf die Couch setzt, rutscht einer seiner Rockschöße nachlässig zur Seite. Philomena setzt sich dazu und lenkt ihren Blick so gut sie kann an Pfarrer Strada vorbei in die Weite des Raumes, doch es ist ihr unmöglich, darüber hinwegzusehen, wie filigran der Pfarrer ist, wie feingliedrig, wie durch und durch graziös. Er erinnert sie an einen Schwan. Der Schalk blitzt in seinen Augen. Er zündet sich eine Zigarette an. Hoffentlich hat er gebadet. War das wahrscheinlich? Tat das was zur Sache? Trotz des Rauches glaubt sie, seinen Geruch einzusaugen, einen Geruch nach frischer Vanille mit einem Anhauch von etwas Bitterem. Er beginnt, davon zu reden, dass ohne die Frauen diese Welt schon längst dem Verderben anheim gegeben wäre und dass nur durch die Frauen unsere gefährdete Welt gerettet werden kann. Sie müssten nur stark und laut genug auftreten und sich zusammentun, so wie gerade eben erst gestern Nacht gegen den Superintendenten Baader geschehen. Er fände deshalb, dieses Gemeindefest solle so richtig weiblich werden, ganz und gar durchfeminisiert. Er habe alles in seinem Leben den Frauen zu verdanken. Seine Mutter sei überhaupt die vollkommenste Frau, die er je gekannt habe. „Ich glaube, Sie sind ihr durchaus ähnlich. Sie war ein bisschen so wie Sie", sagt er und lächelt verschmitzt.

Philomena ist berückt, doch sie hat Schwierigkeiten, seinen Worten zu folgen. Sie ist immer noch benommen von der durchwachten Nacht und versucht, sich auf die Gesprächspunkte zu konzentrieren, die sie vorbereitet hat, und es überkommt sie das Gefühl, dass Pfarrer Strada diese doch alle irgendwie schon angesprochen hat. Es gelingt ihr nur schwer, sich wieder zu sammeln, denn sie verspürt eine unbändige Lust, mit den Fingerspitzen an des Pfarrers anmutigem Rist entlangzugleiten. Dieser dunkle Flaum aus Härchen, der wie ein seidiges Tuch seine Beine bedeckte, verbarg den Marmor seiner Knie genauso sehr, wie er ihn enthüllte. Würde eine einzige Berührung sie etwas kosten? Was würde dann geschehen? Mehr, als sie wollte, musste sie. Sie musste in Erfahrung bringen, ob sich dieser seidenschwarze Schleier über seine Hüften weiter nach obenhin fortzog. Sie musste wissen, ob seine Hüften weiß waren, oder auch mit dieser feinen Ziselierung aus samtenen Härchen versehen. Und waren seine Unterarme womöglich außen umhüllt und innen aus reinstem Marmor? Gab es da unter seinen Shorts womöglich einen wunderbaren, ebenmäßig gewachsenen Schwanz mit einer rotbraun schwellenden Eichel, als einem Lust verheißenden Widerhaken?

„Ich weiß nicht, ob Sie das wissen, aber in dieser wunderbaren Frauenbibel da wird Jesus doch tatsächlich von seiner Mutter wiedergeboren“, hört sie Pfarrer Strada verkünden. Philomena beschließt, diese Bibel unbedingt zu lesen, allein schon um zu wissen, wie weit sich deren Botschaft mit der Ahnung, die sie von dieser herrlichen Vorherrschaft der liebenden Mütterlichkeit hat, in Deckung bringen lässt.

„Das spiegelt in aller Stärke die antike Mittelmeertradition und die des Vorderen Orients. Sie werden‘s nicht glauben, aber es gibt in dieser Bibel sogar zwei Versionen dieser Wiedergeburt: Einmal vergießt Maria Tränen über Jesus und die werden zu Blumen, deren intensiver Duft ihn wiedererweckt. Ein anderes Mal hüllt sie ihn in ihren Mantel, drei Tage und drei Nächte lang und weint. Danach macht sie mit bloßen Händen Feuer auf seinem kalten Körper und er steht wieder auf und bleibt für immer unter den Lebenden.“

Philomena beschaut sich Pfarrer Stradas Lippen. Sie bewegen sich unter seinem Bart halb im Verborgenen und wölben sich beim Sprechen gleich aufschwellenden Blütenblättern.

„Wie pikant, dass es da drei Evangelistinnen gibt“, hört sie Pfarrer Strada sagen, „und glauben Sie es nun oder nicht, aber ihre Namen lauten alle drei auf ‚H‘ an!“

Philomena hätte gern die genaue Form seines Kinns gekannt, doch sein Bart verbarg sie vor ihr. Wie süß lastete doch die Schwere dieser durchwachten Nacht auf ihr. Sie fühlte sich wach und schwach zugleich. Geigen und Harfen spielten in den Bäumen vor den Fenstern und ihr Blick wandert über seinen Hals und verharrt bei der Mulde an der Wurzel seines Schlüsselbeins: Eine wunderliche, halbrunde Vertiefung, aus der sie soeben nur allzu gerne ein paar Tropfen lebendigen Wassers getrunken hätte.

Sie neigt sich zu Pfarrer Strada und ist kurz davor, ihm mit ihrer zögernden Hand sanft über das Gesicht zu streicheln, doch dann lässt sie sich nach hinten fallen und schließt für kurze Zeit die Augen. Was für eine Übermüdung, was für ein gefährlicher, was für ein allzu einlullender Wahn! Pfarrer Strada redet unbeirrt weiter. Philomena blinzelt und ihr Blick rutscht seine übergeschlagenen Beine entlang bis hinab zu seinem blauen Badepantoffel, der nur noch geradeso von seinem irritierend schönen Fuß gehalten wird. Da kann sie nicht anders, als ihm diesen Schuh mit ihrem ausgestreckten Zeh vom Fuß zu kicken, um denselben dann mit liebevoller Ausführlichkeit seinem geschwungenen Fuß wieder anzupassen.

Pfarrer Strada stockt in seiner Rede. Ein kurzer, sonnendurchwirkter Schauer durchpeitscht die Blätter im offenen Fenster und die Luft duftet wunderbar frisch nach Blütenstaub. Pfarrer Strada legt beide Hände auf Philomenas Schultern, als wolle er sie kurzfristig von ihrer Schwäche kurieren. Doch von dort, wo seine Hände liegen, geht eine Wärme und Kraft aus, die bis in ihren Schoß hinab sinkt und selbst noch ihre Zehen durchwirkt. Er zieht sie zu sich heran, küsst sie auf die Stirn und streichelt ihr Haar. Mit weichen Lippen schnappt er nach ihr und sie beißen einander wie kleine Hunde. Seine langen, dunklen Locken ergießen sich über ihre Schultern, er löst ihr Haar und vermengt es mit dem seinen.

Er streichelt ihr Gesicht und entzieht seine Hand, schickt sie auf Wanderschaft über ihre Brüste. Sie gräbt sich mit spitzen Fingern durch den Drachenmantel bis zu seinem Leib hindurch, und sie streifen einander die Kleider ab. Wie ein Schwan im Eis liegt er weiß unter ihr. Endlich hat sie Zugang zu all diesen verbotenen und bezaubernden Stellen an ihm und kann sie zu ihrem Territorium machen. Sie zieht eine Spur von kleinen Bissen, wie einen Vogelzug von seinem Hals über seinen Oberarm bis hinunter zu seinen Füßen.

Kurz darauf ist ihr vieles von alledem schon nicht mehr bewusst, denn ihre Ekstase ist blind und weiß. Sie erinnert sich nur, dass er einem verflixten und verrückten Rhythmus gefolgt war, als er mit seinem wirklich anbetungswürdigen Schwanz in sie eindrang und sie für zeitlose Momente um den Rest ihres Verstandes brachte.

Sie fallen auf der Couch, in Duft und Wärme ineinander verfangen, in einen langen, wohlverdienten Schlaf.

XLII

Philomena hatte der Morgen auf Pfarrer Stradas Couch sehr wohl geschmeckt, und er hatte politisch dazu gedient, den Pfarrer und sie zu harmonisieren. Sie kam sich für Momente wie Kleopatra vor. Benutzte sie den Sex als Machtmittel, um ihre Herrschaft in Brix zu konsolidieren? Nein, es war nicht die Politik, die sie zu Pfarrer Strada trieb. Sie hatte angefangen, seine Seele zu mögen. Und es war nicht zu bestreiten, dass auch sein wunderbarer, schwarzumflorter Körper eine sich steigernde Anziehungskraft auf sie ausübte. Seine schwanenhafte Blässe unter Talar und Cordhosen rief nach ihr. Egal, wie unklug es sein mochte, in diesen heißen Zeiten so sehr mit ihm ineinanderzufließen, so konnte sie doch nicht anders, als ihn zwischendurch immer wieder in ihr Zimmer zu ziehen oder sich von ihm in das seine locken zu lassen.

Und bei alledem standen in Brixdorf die Zeichen auf Sturm. Das Telefon im Pfarrbüro hörte nicht auf zu klingeln: Anfragen von der Presse - man hatte eine Konferenz für den heutigen Tag anberaumt, Anfragen vom Konsistorium, was man denn von den Pressemeldungen zu halten habe, Anfragen des Sup mit dem Anliegen einer Generalinspektion - das konnte ihm so weit ausgeredet werden. Auch das Pfarrgelände rundherum fing an zu pulsieren. Das Verweserhaus füllte sich innerhalb weniger Tage mit jungen Leuten, den selbst ernannten „fine young feminists“, die eigenhändig das Dach reparierten und die Zimmer in dem weitläufigen Gebäude in Besitz nahmen. Philomena organisierte in der Winterkirche, und als diese nicht mehr ausreichte, in der Hauptkirche allabendlich Meetings mit allen, die an der Vorbereitung des Matrifests beteiligt waren. Und sie ahnte, dass es mit einem einzigen Event nicht getan sein würde, denn es gab da ein großes Bedürfnis nach einer gerechteren Gesellschaft und einen allgemein starken Widerwillen gegen die Herrschaft der alten Säcke. Ihr gefiel das Eigenleben, das die Sache entwickelte, und dennoch musste sie schauen, dass sie die Zügel selbst in der Hand behielt. Eines Morgens war zum Beispiel das ganze Verweserhaus über und über mit flammenden Blumen besprayt und mit Sprüchen, wie „Die Macht der Schwänze hat ihre Grenze“ dekoriert worden. Philomena sagte zu den BesetzerInnen, dass sie sich wenigstens etwas Eigenes ausdenken sollten, wie zum Beispiel „Leg den Schalter um auf Pink!“ oder „Lasst die andere Hälfte der Menschheit endlich durchatmen.“ Sie musste diplomatisch sein. Alle fühlten sich wichtig. Alle rochen den verheißungsvollen Duft der neuen Zeit.

Auch Frau Patschinskis Kräfte hatten sich verdreifacht. Neben dem Pfarrbüro hatte sie sich eine Abstellkammer entrümpelt und sie mit einem kleinen Schreibtisch, einem harten Stuhl für sich selbst und bequemen Ohrensesseln für die drei Matronen versehen, wie Hella, Hulda und Herta jetzt allgemein genannt wurden. Dort tippte sie in ausgedehnten Sitzungen deren weiblich neuverfasste Bibel ins Reine, eine, zwei oder auch alle drei der Matronen saßen ihr dabei gegenüber, funkelten mit den Augen und verlasen mit lauter Stimme ihr Werk. Es war wichtig für sie sicherzugehen, dass Frau Patschinski in dem Wust aus eingeklebten Schnipseln und Satzfragmenten die richtige Navigation behielt. Sie planten, die Matribibel in Kürze auf einem Online-Selfpublisher-Portal zu veröffentlichen, damit sie zum Matrifest in hoher Auflage vorläge.

Das Pfarrbüro summte wie ein Bienenstock. Ein Organisationskommitee hatte dort unter Anleitung von Philomena und Frau Patschinski die Koordination von praktischen Fragen übernommen: Wie Veranstaltungstechnik oder Zeitlplan bis hin zu solch simplen Dingen wie dem Aufstellort der Ökotoiletten. Es war schwer zu kalkulieren, mit wieviel Leuten man würde rechnen können. Pfarrer Strada war jetzt wieder viel in der eigenen Gemeinde unterwegs, gratulierte, ermunterte und konjugierte die Inhalte seiner neuen religiösen Matriidentität. Der erste Gottesdienst nach seiner Verwandlung war gut besucht. Viele wollten gar nicht gehen und drängten darauf, bei der großen Sache mithelfen zu dürfen. Allein also mit den Leuten, die jetzt schon da waren, der Gemeinde, der feinen feministischen Jugend und deren Freundinnen und Freunden sowie den Neugierigen aus der Umgebung würde das Gelände schon erst einmal nicht leer aussehen. Unabhängig von den Zahlen und von den Plattmachambitionen des Superintendenten Baader hatte Philomena das Gefühl, dass die Ideen, die sie hier ausbrüteten, weit mehr als einen kleinen Eingeschworenenkreis berühren würden.

XLIII

Philomena hatte für heute eine Pressekonferenz anberaumt. Die Technikerinnen aus dem Verweserhaus, sie nannten sich „die patenten Tanten“, hatten auf ihr Geheiß Mikrofone und eine Lautsprecheranlage im Pfarrhof installiert.

Als Philomena und Pfarrer Strada auf die Balustrade vor dem Pfarrbüro treten, trauen sie ihren Augen nicht. Der Hof ist zugeparkt mit Autos und dazwischen drängen sich Journalisten und Schaulustige. Die Fine Young Feminists hängen in gewagter Akrobatik aus den Fenstern des Verweserhauses, johlen, winken und taxieren kaugummikauend die Lage im Hof. Frau Patschinski tritt soeben in Begleitung der drei Matronen aus dem Bibelbüro auf Philomena zu und flüstert: „Bleiben Sie so nebulös wie Baader, sonst macht der uns den Laden hier dicht, noch ehe wir so richtig losgelegt haben!“ Philomena nickt. Sie schaut hinab und erkennt in der Menge den Journalisten Diederich Rodenwald, der im Frühjahr beim Yachthafen ihren Retter gespielt hatte. Er schießt einen lüsternen Blick in ihre Richtung, hebt den Arm und ruft: „Herr Pfarrer! Die sozialen Medien sprechen von einem Matriarchat in Ihrer Gemeinde. Schießen Sie los und dementieren Sie!“ Gelächter seitens einiger Schaulustiger und Journalisten, Pfiffe aus dem Verweserhaus.

„Das mag Ihr Wunsch sein, schön und gut, aber ich dementiere nicht! Es sind hier endlich einmal nicht Menschen, die ein weiteres Kapitel Patriarchat schreiben, sondern Frauen und Männer, die ein erstes Kapitel Matriarchat schreiben, und ich bin stolz darauf!“ Pfarrer Strada wechselt einen kurzen Blick mit Philomena, die ihm anerkennend zunickt.

„Herr Pfarrer“, ruft ein weiterer Journalist, „Glauben Sie und Ihre Frauen wirklich, dass Sie die Welt verbessern können?“

Frau Patschinski entreißt Pfarrer Strada das Mikrofon. „Erst einmal ist das hier kein Harem, sondern eine evangelische Kirchengemeinde. Zweitens wird es am 21. Juni ein Gemeindefest geben, mit einem nicht ganz geläufigen Thema. Ein Thema, das lautet, und jetzt spitzen Sie mal die Ohren: ‚Wie geht die Bibel weiblich?‘“

Vereinzelt ist Applaus zu hören. Philomena und Frau Patschinski tauschen triumphierende Blicke. Philomena nimmt das Mikrofon. „Es handelt sich hier um ein künstlerisches und gesellschaftliches Laboratorium. Matriarchat trifft Religion und zeichnet diese in weiblicher Handschrift neu.“

Die drei Matronen haben sich inzwischen hinter Philomena aufgebaut, sie stehen außerordentlich fest. Entschlossenen Blickes fixieren sie die Menge.

„Wer ist der Kopf der Bewegung?“, fragt eine Journalistin mit Maulwurfsgesicht und dicker Brille.

„Wir sind hier vollauf demokratisch", antwortet Philomena, „die Organisation verteilt sich auf breite Schultern."

Ein Gehupe und Geschiebe an der Einfahrt zum Pfarr-hof sorgt für Unruhe. Vier Frauen und ein Mann mit knallpinken Perücken und spiegelnden Sonnenbrillen betreten den Pfarrhof, gefolgt von Journalisten, die sie mit Mikrofonen und Fragen einzukreisen versuchen, auf die sie nicht antworten. Wenn dieser Aufzug von Marie Ana und ihrer Band eine Art Tarnung gewesen sein soll, dann war sie durchaus misslungen.

Journalisten und Neugierige drängen jetzt bis an die Balustrade. Marie Ana und ihre Band bahnen sich einen Weg nach vorn und schreiten in großem Staat die Freitreppe hinauf. Sie verschwinden hinter Philomena im Pfarrhaus, einige junge Männer tragen ihnen große Gepäckstücke hinterher.

Dann kommt Marie Ana zurück, schaut über den Rand ihrer spiegelnden Brille und statet ins Mikro: „Wir, die Band Pink Spring Summit, wurden wegen unseres grandiosen Menstruationsvideos sowohl mit Rosen als auch mit Scheiße beschmissen. Wir ziehen uns jetzt für ein paar Tage hier ins Kirchenasyl zurück." Buhrufe und Pfiffe. Marie Ana legt die Handflächen wie zum Segen auf die Menge: „Keine Angst, wir sind nicht fort", sagt sie. „Zum Matrievent gehen wir hier gemeinsam mit Euch allen direkt durch die Decke!"

Jubel von den Verweserhausfenstern. Applaus selbst unter den Journalisten.

So weit, so diskret, denkt Philomena, und doch ist Marie Ana, die jetzt im Pfarrhaus verschwindet, eine Meisterin der Publicity.

Jetzt löst sich Herta aus der Skulpturengruppe der drei Matronen und stellt sich vor den Mikrofonständer. „Es ist Zeit, die Vorzeichen umzukehren. Ich und diese zwei Damen hier haben Worte empfangen, die Sie interessieren werden". Sie vernimmt mit Genugtuung das Raunen und reiht sich wieder zwischen ihre zwei greisen Freundinnen.

Im nächsten Moment ergreift Pfarrer Strada das Wort. Er hatte Philomena zwischenzeitlich die Hand gestreichelt und sie romantisch angesehen, so dass sie schon fürchtete, er würde als Nächstes ihrer beider Verlobung bekannt geben. Pfarrer Strada aber verkündet der Menge, er sei der erste Bekehrte dieses neuen Schriftwerks und er sei sicher, ihm würden noch viele weitere folgen.

Die Maulwurfsjournalistin kreischt: „Ist das nicht Häresie?"

„Wir stellen nicht das Göttliche an sich in Frage", sagt Philomena möglichst langsam, denn schnell Reden wirkt unglaubwürdig, das hat sie neulich irgendwo gelesen, „wir werten es nur um. Denn das Göttliche ist in jeder und jedem von uns."

Da reckt sich Diederich, der Journalist vom Yachthafen, kampfeslustig. „Man hört, bei diesem Fest zieht eine Künstlerin die Fäden, die mit ihrem Werk bisher rundum gescheitert ist. Mich interessiert, was haben wir da zu erwarten? Und von diesem Pfarrer da geht das Gerücht, dass er kurz vor seiner Abdankung steht." Die Menge rumort. Pfiffe und Applaus. Philomena stockt der Atem.

„Ich nehme nicht an", ruft Pfarrer Strada, „dass Sie besonders viel von Kunst verstehen. Visionärinnen stehen immer einsam, und ihr Potential wird immer erst im Nachhinein erkannt!"

Philomena staunt über Stradas kämpferische Neugeburt. Sie schaut ihn an, zwinkert ihm zu, schaut mit großer Konzentration in die Menge und beendet die Pressekonferenz, nicht ohne Diederichs sich abwendender Lederjacke zuzurufen: „Die Zeit ist reif für das Zeitalter der Frauen, ob Ihnen das passt oder nicht, Herr Rodenwald!"

XLIV

In der abfließenden Menge, in der sich Grüppchen zu Gesprächen und Diskussionen bilden, drängen sich Viky, Valli und deren Galeristin nach vorn.

Valli flüstert etwas zu laut ins immer noch offene Mikrofon: „Ihr habt ja krass viel Presse, dürfen wir bei eurem Ding da mitmischen? Du weißt schon, der Göttinnenpantheon.“ Philo nickt verwundert über diesen prompten Sinneswandel, Valli zeigt Viky einen aufgerichteten Daumen und richtet ihren Mützenschirm, während sie, die Menge taxierend, ans Mikro tritt. Noch ehe Philomena etwas sagen kann, verkündet sie,

„Alle nochmal herhören, die Galerie Prunsheim hat da ein fettes Ding auf Lager, exklusive Erstaufführung zum Matrifest: Mittsommernachts- und Göttinnendämmerung!“ Und sie beschreibt die Formation des femininen Pantheons, wie Philomena sie nach der Nachtsitzung vorgeschlagen hatte. Die Journalistenmenge hat wieder angebissen und Kameras und Aufnahmegeräte wie gierige Insekten in Position gebracht. Der spezielle Jargon von Valli scheint keinen zu schrecken.

Viky und die Galeristin schmiegen sich nach dieser Ansage geradewegs an Philomena, um mit ihr die Einzelheiten zu besprechen. Sie wollen eigene Flyer drucken lassen, eine fiktive Embassy of Womenkind und eine fiktive Frauenkunsthalle sollen als Trägerinnen erwähnt werden. Sie wollen dadurch darauf aufmerksam machen, dass es genau so etwas noch nicht gibt, und sie betonen, sie seien ziemlich stolz, fiktiv etwas Derartiges zu installieren, denn sie hoffen, dass das gerade dadurch eines Tages Wirklichkeit wird. Philomena lobt sie, findet, dass das auch ihre Idee hätte sein können, zwinkert. Insgeheim ist sie sich sogar ziemlich sicher, dass sie in ihrem Nachtgespräch neulich so etwas in der Richtung erwähnt hat, wundert sich, dass sich Viky und Valli mitsamt Frau Prunsheim jetzt doch so weit aus dem Turm der etablierten Kunst hinauslehnen, dem sie doch immer so dringend haben zugehören wollen.

Das ganze Matrifest schien bisher ein Puzzle aus chaotischen Einzelteilen, aber alle diese Frauen waren elektrisiert, sie waren stark, sie hatten eine Mission, starke, revolutionäre Einzellerinnen, die Brix zum Brodeln brachten. Wie konnte so ein einfaches Kirchenfest unter weiblichen Vorzeichen plötzlich so viele gute Leute anziehen? War es der Geist der Zeit, oder war es einfach nur: Wo der Teufel einmal hinschiss, da machten gern auch andere ihren Haufen? Und wo ein Publikum ist, da sind auch Künstler nicht fern? Das mochten Viky und Valli im Sinn haben. Sie rochen den Erfolg und mussten unbedingt ein Teil davon werden. Und Philomena brauchte sie, weil sie ihre Idee eines Matriuniversums visualisierten.

Philomena fühlte, dass sie in die Höhe baute, ohne einen festen Plan zu haben und dass sich die Dinge so beschleunigten, dass ihr selber davon ganz schwindlig wurde.

Doch sie hatte auch das neue und wunderbare Gefühl, eine Menge Freundinnen hinzugewonnen zu haben. Unbezahlbar unter ihnen war besonders Frau Patschinski, die es nicht schreckte, ein Gebilde von inzwischen zwanzig Unterevents, wie dem Konzert, dem Göttinnenpantheon, uns der Sit-ins zu koordinieren. Sie hatte dem Ganzen eine Gruppe von Heilerinnen und Trainerinnen hinzugefügt, die in einem Baumzelt hinterm Teich den Frauen Stärke und Selbstvertrauen eincoachen sollten. Auch war eine Gruppe von Frau-Patschinski-Doubles aufgetaucht, Freundinnen aus ihrer Katechetinnenausbildungszeit, mit denen sie teilweise erst nach Jahrzehnten wieder Kontakt aufgenommen hatte und die als freiwillige Helferinnen mitwirken würden. Marie Ana würde Philomena von ihrem üblichen hohen Ross herunter bitten müssen, um sie dazu zu bewegen, über deren feministische Netzwerke und Kanäle in den sozialen Medien noch weitere Helferinnen zu gewinnen. Denn dieses Matrifest konnte sich leicht zu einem mehrtägigen Camp mit offenem Ausgang auswachsen, und da musste sie vorbeugen, damit das Ganze nicht in vollem Gange an mangelnder Logistik ins Stocken kam. Jemand musste Dinge, wie die Versorgung mit Schlafsäcken, Jeans und Essen organisieren. Geldmittel würden aufzutreiben sein, Spenden von außerhalb und von den Besucherinnen. Doch sie hatte das Gefühl, mit Frau Patschinski im Rücken ließe sich das alles schaffen.

Als Philomena sich in die Sakristei zurückzieht, um mit geschlossenen Augen auf einem Stuhl zu sitzen und einen kurzen Moment der Ruhe zu genießen, wird sie von Valli überrascht, die ihr den Bildschirm ihres Telefons vor die Nase hält. Es läuft eine Videobotschaft von Rentz für Philomena, in der er sie zur Einweihung eines gewissen Projekts in den Hauptbahnhof einlädt. Er danke ihr noch einmal für‘s Ideenstiften. Philomena notiert sich Datum und Uhrzeit der angekündigten Eröffnung und sagt zu Valli weiter nichts.

XLV

Drei Tage später steht Rentz im Berliner Hauptbahnhof Tief auf dem Bahnsteig 3 hinter einem orangefarbenen Band und hebt eine riesenhafte Schere feierlich wie ein Zepter. Für die Schere - reiner Stahl, nobelfeine Patina, Modell Original 50er - haben seine Assistenten ganz Berlin durchkämmt. Ihn umsteht eine Menge förmlich gekleideter Menschen, die Herren in Anzügen in Facetten von grau bis blau, die Damen in Schwarz, als wollten sie ein Loch in das stahlblitzende Ambiente des Bahnhofs schneiden. So wie jetzt Rentz, Achtung, verehrte Massen, hier kommt sein Schnitt: Präzise, klassisch und von erhebender Natur. Hoffentlich kann Philomena ihn jetzt auf irgendeinem Bildschirm hier im Bahnhof sehen. Er ist sich sicher, dass sie kommt. Er setzt die Schere an das Band. Nach diesem Moment hat es ihn seit Monaten gedürstet. Schnapp - schawapp, das Band schwebt zweigeteilt zu Boden. Im selben Moment sackt der ganze Bahnhof in ein graues Dämmerlicht - Es ist ein Notlicht, für das er sich durch eine Menge von Instanzen hatte kämpfen müssen.

Applaus klackert von rundherum. Ein mehrdeutiges Raunen erklingt aus den umliegenden Ebenen, vermischt mit Ansagen zum Zugverkehr. Eine Ansage zu dieser mutwillig herbeigeführten Dämmerung der Zivilisation gibt es jedoch nicht, das hatte er durchgedrückt, für sich, für Philomena.

Oben in der Eingangshalle bemerkt Philomena sofort, dass kurz nach ihrem Eintreten die sonnendurchflutete Glashalle hier und da ihre Farben und Lichter wie überflüssige Federn fahren lässt. Konnte das wahr sein? Hatte Rentz ihre Hauptbahnhofidee geklaut, um sie als seine eigene auszugeben? Sie hatte so hart gearbeitet, ihn zu vergessen, und da drängt er sich ausgerechnet jetzt, wo in Brixdorf alles so heiß hochkocht, mit diesem fiesen Trick zurück in ihr Leben.

Philomena nimmt die stehenden Rolltreppen abwärts mit doppelten Schritten, je tiefer sie kommt, desto grauer wird alles, desto wirkungsvoller ist der von ihr geplante Effekt. Die Leute stehen ratlos an den Fahrkartenautomaten, die nicht mehr funktionieren, klopfen auf den Kaffeespender ein, der verzweifelt summt, zerren ihre Koffer die stehenden Treppen hinunter, da auch der Fahrstuhl nicht mehr funktioniert. Unruhe und Verärgerung, stiere Blicke.

Philomena betritt den Bahnsteig 3 Tief, tritt vor die Leinwand mit den 35 Blöcken - Übertragungen aus allen Ecken des Bahnhofs - die genau in diesem Moment wieder von dämmrigem Grau auf vielfarbiges Leben umschalten, bis man das dem Bahnhof eigene Gewimmel und Gewusel wieder vollends wahrnimmt. Applaus, vielfaches Händeschütteln zwischen Rentz und den Honoratioren. Doch als der Bürgermeister ihn mit weit ausladenden Armen kumpelt, drängt sich Philomena mit ruppiger Geste dazwischen, straft

Rentz mit einem vernichtenden Blick und knipst den Videoprojektor aus. Sie zerrt einen Minibeamer aus der Tasche - ein Gimmick, das ihr Marie Ana in aller Hast mit auf den Weg gegeben hat, und hält ihn auf die Leinwand. Farbfotos füllen das Format. Sie zeigen einen Wandelgang mit Sandsteinsäulen, auf denen nachlässig A4- Blätter mit Zeichnungen und Gekritzeltem kleben.

„Dies ist eine OpenAir Ausstellung aus dem Jahre 2004 mit lauter Kunstprojekten auf Papier", lässt Philomena sich mit zunächst noch brüchiger Stimme vernehmen, „eine Nacht- und Nebel-Ausstellung von mir auf der Museumsinsel im Kolonadengang neben der Alten Nationalgalerie."

Weitere Fotos zeigen Nahaufnahmen eines einzelnen Blattes, das mit Kreppklebeband auf Sandstein geklebt ist und mit „HauptbahnhofDämmerung" überschrieben ist. Ein Raunen geht durch die silberschwarze Menge. Philomena freut sich: Man scheint zu kapieren. Sie bemerkt, wie die Meyer-Geiwinkels seitlich von ihr unruhig werden. Bernhard sieht sich mit langem Hals nach Sicherheitskräften um, während Iris Rentz mit tiefbraunem Rehblick anfleht, er möge diesen Spuk beenden.

Philomena weiß, sie muss jetzt weiterreden, um der Menge da und Rentz den Rest zu geben. Sie räuspert sich und nimmt das Mikro. „Rentz Brentano hat hier ohne mein Wissen ein Konzeptkunstwerk realisiert und als sein eigenes angepriesen, das ich vor genau zehn Jahren entworfen habe. Dies sind Bilder einer Ausstellung, in der ich 27 Konzeptideen auf A4- Papieren zeige, derer eine genau eben von diesem Hauptbahnhof handelt, der sich eine Woche lang mehrmals täglich für jeweils eine Minute auf Notlicht schaltet, je nach dem, wie oft durch zufällige Gäste ein immer wieder anderer Knopf im öffentlichen Teil des Gebäudes die Scheinhavarie auslöst."

Meyer-Geiwinkel will mit ruckartigen Zuckungen seines Kopfes Rentz zum Zugriff auf Philomena bewegen. Der aber senkt die flach vor ihm ausgestreckten Hände, wie ein Deichgraf, der die Flut beschwichtigt.

Meyer-Geiwinkel spricht und gestikuliert mit zwei Wachmännern, die daraufhin entschlossen auf Philomena zuschreiten. Rentz stellt sich ihnen in den Weg. Während Philomena weiterspricht, gibt es ein Handgemenge zwischen ihm und den Wächtern, in das sich auch Meyer-Geiwinkel einmischt mit dem ganzen Gewicht seines honorigen Bauches, um Rentz, der ihm den Zutritt zu Philomena verwehrt, zu tackeln und barsch auf den Bahnsteigboden niederzuringen. Iris zieht ihn von hinten beiseite und tupft Rentz einen Spritzer Blut vom Mund. Verschiedenste Hände wollen Meyer-Geiwinkel in die Menge der Wartenden zurückbeordern. Der aber macht sich frei, um das Mikrofon an sich zu reißen. Die beiden Wachmänner ziehen Philomena beiseite, Rentz, am Boden sitzend, kriegt beide an den Hosenbeinen zu fassen, und wird im Gehen zur Seite geschleift.

Hallig ertönt Meyer-Geiwinkels Stimme aus den Lautsprechern: „Meine sehr verehrten Damen und Herren, bitte sehen Sie dieses kleine Intermezzo als Teil unserer heutigen Kunstaktion. Ich und die anderen Mitglieder der Kommission haben das Werk ausgewählt, weil es klar ist und simpel und seinem Publikum in kürzester Zeit die" - hier schaut er auf einen Zettel - „Verletzlichkeit unserer Zivilisation vor Augen führt. Dass eine vollkommen Unbekannte ein solches Paradekunstwerk für sich reklamiert, ist nur natürlich. Für ein Schlechteres würde wohl kaum einer um die Autorenschaft buhlen." Gelächter bricht aus der Menge. Inzwischen jedoch hat Rentz es geschafft, die Wachmänner dazu zu bringen, von Philomena abzulassen. Philomena wendet sich zum Gehen, aber Rentz nimmt sie bei der Hand und tritt mit ihr ans Mikrofon, das Meyer -Geiwinkel nur widerwillig freigibt.

„Liebe Öffentlichkeit, liebe Presse, liebe Welt", sagt Rentz außer Atem und teils im Falsett, „ich habe etwas zu offenbaren. Dieses Konzept hier ist tatsächlich von Philomena Gutendorff, einer der größten Künstlerinnen unserer Zeit", und er reißt ihren Arm hoch, als ob er die Siegerin eines Ringkampfes bekannt gäbe. „Und dass wir das verborgen haben, dafür gibt es natürlich einen guten Grund, denn ohne Protektion wird man in diesem Kunstbetrieb gar nichts und leider oft auch nicht, ohne einen Schwanz zwischen den Beinen zu haben."

Philomena schaut ihn verwundert an. Sie ist amüsiert. Er hält noch immer ihre Hand, wie um sicherzugehen, dass sie nicht noch einmal fortgeht.

„Genau ebendieses Projekt hier", setzt er erneut an, „hat es unter Philomenas Namen nicht einmal bis in die Vorauswahl geschafft, ich glaube sogar, es blieb ungelesen." Rumoren in den Reihen der Gäste und Juroren. „Dann habe ich es kurzerhand an mich gerissen und es als mein Eigenes verkauft. Da ich mit einigen Mitgliedern der Jury per du bin, und man mich kennt, wurde das Projekt stehenden Fußes preisgekrönt und zur Umsetzung nominiert.“

Meyer-Geiwinkels Gesicht schrumpelt zusammen, Iris guckt unruhig in die oberen Ecken der Halle, dann auf ihre goldberingte Hand. Verschiedene Stimmen sind aus der Menge zu hören: „Sie haben die Kommission betrogen!“ und „Der versaut sich seine Karriere!“ und „Wer sagt denn, dass wir das Projekt nicht doch genommen hätten, wenn es nicht so schlampig präsentiert gewesen wäre von ebendieser Frau Gutendorff.“

Meyer-Geiwinkel will erneut nach vorn gehen, aber Iris hält ihn zurück.

Rentz zieht sein Sakko aus, reibt sich ein paar schweißnasse Strähnen aus der Stirn und beugt sich über das zu tief liegende Mikro. Er hat beschlossen, Zeit zu schinden. Das kann nie schaden. Meyer-Geiwinkel muss in einer viertel Stunde zu einem anderen Termin, das weiß er und Philomena steht hier fest neben ihm und das ist einfach wunderschön. Er erklärt, dass es für einen Tag im Verlaufe dieser Woche jeweils immer einen wunden Punkt im Bahnhof geben werde, mal wäre das der Button für die Instantsuppe am Kaffeeautomaten auf Ebene Eins, dann wieder ein zentraler schwarzer Sitzwürfel in der 1. Klasselounge oder der Ein-Euro-Einwurf für die kleine Modelleisenbahn, bei der die Lok immer Achten führe.

Er sei sich sicher, dass es jetzt schon Leute gäbe, die den ganzen Bahnhof nach diesem einen Zufallsknopf abspürten. Es würde Streit um diese Auslöser geben, manche würden sie überkleben wollen, andere bewachen, wieder andere die Bewacher ablenken, um noch einmal diesen ungewöhnlichen Effekt zu erproben, um genau diese Gesamtverdunkelung herbeizuführen, die uns kurzzeitig auf uns selbst zurückwirft.

Rentz spürt, wie der Widerstand in Philomenas Hand weicht, wie sie jetzt ruhig und bestimmt die seine hält. Er ist glücklich, weil er merkt, dass ihre Flucht vor ihm zu Ende geht.

Philomena wiederum wird, während Rentz so spricht, bis in die letzte Faser klar, dass dieser Mann, den sie monatelang unter einem Sandberg des Vergessens mutwillig begraben hat, währenddessen mit Haut und Haaren in ihre Hauptbahnhofidee hineingeschlüpft war, sich ihr so hingebungsvoll und artig anverwandelt hatte, wie es jemand nur aus Liebe tun kann oder für zigtausende Euro. Er steckte von Kopf bis Fuß in jeder Ritze dieses Kunstkonzepts und musste wohl all diese Wochen unter hoher Spannung seine gesamte Zeit investiert haben, um Philomena ihre eigene Idee vollständig umgesetzt zurückzuschenken unter der Gefahr, seine eigene Karriere gänzlich zu ruinieren.

Nicht ausgeschlossen selbstverständlich, dass ihm diese Idee der Rückübereignung auch gerade eben erst gekommen war.

Sie nimmt Blickkontakt mit Rentz auf, tritt ans Mikrofon und spricht: „Diese Arbeit hier von Rentz nach einer Idee von mir ist Teil eines großen Gesamtkunstgebildes über weibliche Visionen zur Bewahrung unseres Planeten. Seien Sie herzlich eingeladen und kommen Sie am 21. Juni zur Dorfkirche nach Brix. Erleben Sie Ihr blaues und lila-pinkes Wunder!“

Philomena kommt sich ein wenig vor, als sei sie für einen Zirkus als Marktschreierin unterwegs, aber für die gute Sache musste es sein. Rentz und Philomena umarmen einander. Rentz drückt ihr einen leidenschaftlichen Kuss auf. Sie nippen und trinken voneinander unter der Presse Blitzlichtgewitter. Iris Meyer-Geiwinkel wartet seitlich auf den exakt richtigen Moment, um Rentz eine Ohrfeige zu verpassen, doch wird sie von Tränen und Schauder so sehr geschüttelt, dass sie sich, ihr Gesicht in einem Taschentuch verbergend, abwenden muss. Worauf Meyer-Geiwinkel ins offene Mikrofon raunzt, er würde Rentz jetzt gern eine reinhauen, wenn das nicht vollständig aus der Mode wäre. Aber Achtung. Er hebe sich das für später auf.

XLVI

Philomena und ganz Brixdorf arbeiten auf Hochtouren, es sind nur noch wenige Tage bis zum Matrifest. Gelegentlich schaut Rentz vorbei, um sie mit Blicken und Küssen zu belagern, aber sie schickt ihn weg, weil sie sich auf die Sache konzentrieren muss. In Wirklichkeit möchte sie, wenn nach dem Matrifest ein wenig Luft ist, in Ruhe darüber entscheiden, welchem ihrer beiden Liebhaber sie ihr Herz schenken wird und ob überhaupt einem von den beiden.

Am Tag Drei vor dem Matrifest zieht Frau Patschinski sie in ihre kleine Schreibkammer. Sie hat ein Probeexemplar der Matribibel drucken lassen, das sie, in blasslila Leder gebunden, feierlich vor Philomena hinlegt. Es trägt in Golddruck die Aufschrift „Allmutter. Das erneuerte Testament“. Philomena schlägt blind eine Seite gegen Ende des Buches auf. Sie befindet sich in den „Offenbarungen der Hella“. Es ist das erste Mal, dass sie Zeit findet, diese neue Heilige Schrift zu begutachten. Mit Erstaunen liest sie von einer Brigitta, deren Mann Hartmut soeben verstorben ist und die mit ihrem Nachbarn Kurt im Gartenhäuschen Totenwache hält. Tagsüber stickt sie an einer Madonna, des Nachts verhüllt sie mir ihr den Spiegel. Der Pfarrer nimmt statt der Aussegnung eine Einsegnung vor, wird zurückgebeten, kommt aber nicht. Unterdessen umsorgt Nachbar Kurt seine Brigitta hingebungsvoll und vergisst wohlweislich, die Tage vom Kalender abzureißen, in der Absicht, damit die Zeit der Zweisamkeit ins Unendliche zu dehnen. Währenddessen liegt Hartmut auf dem Couchtisch aufgebahrt, und wundersamerweise verwest er nicht. Kurt ist kurz davor, Brigitta seine Liebe zu gestehen. Er ist schon auf den Knien, sie schaut auch endlich von ihrem Stickzeug auf, doch zum hundertsten Male wagt er es nicht.

Es kommt der Tag, an dem die Madonna vollendet ist. Brigitta fragt Kurt, welches Datum heute sei. Die wochenlange Zweisamkeit unter der Zeugenschaft eines Toten findet ihr jähes Ende darin, dass Brigitta und Kurt die ganz gewiss wundertätige Madonna gemeinsam zur Kirche prozessieren.

Philomena hält im Lesen inne. Ihr kommt der Verdacht, dass diese neue Bibel auch den Ausgang des Matrifestes enthält. Sie widersteht der Versuchung, sie ganz bis zum Ende durchzublättern, und klappt die Matribibel zu.

XLVII

Der Tag des Matrifestes ist herangekommen. Kurt schaut aus seinem Bau in einen phantastischen Frühsommermorgen: Sonnenschein, braves Wetter - ein Samstag, wie man ihn sich nur wünschen kann. Er geht durch die Lücke in der Hecke hinüber in Brigittas Garten, die mit einem Kaffee und ihrem Stickzeug feierlich gekleidet auf ihrer grünen Bank sitzt.

„Kurt, die Madonna ist fertig, heute prozessieren wir sie."

„Prozessieren? Wirklich? Ich werd mal nachschlagen, wie das geht.... Hatten wir nicht etwas Besseres vor, was war das nochmal?"

„Kurt, die Sache ist einfach."

Brigitta schiebt zwei Bambusstäbe in die Säume des Madonnentuchs und hakt es oben in den Birnenpflückstab ein.

Hartmut war gestern abgeholt worden. Seine sterblichen Überreste vielmehr. Kurt hat gewusst, dass sich dann etwas ändern würde, dass dann ihre Idylle endgültig vorbei war. Er hatte extra eine Reise gebucht für morgen für sie beide. Fuerteventura. Damit Brigitta nicht auf die Idee kam, sich von ihm zu separieren. Er hat es ihr noch nicht gesagt. Er ist ihr gegenüber so schüchtern wie am ersten Tag, als er in den

Nachbargarten einzog und dieser Offenbarung von einer Frau gewahr wurde.

Sie drückt ihm den Stab in die Hand. Er muss aufpassen, dass er am Birnbaum und am Flieder vorbeikommt, ohne dass sich das wertvolle Tuch in den Rosen verfängt. Sein Gott, das gemütliche Paradies aus Kaffeetrinken, Sticken und ein bisschen Gartenarbeit war nun vorbei, soviel war vollends klar. Er hatte sich extra für über einen Monat krank schreiben lassen, um diese Zeit mit Brigitta vollends genießen zu können. Auf jede ihrer leisesten Regungen und Wünsche hatte er immer sofort reagiert. Es hatte ein permanentes Knistern in der Luft gelegen. Was nichts daran änderte, dass er abends jedesmal wieder in sein Häuschen ging, das gleich neben ihrem liegt, um dort weiter an sie zu denken und auf den nächsten Tag zu hoffen. Er wusste allerdings nach all den Jahren schon gar nicht mehr, ob es ihm noch um eine körperliche Vereinigung mit ihr ging. Es würde ihm inzwischen wohl auch genügen, einfach nur immerzu in ihrer Nähe zu sein, auch im Winter, wenn das Wasser in der Kleingartenanlage abgestellt war und niemand mehr hier wohnen konnte.

„Langsam, langsam“, sagt Brigitta hinter ihm und legt ihm die Hand auf die Schulter. Dann nimmt sie den alten Feuerkessel vom Torpfosten, in dem frisch getrockneter Salbei und Lavendel liegen, und murmelt etwas darüber. Vor einer Woche hatte sie ihn die Kräuter bei Vollmond sämtlichst genau um Mitternacht schneiden lassen und ihm nicht gesagt, wozu.

Ralph Sauter, alt und störrisch, ein Nachbar, der hier in der Gartenkolonie einmal ziemlich viel zu sagen gehabt hatte, steht mitten auf dem schmalen Querweg. Kurt hält inne.

„Ne komische Figur machste da, das ist dir wohl klar“, sagt Ralph.

Für Kurt war eindeutig, dass er all die Jahre nicht als der größte Held hatte durchgehen können mit seiner für alle offensichtlichen vergeblichen Verehrung für Brigitta. Kurt bleibt stehen. In den Gärten am Querweg stehen Kleingärtner an den Zäunen, als hätten sie ihn und Brigitta erwartet. Hier in der Anlage war es wie vor der Erfindung des Fernsehens: Wenn sich etwas Außergewöhnliches auf dem Querweg tat, kamen alle gucken.

Kurt tritt Ralph beschwingt entgegen und latscht ihm wie aus Versehen auf den Fuß. Er weiß, dass Brigitta sich darüber freut. Ein lautes „Auutsch du Trottel“ ertönt neben ihm und Lachen. Kurt sieht sich um. Hinter ihm schreitet in Goldbluse und schwarzem Rock Brigitta, gefolgt von einer kleinen Schar von Leuten. Brigitta schaut stoisch über ihn hinweg, schreitet erhaben wie eine Königin auf dem Weg zur Krönung.

Auf dem Hauptweg gibt es bereits ein Gedränge. Wollten die jetzt alle auf den Samstag noch schnell zum Einkaufen? Oder kamen sie, weil sie wissen wollten, was er, Kurt mit seiner Madonna am Stab, denn da machte? Waren sie Anhänger von Maria? Würde das alles Einfluss auf Brigittas und seinen Urlaub haben? Kurt fühlt sich kurz wie auf einer der Ersten-Mai-Demos seiner Kindheit, auf der er sich auch immer ein wenig fehl am Platze vorgekommen war. Aber alle gingen dahin, weil man bei Nichthingehen angezählt wurde. Ihm, Kurt, wäre ein bisschen mehr Heimlichkeit bei dieser Prozession lieber gewesen, warum waren sie nicht schon vor dem Morgengrauen aufgebrochen? Sie treten durch das weit offen stehende Haupttor und Kurt muss feststellen, dass es von der Brixdorfer Hauptstraße, an der viele andere Kleingartenkolonien liegen, jede Menge Leute hinter ihnen herzieht. Kurt hat den Eindruck, dass das teils wider ihren Willen geschieht, denn sie kamen in kurzen Hosen, verbeulten Arbeitsanzügen und zerlatschten Crocs, trugen frisch gepflückte Blumen in den Händen und schlossen sich der Prozession an, scheinbar ohne weiter darüber nachzudenken, aus einer inneren Notwendigkeit heraus, weil irgendetwas in ihnen das tun musste.

Kurt wusste nicht genau, was der Grund dafür war, aber irgendwie hatten Brigittas Allmacht über ihn und die Allmacht dieser Madonnengöttin ein und dieselbe Ursache.

Brigitta schritt als seine Königin neben ihm und legte ihre Hand in die seine. Vor der Brixdorfer Kirche staute sich eine Menschenmenge, auch die Autos kamen nicht mehr weiter. Für ihn und Brigitta öffnete sich ein Korridor, sie schritten die Treppen zum Kirchenportal hinan.

Plötzlich stürmt von der Seite ein Mann mit einer Axt unter schlimmen Flüchen auf seine geheiligte Brigitta zu und Kurt erstarrt fast zu Eis. „Gottverdammich, nein höllmich, verdammt nochmal“, stammelt der Mann, hält inne, und als Brigitta ihm ihren Feuertopf unter die Nase hält, deren räuchernde Kräuter sie soeben in Brand gesetzt hatte, lässt er seine Axt fallen und reiht sich friedlich in die Prozession hinter ihnen ein.

Die Kirche sieht vollständig anders aus, als Kurt sie in Erinnerung gehabt hat. Ein rosagoldenes Licht durchflutet sie, sphärische Klänge machen sich breit. Die Kirchenbänke sind entfernt, rechts vor dem Altar steht ein wunderschönes halbrundes Zelt, davor Kissen auf dem Boden. Philomena begrüßt Brigitta und Kurt mit einer Umarmung und empfiehlt ihnen, die Madonna hinter dem Altar aufzustellen, sodass sie oberhalb des kleinen Kruzifixes zu hängen kommt.

Vor dem Altar thronen mit großer Würde die drei greisenhaften Matronen. Sie wirken wie ein übergroßes Steinmonument und ihre Augen leuchten. Und als Brigitta und er sich in Richtung Altar bewegen, vor dem der Pfarrer Strada in heller Robe paradiert, kommt er sich vor, als schritten sie beide zu ihrer eigenen Vermählung. Wie passend, dass die Kleingärtner hinter ihnen Blumen in den Händen tragen. Kurt hängt die Madonna hinter dem Altar über den Ständer einer leeren Liedertafel, den er bis auf Anschlag nach oben ausfährt. Dann nimmt er seine Brigitta fest bei der Hand, denn er war nicht hierher gekommen, um sie zu verlieren. Ihm fällt auf, dass sich die Mienen der Leute um ihn herum, die er doch sonst nur mit ihren gnatzigen Alltagsgesichtern kennt, deutlich aufgehellt haben.

In der hohen Kirche macht sich eine Musik breit, die aus Atem zu bestehen scheint. Ein modernes Tondilirium, bei dem man die einzelnen Töne und Rhythmen kaum noch voneinander unterscheiden kann. Er hält seine Brigitta ganz fest und hat doch das Gefühl, als hinge er als kleiner Junge an ihrem großen, mütterlichen Arm. Aus der Höhe hört er metallisches Klappern und sieht jetzt Menschen in Serpentinen auf einem

Baugerüst in die Kuppel hinaufsteigen, die ganz und gar mit Gemälden ausgekleidet ist, auf denen die immerselbe junge Frau als immer wieder andere Göttin zu sehen ist. Pfarrer Strada hat seine Kanzel erklommen, die inzwischen über und über mit Blumen behangen ist. Er predigt etwas zu den Umstehenden, doch da das allgemeine Gemurmel den Klang seiner Stimme verschlingt, kann Kurt ihn kaum verstehen.

XLVIII

Philomena taucht ihr Zelt in ein rosa Licht. Sie hat es in der letzten Woche noch ein wenig verkleinert, sodass es seine Besucherinnen jetzt liebevoll und eng umfangen kann. Sie hat Sand ausgestreut und Kerzen auf dem Boden verteilt und auf dessen Mitte einen runden Altartisch gestellt, der einen Berg poröser Halbkugeln aus Terrakotta trägt, die aussehen wie Brüste. Philomena befüllt sie von oben mit Milch, die in Kaskaden langsam bis nach unten tröpfelt. Die verschnittene und ganz und gar neu zusammengeklebte Bibel von Hella liegt in der Ebene darunter, dezent beleuchtet, wie in einem Schrein.

Rauch von Lavendel und Salbei dringt an ihre Nase. Sie schaut aus dem Zelt und sieht Brigitta und ihren Nachbarn Kurt, in eine Rauchwolke gehüllt, die gestickte Madonna den Hauptgang entlang prozessieren. Hinter ihnen trottet eine Herde von Menschen, ausgebeult und schmutzig, wie ausgeschnitten aus einem ländlichen Schwarzweißfoto der Nachkriegszeit. Viele von ihnen halten Blumensträuße in den Händen. Sie lächeln matt und selig, manch dauergrimmiges Gesicht ist sonderbar illuminiert, als sei es auf dem Weg hierher einer Erscheinung Mariens und der Allmutter zugleich ansichtig geworden. Philomena dirigiert die

Blumenprozession in Richtung Hauptaltar, wo sie und die Verwesercrew, der jugendliche Matrimob, der nicht immer leicht für solche Aufgaben zu gewinnen war, unter Anleitung von Frau Patschinski gestern wohlweislich alle Vasen und Gläser aufgestellt hatten, die sich in moderigen Kellern und Sakristeischränken auftreiben ließen, ergänzt durch aufgeschnittene Plastikflaschen, die nun an Kordeln um Kanzel und Empore hingen.

Die Brixdorfer Kleingärtnerinnen. Sie waren in diesem schon seit Jahrzehnten wiedervereinigten Berlin eine besondere Spezies. Viele von ihnen waren in der DDR groß geworden mit dem festen Glauben an den Kommunismus und einen nichtexistierenden Gott. Und jetzt standen sie schüchtern, wie von ihrem eigenen Tun überrascht, und tasteten sich mit den Blicken die Wände der Kirche hinauf.

Philomena kehrt in ihr rotes Zelt zurück, zündet die Kerzen an und fühlt ein angenehmes Brodeln in ihrer Brust. Tag X war heute. Ein Tag, an dem sich alles entscheiden würde. Schön war er geworden, ihr Mutterbauch. Bewegliche und irisierende Lichtquellen aus Marie Anas Bühnenfundus ließen ihn sanft pulsieren, und es fehlte nur noch, dass ihre eigene Mutter jetzt eintrat. Philomena rollt das Eingangstuch hoch, das aus einem roten, plissierten Unterrock besteht, da steht plötzlich ihr Vater vor ihr, ein ergrauter Teddy mit hellen und lebhaften Augen. Philomena nimmt ihn in die Arme, sie halten einander wie Atlas das Himmelsgewölbe, und Philomena weiß plötzlich, dass er sie trotz seiner Zurückhaltung und dem Hexenring der Damen, die ihn immerzu umgaben, doch all die Jahre sehr geliebt hat. Und tatsächlich. Hinter ihm betreten Dinah, Frau Prötzig, Frau Ehrenwein und eine Frau das Zelt, die den alten Technicolorfotos, die ihre Mutter zeigte, entsprungen scheint. Ihr Vater fasst sie bei den Schultern und stellt sie als die Frau vor, die ihm Gott in seiner Gnade jetzt zur Seite gestellt habe. Philomena wartet auf den Stich, den es ihr geben müsste, ihn mit einem Ersatzbild ihrer Mutter vor sich zu sehen. Doch da ist nichts. Sie ist einfach nur froh, ihn so wohlbehalten und bis oben hin mit Liebe angefüllt hier in Brix zu Gast zu haben. Und sie weiß, er ist ein Mann Gottes, und diese Kirche ist jetzt ein Göttinnenhaus, denn für die andere Hälfte der Menscheit war es höchste Zeit geworden, sich selbst auch einmal als Göttin wahrzunehmen. Doch ihr Vater, von dem sie befürchtet hatte, dass er nörgeln würde, schaut sich mit großen Augen und Ohren sorgfältig in ihrem Zelt um.

Dinah, der eine frische Rose auf den Wogen ihres Goldhaars prangt, tänzelt in schwingendem Batiksari auf Philomena zu, um ihr zwei weltläufige Küsschen auf die Wangen zu schmatzen. Sie duftet nach Wildrose und ruft:. „Das hier ist Kunst! Das sehe ich sofort. Chapeau, mein Mädchen, es ist wundervoll!“ Sie geht im Kreis und betastet die Frauenkleider. „Wie habt ihr nur diesen gnatzigen Strada dazu überredet, seine Kirche dafür herzutauschen?“, fragt sie und rollt bedeutungsvoll die Augen. „Und wie ich gesehen habe, ist er sogar selber mit von der Partie! Predigt von seiner Blumenkanzel lauter so Sachen, von denen man in der Bibel noch nie etwas gehört hat.“

Pfarrer Strada predigt bereits? Philomena musste unbedingt hingehen und ihm für eine Weile zuhören.

Da baut sich Frau Prötzig vor ihr auf und haut ihr dreimal so derb auf die Schulter, dass sie mit jedem Schlag ein Stück nach vorne springt „Philomena, des machste, machste, machste!“, sagt sie dabei in ihrem Bäuerinnenbass. „Weißt ja, was ich dir immer rate: Klaube die großen Tomaten und lass die restlichen warten!“, und sie umarmt Philomena so fest, dass ihr für einen Moment die Luft wegbleibt. ‚Warten‘ klingt bei ihr wie ‚waten‘, und Philomena überlegt, ob sie sie nicht zu Marie Ana hinaus auf die Freilufttbühne schicken soll, für einen spontanen „Ga(r)ten, Wa(r)ten, Tomaten“- Rap. Die beiden könnten dort prima zusammen slammen.

Ihr Vater schiebt sich an Frau Prötzig vorbei nach vorn und legt seiner Tochter die Hände auf die Schultern. „Philomena, das ist ein logistisches Meisterwerk! Wie hast du das nur fabriziert?“

„Tja, ich habe hier halt auch so meine Frau Prötzigs, Frau Ehrenweins und meine Dinahs, und sie alle arbeiten mir fleißig zu.“ Denn sie sind nicht so seltsam absorbiert von ihres Pfarrers jenseitiger Mondscheinschönheit‘, will sie fortfahren und sagt stattdessen. „Du kannst dir sicher denken, dass der Pfarrer Strada ursprünglich auf weitere hundert Jahre Dornröschenschlaf gedrungen hat.“ Ja, das konnte sich ihr Vater denken, obwohl er den Strada nicht allzu gut kannte.

„Er hat dann diesen Schatz hier“, fährt Philomena fort, „ganz ungewollt in unsere Hände rutschen lassen, einfach durch die ihm eigene Passivität. Später, und eigentlich erst ganz vor kurzem wurde er vom heiligen Gedanken unserer Matribibel erfasst. Höchst feuerempfindlich ist dieses Gedankengut. Und nun lodert er als ein predigender Dornbusch, der hoffentlich sobald nicht erlischt."

Ihr Vater schaut ein wenig verwundert, bis Frau Ehrenwein sich vor ihn schiebt. „Philomena, nimm es mir nicht übel, aber nach allem, was ich so kenne, sollte es so nicht sein. Mir ist das alles hier nun wirklich zu modern."

„Aber modern zieht Kundschaft", tönt Frau Prötzig.

„Ich wünsche dir trotzdem alles Gute", sagt Frau Ehrenwein, „Wir sind hier vollends für dich da. Wenn du uns brauchst: Wir stehen hinter dir."

Philomena weiß, dass dieser Zuspruch der traditionsbewussten Frau Ehrenwein viel abverlangt, und sie ist ihr dankbar.

Sie tritt aus dem Zelt, die Kirche ist jetzt gut gefüllt. Pfarrer Strada ist nicht auf seiner Kanzel.

Plötzlich taucht viel zu dicht vor ihrem Gesicht eine etwas grobe, ihr sehr wohl aber bekannte Visage auf und hält ihr ein Mikrofon direkt an die Zähne. Es ist Diedo, der Journalist, der sich vor drei Monaten über ihren künstlerischen Schiffbruch so ausgiebig und sogar öffentlich amüsiert hatte.

XLIX

Frau Gutendorff, welche Rolle spielen Sie hier? Sind Sie die Königin im Bienenkorb, die Führerin? Ist Jesus als Heros noch erlaubt oder wird man ihn demnächst entlassen, vierteilen, kreuzigen, hehe", lacht er meckernd. „Ja, Sie sehen ich habe mich belesen!" Sein gelbes Lächeln und sein falber Atem versperren Philomena den Weg. Rotten Sexiness auf dem Kriegspfad. Philomena schaut Diedo tief in die Augen. Der kichert immer noch albern vor sich hin und leckt sich den rechten Mundwinkel. Philomena hat keine Lust, jetzt zu staten. Sie steckt Diedo das frei hängende Kabel in ein Knopfloch seiner Army-Weste und wendet sich ab. „Wenn Sie alles richtig eingesteckt haben und mich für dieses Interview bezahlen, dann geben Sie Bescheid!"

„Frau Gutendorff, Ihr Matriarchat ist korrupt!"

Philomena lässt ihn stehen und nimmt ihren Weg über den dicht bevölkerten Pfarrhof in Richtung Pfarrgarten. Hinter sich hört sie Vikys und Vallis Galeristin zu Diedo von einem bahnbrechenden Gesamtkunstwerk reden. Philo ist es nur recht, wenn sich die Stimmen mehren, die dieses Matrievent mit griffigem Werbevokabular ausstaffieren. Das kommt allemal besser, als wenn sie das immerzu nur selber tun müsste. Kunst oder nicht Kunst, das war für Philomena hier nicht die Frage. Doch die Stimme des Volkes, die sollte Diedo ruhig zitieren. Diedo. Philomena wundert sich, dass sie sich diesem Mann in einer Mischung aus Anziehung und Abstoßung mit einem Mal so nahe fühlt. Dabei hatte sie ihn bisher nur ein einziges Mal gesehen, und er war definitiv ein Arsch, ein Verderber alles Guten. Sie beschloss, ihn, falls er wiederkäme, mit einem Trick auflaufen zu lassen.

Im weitläufigen Pfarrgarten, dessen Blättergewölbe über allem wogt, herrscht arkadisches Treiben.

Alt und Jung spinnen miteinander ein summendes Netz aus Gesprächen und Scherzen. Kinder baden im kleinen Teich, bemalen sich mit braunem Ton von seinen Ufern. Bälle werden mit Leichtigkeit in der Luft gehalten und scheinen gar nicht wieder auf der Erde anzukommen. Das Buffet füllt sich stets von Neuem wieder mit Speisen. Gemeindemitglieder tragen Schüsseln herbei, die Matrijugend aus dem Verweserhaus bringt Kuchen und Getränke. Eine Reihe von Helfern in roten Schürzen füllt immer wieder die Lücken auf der langen Speisentafel. Es sind die Angestellten einer Cateringfirma aus dem heimischen Brixdorf, der am Vorabend eine 500-Leute-Hochzeit abgesagt worden war. „Wir brauchen keinen Pfennig dafür zu löhnen“, hatte Frau Patschinski ihr ins Ohr geflüstert, und „Schau‘n Sie mich nicht so an, Braut und Bräutigam haben wirklich nicht zueinander gepasst!“ Als Philomena noch immer mit dem Kopf schüttelte, hatte sie hinzugesetzt „die Frau Herrgöttin will es nun mal so, sie meint es gut mit uns!“

Philomena muss sich kneifen, um nicht zu meinen, dass sie versehentlich in ein postmortales Elysium geraten sei. Alles läuft super und helfende Hände greifen, wie von jenseits des leuchtenden Wolkenvorhanges, sorgsam und flüssig in das Geschehen ein.

Sphärische Musik erklingt im Garten, man tanzt auf dem Rasen unterhalb der Bühne. In die zauberische Musik ihrer Band webt Marie Ana den Atem der Anwesenden mit ein, lässt ihre Schritte, ihren Herzschlag zu hohen Wogen mit gischtenden Schaumkronen auflaufen. Alle sind durch ihr Ein- und Ausatmen mit der Musik verbunden. Marie Ana singt immer wieder Vokalparts in einer selbsterfundenen Sprache dahinein, um Tanzende und Zuhörerinnen emotional zu lenken. Und auch sie selbst und ihre Band schwimmen in diesem zauberhaften Klanggewässer, kennen weder Skandale noch Startum. Sie fügen sich in das egalitäre Treiben ein und locken mehr und mehr Menschen zum Tanz herbei. Der Garten ist jetzt gut gefüllt. Alles riecht nach Liebe und man tanzt eng aneinander und häufig zu zweit. Selbst Sup Baader ist dabei, er tanzt mit Frau Ehrenwein, Brigitta tanzt mit Kurt, Viky mit ihrer Galeristin und Philomenas Vater tanzt mit seiner neuen Frau. Dinah tanzt mit dem jungen brasilianischen Saxophonisten aus Marie Anas Band und Frau Prötzig tanzt mit einem Gockel aus der hiesigen Nachbarschaft. „Nicht geklaut, der ist mir zugeflogen“, ruft sie Philomena nach.

Philomena hat auch Lust zu tanzen. Nicht gerade mit Diedo, der prompt schon wieder vor ihr steht, aber mit irgendwem.

Doch Diedo weicht ihr nicht von der Seite. Er sieht ihr strahlend in die Augen und verbeugt sich. ‚Das hier ist das Fest der Liebe und ich bin die Galionsfigur', denkt Philomena, und ohne länger zu zögern, tanzt sie mit Diedo, ihrem Feind. Sie führt, er führt, wahrscheinlich führen sie beide. Es ist unerwartet angenehm, ihren Körper in seinen festen Preisboxer- Armen zu fühlen. Wie kann ihr dieses Ungeheuer jetzt nur so angenehm sein, wie kann sie ihn nur so lieben? Das ist nur für den Moment, beruhigt sie sich, hoffentlich jedenfalls nur für den Moment.

Diedo lugt ein Mikrofon aus der Westentasche, an dessen Ende ein roter Lichtpunkt leuchtet.

„Frau Gutendorff, Sie haben sich da ein unwiderstehliches kleines Matriarchätchen zurecht gehämmert. Ist es das, was die Welt zu ihrer Rettung braucht?"

„Würden Sie gerne ohne eine Mutter auf die Welt gekommen sein? Und wo wären Sie jetzt eigentlich, hätte es Ihre Mutter nicht gegeben?"

„Guter Konter", sagt er, „das mag ich. Doch eine Mutter hat auch ihren Platz. Sie ist der Grund, auf dem ihr Sohn wächst und Karriere macht, sie ist die Erde und er ist der Baum, finden Sie nicht?"

„Exakt", sagt Philo. „Und finden Sie nicht, der Mutter gebührt dafür alle Ehre? Finden Sie nicht, dass ein Mann auch einmal Urgrund sein sollte, um seiner Tochter oder Frau zu dienen und beim Wachsen zu helfen?"

„Ich sage Ihnen Eins, und da geh ich nicht von ab: Gleichberechtigung ist bei uns weitgehend erreicht. Es ist albern und hysterisch, solche Kanonen gegen den westlichen Mann aufzufahren, der doch in den allermeisten Fällen ohnehin schon den Kinderwagen schiebt oder den Abwasch macht", ruft Diedo.

„Glauben Sie, dass wir mit einem solch forcierten patriarchalen Kapitalismus die Welt retten werden? Dass auf diese Weise eine Neuschreibung unserer eigenen Zukunft möglich wird?"

„Moment mal, interviewen Sie jetzt mich? Ich stell doch hier die Fragen!"

„Sollten wir nicht ständig einander Fragen zur Weltenrettung vortragen?", fragt Philo und ihr breites Lächeln verpflanzt sich jetzt auch in Diedos Gesicht.

„Meinen Sie nicht auch, ein weibliches Wertesystem gäbe Antwort auf all die drängenden Fragen am drohenden Ende des Anthropazäns?", ruft Diedo.

Philomena grinst noch breiter.

„Moment mal, Moment, das ist doch Ihre Frage, kommen Sie schon, stellen Sie sie mir!", sagt Diedo, „Sehen Sie, so weit bin ich Ihnen schon verfallen, dass ich mir selber Ihre Fragen stelle." Er senkt den Kopf und lächelt schon fast schüchtern.

Sie schweigen und wiegen sich in den vorbeirauschenden Farben des in Glück schwelgenden Pfarrgartens und der Musik.

„Übrigens gefällt mir das", setzt Diedo eifrig wieder ein, „ich meine das alles hier, wie Sie hier wirtschaften. Das ist geballtes Leben, Leben im Intensivkondensat. Ein richtig knallalerter Cocktail!"

„Machen Sie es mir nicht zu leicht, wo ist Ihr gefährliches Gebiss, wo sind Ihre Schneidezähne?!"

„Philomena, kriege ich von Ihnen heute noch ein richtiges Interview, so eins mit Antworten, statt mit ständigen Fragen? Irgendwo, so ganz privat?"

„Sie wollen etwas von mir wissen?"

„Ja, liebe Philomena, und noch viel lieber als etwas, will ich alles von Ihnen wissen, alles!"

Sie spürt, wie ihr ein Tier aus der Magengegend witternd heiß bis hinauf unters Herz tigert. Philomena schickt es zurück, doch es gehorcht ihr nicht. Ein paar Momente lang versteht sie diese Welt vollkommen, und auch diesen Diedo, dessen Beruf das Provozieren ist und der wie sie selbst und alle hier auf der Suche nach einer allumfassenden Liebe war. Und Philomena fühlt in ihrem Herzen plötzlich eben genau diese große Liebe. Nicht für Diedo speziell, nein, eher für die ganze Welt. Ein liebevolles, zärtliches, ein allumfassendes Gefühl. Woher kam das? Philomena hatte jetzt Lust, mit Pfarrer Strada darüber zu sprechen. Er fehlte ihr. Wie eigenartig. Trügerische Liebe. Sie würde in die Kirche gehen, um nach ihm zu schauen.

Doch Diedo lässt sich nicht so leicht abschütteln.

„Frau Gutendorff, Sie kamen aus dem Wasser und Sie selbst sind das Wasser. Ihr Blick ist wie Wasservisionär. Oder wie ein wässeriger Edelstein. Wissen Sie, ich bin selbst nicht gut darin, so etwas zu sagen, ich lasse sonst immer die Klassiker für mich sprechen, aber gerade jetzt und hier fällt mir nichts ein. Das liegt an Ihnen, das ist Ihr ungeheurer Einfluss. Ich hatte Sie eindeutig unterschätzt."

Sie ist kurz davor, Diedo über seine Glatze zu streicheln und ihm diesen Nonsens zu verzeihen, da postiert sich plötzlich Rentz vor ihr, „Sie gestatten“, und schiebt Diedo ruppig beiseite, der sich nicht schieben lässt. Es gibt ein kurzes Gerangel, doch Philomena und Frau Ehrenwein bringen die beiden auseinander.

Meine Göttin, denkt Philomena, sicher gut so, dass ich jetzt von der Versuchung, mich in Diedo zu verknallen, auf einen Schlag befreit bin. Doch auch Rentz mit dem aus der Tiefe seiner Augenhöhlen funkelnden Blick (Bergsee in der Abendsonne), war für sie plötzlich wieder ein Mensch, dem sie bis in die Zehenspitzen hinein gewogen war. Machte dieses Fest sie zur Nymphomanin? Aber nein, wenn sie zu Marie Ana hinüberschaut, empfindet sie eine ebensolche Zärtlichkeit für deren lockigseidenen Haarschopf, wie für die Vögel in den Baumkronen darüber, wie für die Bäume selbst.

Doch da hört Marie Ana abrupt auf zu singen. Sie setzt sich an den Bühnenrand, um von der Menge abgewandt hastig an einer Zigarette zu saugen.

Philomena geht zu ihr rüber. Marie Anas Gesicht ist rot und verweint. Sie nehmen einander in die Arme.

„Marie Ana, was ist los?“

„Ich will meine 22 neuen Songs spielen. Ich will, dass es richtig kracht, dass Blut fließt, dass die Leute aufgerüttelt sind, aber das passt hier nicht. Ich spüre das.“

„Was du bisher gemacht hast, das war wunderbar!“, ruft Philomena, „Du bist eine Säule dieses Festes, spar dir deine Kraft auf für mehr!“

„Es kommen noch drei befreundete Bands, die ersten haben schon aufgebaut“, schluchzt Marie Ana.

„Dein Atem-Klang-Gesang, der war brillant, das musst du zwischendurch immer mal wieder machen“.

„Um Tanzmusik zu spielen, bin ich nicht hierhergekommen, da nutzen wir uns ab noch vor dem eigentlichen Konzert. Außerdem müssen wir als Band für uns selber werben und uns nicht nur bei den Leuten anbiedern, als seien wir eine Hochzeitscombo!“

„Marie Ana, lass uns heute großzügig sein. Es gibt noch genug Zeit zum Sichbejubelnlassen. Ihr spielt eure Sets wie abgemacht, nur einfach irgendwann später und zwischendurch lass uns mal hier in Arkadien sein und einfach die gute Stimmung genießen!“

Marie Ana wird von einer Gruppe Fans umringt und um Autogramme gebeten, und Philomena fühlt, dass das die Medizin war, die sie jetzt ganz dringend gebraucht hat.

Rentz. Da steht er immer noch, wie der Hochzeitswerber persönlich, und macht ihr schöne Augen. Es gilt, ihn jetzt auf Distanz zu bringen, denn der nächste Mann, der ihr gegenüber treten würde, ach was, der nächste Mensch, das nächste Tier oder Fahrzeug, sie würde es heiraten. Es gilt jetzt, sachlich zu bleiben, denn sie trägt hier eine Menge Verantwortung.

Rentz zieht seine Mütze und verneigt sich sehr tief. Philomena willigt in den Tanz ein, doch will sie Abstand halten. Sie tanzen voreinander in Tribalposen.

„Danke, Rentz, deine Werbung hat uns nochmal einen Schwung extra gut gekleideter Leute auf den Platz geschwemmt“, sagt Philomena mit Blick in Richtung eines Trupps metallblauer Sakkos und schwarzer Kostüme im Hintergrund. „Hoffe, die sind nicht nur gekommen, um unseren Pfarrgarten als ihr zukünftiges Immobilienrevier in Augenschein zu nehmen... Welcher Skandaldesigner hat eigentlich deinen Anzug entworfen?“ Beide blicken auf Rentz‘ zerrissenes Sakko, dass er anscheinend seit dem Fight mit Beinhard nicht mehr ausgezogen hat.

„Hab‘s dir zu Ehren heute an, mein Kampf als deine Trophäe.“

„Freut mich, dass du hier mitziehen willst.“

„Bin vollkommen neben mir und der Kunst, aber auf erstem Posten neben dir, glaub mir das! Endlich. Nebulöses Matrimachtkunstwerk übrigens, das ist ganz stark. Ganz große Kunst ist das.“

„Das ist nicht Kunst, um die es hier geht, oder irgendeine verschwiemelte Zeichenhaftigkeit, das sind nicht Hintersinn und Doppeldeutigkeit auf lautlosen Museumslatschen, das ist das Leben! Das siehst du doch wohl, oder?!“

„Aber ja doch, ja! Ich habe der Journaille übrigens zu deinen Gunsten gestatet, dass du die erste bist, die es geschafft hat, Kunst in wahres Leben zu verwandeln. Das war doch richtig, oder, das hast du doch immer gewollt?! So hast du es jedenfalls damals gesagt, als wir das erste Mal...“

Rentz wird rot und starrt in den Himmel, der zwischen feinen Wölkchen klarblau und weise funkelt.

„Du bist also hier als ein Freund meiner Kunst?“

„Nein, absolut und ganz und gar als ein universaler Freund. Bieg mich dir zurecht, das macht ihr Frauen doch immer so gern! Projizier in mich hinein, was auch immer du magst, und warum nicht einen Jesus zum Beispiel.“

„Einen Jesus haben wir hier schon, tut mir leid. Ich glaube, ich muss mal nach ihm schauen.“

Obwohl Rentz dreifach kandiert lächelt, weiß Philomena, dass sie dieses Rentzsche Leben nicht zu ihren Füßen gelegt haben will. Seine Art Hingabe ist ein Anfall, eine Ekstase, die wieder vergeht. Es kann höchstens noch ein, zwei Wochen dauern, bis der Egomane in Rentz wieder die Oberhand gewinnt und er weitermacht wie bisher. Mit dieser kleinen Klopperei mit Beinhart am Hauptbahnhof hat er sich in die Schlagzeilen gebracht. Er wird auch das zu vermarkten wissen. Sie würde ihre Energie nicht auf Nebenschauplätzen vergeuden, denn für Rentz gilt nun mal von Natur aus als Wichtigstes und an allererster Stelle, sein Ego durch die Kunst bis ins Unendliche zu vergrößern, und damit möchte sie nichts zu tun haben, nicht jetzt jedenfalls. Sie muss dringend nach Pfarrer Strada suchen und schauen, was er da in der Kirche so treibt.

L

Philomena bahnt sich ihren Weg über den Pfarrhof zurück in die Kirche, deren Luft dick duftet und dunstig ist vor lauter Blumen und Menschen, die vergnüglich raunen und Blumen selbst an den Geländern der Göttinnenkuppel und den inzwischen grundsätzlich eher irgendwie pink statt dunkelgrün wirkenden Emporen verteilen. Blumen, die die Leute jetzt auch in den Haaren tragen, sind, wie es scheint, zum neuen Wahrzeichen dieses Matritages avanciert. Trotz der Enge ist die Atmosphäre friedlich, ja sogar freundlich und allgemein liebevoll.

Valli schwimmt an ihr vorbei, hält sie am Handgelenk fest. „Unsere Göttinnenausstellung ist voll der Brüller, haben wohl auch schon oberhammermäßig verkauft, ihr kriegt die Hälfte davon, ist ja klar!“ Als Philo nickt und weitergehen will, zieht sie sie noch einmal am Ärmel zu sich heran. „Musst mal rausgucken. Volle Knolle. Die Leute, die vor der Kirche im Stau feststecken, lassen ihre Karren stehen und kommen zu uns in die Kirche. Im Radio machen sie sogar in den Staumeldungen Werbung für uns und ich sag dir, bald schon stapeln sie diese verlassenen Autos freiwillig übereinander als prima Schallschutzmauer und gründen dahinter eine drei Kilometer breite verkehrsfreie Zone.

Philomena hält auch das nicht mehr für ausgeschlossen, umarmt Valli, die ihr bei der Gelegenheit ihre Kürbismütze schenken will, was Philomena aber ablehnt, mit Tränen der Rührung im Auge.

Philomena schwimmt in der Masse weiter in Richtung Zentrum, in der Hoffnung, irgendwo auf Pfarrer Strada zu treffen. Da klopft ihr hart und spitz ein Finger auf das rechte Schulterblatt. Es ist Frau Patschinski. Sie bittet sie in ihr Abstellkammerbüro, das beide nach einem weiteren Bad in der Menge mit einiger Verzögerung erreichen. Hier ist es kühl und ruhig. Das Licht tanzt weißgolden auf den dunklen Möbeln und Frau Patschinskis undurchdringlichem Gesicht. Philomena sinkt seufzend in einen honiggelben Ohrensessel, doch schon im nächsten Moment schnellt sie wieder daraus empor, da sich neben ihr Frau Patschinski wie eine frisch polierte Hellebarde aufbaut. „Setzen Sie sich, setzen Sie sich nur, meine Liebe", schrillt sie wie eine Schulklingel und drückt Philomena in den Sessel zurück, „Es ist alles im Grünen Bereich!" Philomena spürt an ihrem ganzen schmerzenden Körper die Anstrengungen der letzten Wochen. Rücksichtsvollerweise setzt sich Frau Patschinski neben sie in einen weiteren saugenden Ohrensessel, in dem sie sich jedoch in ihrer kerzengeraden Haltung so steif und fremd ausnimmt wie eine Giraffe in Baikonur. Diese Frau gehörte offenbar zu jener Spezies drahtig militärischer Kreaturen, denen Müdigkeit als Krankheit gilt und deren Batterie sich nie entleert. Es war ein Segen, sie mit an Bord zu haben. Sie schiebt Philomena eine Schale frischer Erdbeeren hin, „von einer Kleingärtnerin mit besten Wünschen für unser Unternehmen." Philomena lässt ihren Kopf nach hinten fallen, wirft sich eine Erdbeere in den Mund und genießt mit geschlossenen Augen deren würzige Süße.

„Was meinen Sie, warum das da draußen so friedlich verläuft?", fragt die Patschinski, als eröffne sie einen Quiz.

„Brigittas Lavendel-Salbei-Mischung?"

„Die auch, aber schauen Sie mal hier!" Frau Patschinski holt aus einer Schublade ihres Schreibtischs einen schmalen Streifen Stoff in dem allerschönsten, ins Bläuliche changierenden Pink und zieht ihn über der Tischkante glatt, bevor sie ihn Philomena reicht. „Hat uns die Pinke Liga - ein einflussreicher feministischer Geheimbund - per Express liefern lassen. Drei große Ballen davon. Haben die Kleingärtner vorhin, als noch nicht alles so voll war, auf den Brüstungen der Emporen ausgerollt."

Philomena, der beim Anblick des Stoffes trotz der frühen Stunde die Lider flimmerig werden, gähnt und sagt: „Schön!"

„Ist ein neuer, wissenschaftlich genau definierter Farbton, der seine Betrachter ratzfatz von überflüssigen Aggressionen heilt." Bei Philomena hatte dieser Stoff mehr als nötig seine Wirkung getan, doch Frau Patschinski schien gegen ihn immun. Während Philomena in den Seilen hängt, wie nach misslichem Gebrauch halluzinogener Drogen, marschiert Frau Patschinski in höchstem Maße angeregt hinter ihrem Schreibtisch auf und ab. Dann stellt sie laut und klonkend vor Philomena eine gläserne Karaffe mit Wasser hin, in der zwischen dem Grün einiger Kräuter nur noch die Fische fehlen. „Herzgespann, Mutterkraut, Beinwell, Lungenkraut und Löwenzahn. Eine Kräutermischung der drei Matronen. alles von der Pfarrwiese. Bitte bedienen Sie sich!“

Philomena ist merkwürdig gelähmt, ihre Kraft reicht nicht einmal, um nach der Karaffe zu greifen. Frau Patschinski gießt für sie und sich von dem Kräuterwasser ein und beide stoßen klingend miteinander an.

„Wissen Sie, was es noch sein kann?“, lallt Philomena, ihre Zunge wie ein Holzbein nach sich ziehend.

„Was was noch sein kann?“

Nach ein paar tiefen Zügen von dem Trank, der nach Erde und Wildwuchs schmeckt, fühlt sich Philomena mehr und mehr erfrischt und fast schon der Patschinski an Kräften wieder ebenbürtig. „Diese friedliche und frauenfreundschaftliche Atmosphäre, wissen Sie, woher die auch noch kommt?“

Frau Patschinski hakt im Stehen ein paar in großer, steiler Handschrift geschriebene Punkte auf ihrem Klemmbrett ab. „Madonna, geheimes Pink, friedfertige Tanzmusik, Blumenduft, gutes Catering...“

„Haben Sie zufällig den Kurt beobachtet?“

„Moment mal, warten Sie, den Kurt können wir von hier aus sehr wohl sehr gut beobachten.“ Frau Patschinski öffnet eine Tür in der Wand hinter sich, die Philomena bislang für einen Schrank gehalten hat, und schiebt sie eine enge Wendeltreppe hinauf, um ihr dicht dahinter zu folgen. Auf einem Treppenabsatz stößt sie ein rhombenförmiges Fenster nach außen auf. Wie sonderbar, dass Philomena dieses zum Pfarrhof gelegene Turmtreppenhaus bisher noch nie aufgefallen war. Man hatte von hier aus einen ausgezeichneten Blick über den gesamten Pfarrgarten und stand gerade im richtigen Winkel, um nicht von den alten Obstbäumen die Sicht verdeckt zu bekommen. Philomena weist auf Kurt in seinem verwaschenen roten T- Shirt. „Schauen Sie, da schwirrt er in der Menge, als wäre er eine Biene, nimmt Nektar und Güte von irgendwoher..."

„...wahrscheinlich von den Blüten...",

„....und teilt ihn an die Leute aus", fährt Philomena fort. „Kurt fliegt von Grüppchen zu Grüppchen, schaut, wie es allen geht, sieht den Zweifelnden in die Augen, als ob sie seine Geschwister wären, zwinkert den Schwermütigen zu, macht hier einen Scherz, liefert da ein Bonmot, zaubert Leichtigkeit herbei, damit alle sich wohlfühlen."

„Kurt Wonneproppen-Bienenkurt", notiert Frau Patschinski. „Nun, mir fällt partout sein Nachname nicht ein... Na, kurz und gut, Kurt als Balsam für alle Seelen, richtig?"

Philomena nickt.

„Fabelhaft. Dann muss ich auch keine Sicherheitskräfte ordern, auch nicht für morgen, übermorgen und so weiter. Sind Sie damit einverstanden?"

Philomena nickt ein weiteres Mal. Bisher hatte sie noch nicht an morgen gedacht, aber ja, es ging weiter, natürlich musste es weiter gehen. Dies hier war keine Eintagsfliege, dies hier war erst recht kein gewöhnliches Gemeindefest. Es war so etwas wie eine soziale Matriskulptur, ein Matrinetz, das, auf der Erde verankert, bis in den Kosmos hinein vibrierte.

Im Hof vorne sieht sie die Katze Bastet von Journalistinnen und Journalisten umgeben, ein ganzer Pulk, der vor ihr niederkniet und die Mikrofone ins Gras hält. Es scheint die Journalisten nicht zu stören, dass Bastet zwischendurch Luftsprünge macht, um eine unsichtbare Maus zu fangen. Die Journalisten bleiben ihr voll und ganz ergeben und warten geduldig, bis sie mit ihren Äußerungen fortfährt.

Später würde Philomena in der Zeitung einen langen Artikel lesen, der sich in Beschreibungen der Sprünge, Gesten und Eskapaden der Katze erging und der von ihr den Satz (übersetzt von einer Katzendolmetscherin, einer Art Tierorakelleserin) zitierte: „All die Göttinnen, die ich seit Ägypten gekannt habe, werden große Rückkunft halten!“ Im selben Artikel wird sie lesen, dass dies eines der größten und innovativsten Kunstwerke dieses Jahrhunderts sei.

Frau Patschinskis Stift kratzt immer noch über das Papier. „Ich gäbe was drum zu wissen, wie der Sup das alles schluckt!“ Als Philomena nicht antwortet, lässt sie die Enden ihres Kulis das Klemmbrett beklopfen, wie eine Motte das Glas einer milchigen Lampe. „Haben Sie die Faxe aus dem Pfarrbüro gelesen? Man sendet uns Unterstützung aus Aller Welt. Auch Geld, sogar ziemlich große Summen.“

Als Philomena immer noch nicht antwortet und durch das Fenster in die Ferne starrt, wischt sich Frau Patschinski mit einem Feuchttuch über Gesicht, Dekolleté und Brille. „Philomena, ist das hier Frau gegen Mann?“

„Nein, das ist Mensch gegen Maschine.“ Philomena setzt sich die Treppe hinab in Richtung Büro in Bewegung, „wir müssen die Maschinerie der Selbstzerstörung unseres Planeten stoppen.“

„‚Stoppen Schrägstrich Pausieren'. Danke, das ist nur, falls die Presse mich schon wieder fragt."

Als beide sich wieder durch die enge Tür zurück ins Abstellkammerbüro fädeln, platzt eine Aktivistin aus dem Verweserhaus herein - steife, pinkfarbene Haartolle - und ruft: „Irgendwer twittert hier Parolen unter dem Namen Matribrix und das verbreitet sich im Netz ham-mer-mäßig!"

Philomena war sich sicher, dass es Marie Ana war, die dort twitterte und gewiss in keinerlei moderaten Tönen. Sie hatte in diesem Moment des verlorenen Schweigens da oben auf dem Treppenabsatz, in dieser Sonate aus goldener Leere, gegen die die Patschinski als eifrige Schwalbe immer wieder angeflogen war, eine Entdeckung gemacht. Es war zu früh, sie mit Frau Patschinski zu teilen, denn sie war noch sehr vage.

LI

Pfarrer Strada unterdessen lässt sich vor dem Hauptaltar zusammen mit den drei Matronen von der Presse ablichten. Mal liegt er sogar auf deren Schößen, mit heiliger Aureole ums Haupt, die von einer großen Kerze stammt, deren Strahlenkranz zufällig genau hinter seinem Kopf aufscheint. Sein Gesichtsausdruck scheint zu sagen: „Schaut nur alle her, wie ich leuchte. Die Neue Bibel der Drei Matronen, und überhaupt das alles hier, hat mich zu einem neuen Menschen gemacht! Ich bin jetzt ein Heiliger! Egal, ob mich die Schergen des Königs morgen schon holen oder noch heute Abend, mir kann das nichts! Standhaft will ich sein und meinen neuen Glauben auch aus dem finstersten Kerker noch nach außen tragen. Seht nur alle, wie ich leuchte!"

Ein Kinderchor hat sich erwartungsfroh gleich neben Strada und den drei Matronen aufgebaut. Die Kleinen tuscheln. Ein jedes von ihnen trägt ein hell und gläsern schimmerndes Gewand, einen weißen Blütenkranz im Haar und vor sich eine rote Kerze. Sie singen Weihnachtslieder. Und werden selbstverständlich von Marie Ana dirigiert. Durch ein langsames Öffnen ihrer Hand und ein plötzliches Zusammenschnappen schafft sie es, den Gesang in alle Richtungen zu dehnen, so dass er den Zuhörenden sphärisch weiß und schmerzhaft in die Adern schneidet, nur um ihn dann wieder so zu beschleunigen und rhythmisch zu dehnen, dass es klingt, als rumpelten die Kinder in einer Pferdekutsche ein Kopfsteinpflaster entlang.

„Weihnachtslieder im Sommer, stirbt da nicht bei jedem Lied ein Mensch?“, fragt ein betagter Kleingärtner seine füllige Frau.

„Ein innerer Mensch, mein Lieber, ein innerer Mensch wird sterben. Und genauso einer wird auch wieder neugeboren.“

Pfarrer Strada tritt zu Philomena. Er bewegt seine Hand dicht an der ihren, neigt sich ihr zu, reißt sich dann von ihr los, um hastig zu den Kindern zu treten und einigen von ihnen über die Köpfe zu streicheln. Philomena hätte ihn gerne irgendwohin entführt, sich mit ihm geküsst oder auch wenigstens einfach nur in Ruhe mit ihm gesprochen. Doch er scheint das Bad in der Menge zu genießen, die Gesten der Kinder, die an seinem cremeweißen Talar zupfen (wo hatte er den eigentlich her), und der Regenbogenschärpe um seinen Hals.

Sie nimmt ihn schließlich bei der Hand und zieht ihn in die nahegelegene, winzige Begräbniskapelle mit dem gotischen Gewölbe, die in der Vergangenheit so oft missverständlich als Hochzeitskapelle benutzt worden war und die in diesem Moment rätselhafterweise leer ist. Sie dreht den schmiedeeisernen Schlüssel hinter sich im Schloss und gräbt sich mit Händen und Gesicht in Benjamin Stradas weiches, nachthemdartiges Gewand, das angenehm nach Lavendel und nach nach einem neu erstandenen Pfarrer Strada duftet. Philomena hatte seine Gegenwart vermisst, so crazy er auch war, sie wollte ihn an ihrer Seite. Er war ihr Jesus, sie seine Maria, wenn man den Inzestaspekt dabei vergaß. Sie streicht mit den Fingern den Bogen seines Schlüsselbeins entlang, Benjamin Strada bebt und senkt seinen Schwanenhals hinab zu ihrem fordernden Mund. Doch nach einem kurz angebundenen Küsschen wendet er sich abrupt ab und schaut aus dem Fenster, dabei am ganzen Körper zitternd.

„Philomena, es tut mir leid, doch ich bin von der Göttin berufen, an mir ist ein Wunder geschehen! Hat Jesus etwa während all dieser Jahre eine Frau an seiner Seite gehabt?"

„Mmh. Ja, doch! Ich bin mir sicher. Das steht nur nicht in der Bibel, das wurde einfach nicht überliefert. Das war damals schon einmal genau so eine Matrirevolution, es wurde nur später andersherum kolportiert, weil es im Nachhinein keiner mehr begreifen konnte." Sie streicht ihm ein paar Strähnen seines lockigen, am Hinterkopf zu einem Knoten gebundenen Haars aus der Stirn.

„Aber ich bin doch jetzt ein Mönch, wie kann ich denn sonst ein Heiliger sein?"

Philomena streicht ihm mit dem Finger über die Lippen. „Heilige, die sich selber so nennen, sind wohl keine richtigen Heiligen. Und mal ehrlich, willst du wirklich dieses ganze Martyrium eines Heiligen durchlaufen?"

„Nein, nein tut mir leid, darüber hatte ich noch nicht nachgedacht."

Philomena fasst ihn bei der Hand. „Komm, terrorisier mich nicht mit deiner privaten Heiligenlegende! Die entsteht, oder sie entsteht nicht, das wird die Geschichte zeigen."

Pfarrer Strada schmollt ein bisschen, aber dann zeigt er sich doch als der Erwachsene, der er vor kurzem erst geworden war. Er muss jetzt predigen, sagt er. Er schätze sie. Er wisse nur nicht mehr so genau, wie das sei, mit einer Frau zusammenzusein, weil das bei ihm solange her ist. Und er wolle seine Freiheit.

Pfarrer Strada lächelt verlegen. Zunehmend klopfen Leute an die Türe der Begräbniskapelle. Man scheint auf Pfarrer Stradas Predigt zu warten. Philomena und er umarmen einander freundschaftlich und wachsen dabei beide wie eine doppelte Pflanze um einige Zentimeter. Pfarrer Strada schließt die Tür auf und begibt sich auf seine Kanzel, Philomena mischt sich unter die Menge.

Pfarrer Strada begrüßt die Umstehenden, nimmt die lila Bibel in die Hand, hält sie in die Höhe und hebt an: „Sie wissen, das neue Leben, das hier drin steckt, verdanken wir einem Frauenkreis, der zusammen 270 Jahre zählt. Er war Anfang der 50er Jahre einmal als Mütterkreis gegründet worden und hat mehrere Generationen von Frauen überlebt. Es schien, zu diesem Kreis anzugehören, war unmöglich, denn alle, die nach 1953 in ihn eintraten, vergingen buchstäblich unter ihrem rauen Atem. Ich sagte mir: Was macht dir das schon, als Mann bist du gefeit. Doch als die Luft, die mich beim Eintreten in den Gemeindesaal anwehte, mit jedem Male dünner wurde und zuletzt ganz in Frost erstarrte, da entschloss ich mich, ihm fernzubleiben, diesem unverwüstlichen Frauenkreis. Besser als Vergehen, dachte ich, die finden sich schon allein zurecht in der Heiligen Schrift, haben sie ja lange genug in den erst jungen, jetzt gefurchten und zitternden Händen gehalten. Und das taten sie auch, sie fanden sich zurecht und sie blieben bevorzugt ganz unter sich."

Die Drei Matronen lächelten ob dieser Beschreibung und Pfarrer Strada fährt fort, ihre und seine Geschichte zu erzählen. Dann beginnt er, von der großen Mutter zu predigen, legt der lauschenden Menge nahe, die Werte der Weiblichkeit in sich zu hegen, „seist du nun als Frau oder als Mann geboren", und die Werte der Mütterlichkeit und (er zitiert aus der neuen Bibel) „du sollst dich selbst in deinem Schoße wiegen."

Die Menge unter der Kanzel wird dichter und dichter. Kinder werden auf die Schultern gehoben und auch sie hören erstaunlich geduldig zu.

„Wir werden mit weniger auskommen müssen und das zum Wohle von Mutter Planet", predigt Pfarrer Strada. „Wir alle brauchen die Mutter, um uns mit ihr zu identifizieren. Wir alle brauchen die Mutter, um endlich nicht mehr gegen sie anzukämpfen. Die große Mutter nimmt uns alle in die Arme, sie trägt uns und führt uns." Die Dreiheit von „Gottmutter, deren Tochter und der heiligen Geistin" sei auch für ihn ein sehr befreiender Gedanke gewesen, denn er habe seine Mutter noch über den Tod hinaus so sehr geliebt, dass ihn das erst gelähmt und jetzt aber befreit habe. „‚Ich glaube an Gott, die Mutter', das muss man sagen dürfen. ‚Die Allmächtige, die Schöpferin des Himmels und der Erde', das wird von jetzt an nicht mehr nur geheim über die Lippen einiger weniger Frauen treten. Das ist es, was wir alle sagen dürfen, was wir alle sagen sollen!

Frauen und Männer, macht euch auf, um die Welt zu retten!

Die weibliche Reproduktion, eine der Säulen des menschlichen Fortbestehens, muss ihre Ehrung und Sinnbild auch in unserer Gottesvorstellung finden, weswegen wir nun in der Allmutter eine vollendete Göttinnenvorstellung gefunden haben."

LII

Während Pfarrer Strada so predigt, bahnt sich Superintendent Baader mit hochrotem Kopf seinen Weg durch die Menge, gefolgt von zwei Polizisten.

Philomena steigt sicherheitshalber schon einmal auf die Kanzel und stellt sich hinter den Pfarrer, denn das kann nichts Gutes bedeuten.

Der Superintendent nimmt einem der Polizisten, die merkwürdig marionettenhaft erscheinen, sein Megaphon aus der Hand und trötet „Lieber Bruder Strada, jetzt hören Sie einmal mir zu! Sollten Sie privat hier sein, dann kann ich Sie nicht behelligen, muss Sie aber der Vernachlässigung Ihrer Dienstpflicht beschuldigen und Sie fragen, ob Sie wissen, wofür Sie hier eigentlich Ihre Kirche hergeben. Wenn Sie aber dienstlich hier sind, dann ist das, was Sie da betreiben, Häresie und ich muss Sie auf der Stelle entlassen."

Ein Raunen geht durch die Menge, es herrscht allgemeine Aufruhr.

Philomena flüstert Pfarrer Strada etwas ins Ohr, justiert das fiepende Kanzelmikrofon nach, und Pfarrer Strada ruft laut und in vollstem Sendungsbewusstsein in den Mikrofonkopf hinein: „Ich erkläre das Brixdorfer Pfarrgelände hiermit zu einem eigenen und unabhängigen Matristaat!"

Tobender Applaus. Pfarrer Strada schaut triumphierend zu Philomena, die ihm frohgemut zunickt. Die Menschenmenge klatscht jetzt im Takt unter rhythmischen Rufen von „ho, ho, ho!“. Inzwischen hat die Kanzel die Aufmerksamkeit der gesamten Kirche. Ralph Sauter, ein allgemein übellauniger Mensch und schon lange nicht mehr Vorsitzender der Kleingartenanlage Märchenland, ruft mit erhobener Faust „Wir schließen uns an!“ Kurt, der ihn Zeit seines Lebens kennt, ist sich sicher, dass das ironisch gemeint war, aber Ralph erntet allseits Zustimmung und benachbarte und, wie Kurt sie nennt „befreundete“ Gartenanlagen, schließen ihr Territorium eines nach dem anderen der Staatsgründung an.

Der Superintendent ist verunsichert und nimmt mit den Polizisten Rücksprache. Aber auch die scheinen keinerlei Antworten zur Rechtslage in einem solchen Fall zu haben.

Viky steigt auf die Kanzel und verkündet, dass das Territorium des Pinkhouse von nun an ebenfalls zu diesem Staat gehöre. Ihre Galeristin drängt sich zu ihr auf die Kanzel, so dass Pfarrer Strada auf der anderen Seite fast vorn überfällt, und verliest von ihrem Handydisplay die Bedingungen für die Gründung von Mikrostaaten und verkündet, dass diese hiermit alle erfüllt wären. Der Superintendent Baader tritt hochrot und den Kopf schüttelnd den Rückzug an, nicht ohne dabei „Das letzte Wort ist noch nicht gesprochen!“ ins Megaphon zu brüllen.

Wunderbare Tanzmusik erklingt. Frau Patschinski schafft es, den Sup Baader auf die Tanzfläche unter der Kanzel zu ziehen. Kurt hat endlich Brigitta gefunden und führt sie auf's Parkett. Auch die beiden Polizisten verspüren den dringenden Drang zu tanzen. Frau Patschinski kann den schäumenden Sup so weit beruhigen, dass er sogar zu lächeln beginnt.

Pfarrer Strada schlingt sich um Philomena und schiebt sie ungeschickt über die Fliesen, bis beide sich entscheiden, dass Philomena führt. „Liebe Philomena, bitte verzeih mir meinen Irrtum, ich weiß jetzt, wir beide müssen verheiratet sein, das verlangt allein schon unsere Sache!" Philomena war sich da nicht so sicher, aber sie ließ es darauf vorerst beruhen. Sie nickt Marie Ana und ihrer Band zu, die mit ihren Instrumenten wieder einmal Phantastisches zaubert und genießt das Lächeln auf den Gesichtern der Tanzenden und auf Pfarrer Stradas jesushaftem Antlitz. Ihm hat sich sein doppelt am oberen Hinterkopf verknoteter Pferdeschwanz zu einer Kaskade der allerschönsten dunkelbraunen Seidenlocken gelöst, die jetzt fröhlich im Schwung des Tanzes wippen.

Rentz, der neben Philo und Strada mit Viky tanzt, ruft: „Dieses Matriarchat ist das stärkste Aphrodisiakum, das mir seit langem untergekommen ist."

Er dreht sich während des Tanzes immer wieder halsbrecherisch nach Philo um und vergisst, sich auf seine Tanzpartnerin zu konzentrieren. Viky schaut verkniffen.

Rentz ruft zu Philo: „Kompliment! Aus Kunst wird Wirklichkeit und aus Wirklichkeit wird Kunst. Das hast du damals gesagt, das hast du dir gewünscht. Hier hast du es: ein monumentales Gesamtkunstwerk. Willst du nicht mit mir zusammen arbeiten, wir beide als Christo und Jean-Claude? Alle deine unrealisierten Konzeptideen, ich kann sie realisieren.“

„Ich glaube, wenn es wieder hauptsächlich um Kunst, statt um Wirklichkeit geht“, ruft Philo, „dann ist unsere Idee hier im Eimer. Aber danke für das Angebot, ich stell dich bei uns als Manager ein. Abteilung Kultur.“ Viky will mit Rentz wegtanzen, um dieses Gespräch zu unterbrechen.

Rentz, der jetzt mit Viky ein paar Paare von Philomena und Strada entfernt tanzt, ruft umso lauter „Hey Philo, gilt in deinem neuen Matristaat auch die Polyandrie? Dann könnten doch der da und ich, und wen du noch willst, deine Ehemänner sein!“

Philomena lacht.

„Tja, Macht macht sexy“, ruft Rentz.

„Das hier ist das Fest der Liebe, vergiss das nicht, Rentz! Da geht es nur noch nebensächlich um Macht und Sex.“

Philo gefällt der tanzende Charakter dieses Matriarchats. Tanzen, das heißt frei sein, tanzen, das ist wie schweben. Tanzen, das heißt, die Dinge werden von nun an leicht und schwebend sein.

Danksagung

Für die fachliche Arbeit am Roman möchte ich herzlich Dr. Mareile Herbst, Gudrun Hammer, Michael Domke, Anja Urban, Herbert Feid und den Mitgliedern meines Schreibclubs danken.

Für die Inspiration betreffs der im Buch auftauchenden künstlerischen Arbeiten danke ich Tellervo Kalleinen und Oliver Kochta, Florence Obrecht und Wu Zhi sowie Niina Lehtonen-Braun.

Für die Motivation zum Dranbleiben bin ich Jessica Falzoi und Christine Pfammatter sehr dankbar.

Für wertvolle Hinweise in Recherchefragen danke ich Christian Edlinger, Rudolf Zörner und Florin Voinescu.

Und nicht zuletzt möchte ich meinen Kindern danken, dass sie meinem Leben Glanz verleihen und mich damit auch beim Schreiben unterstützen.